QUI A TUÉ LE DOUANIER
DU
MONT SAINT-MICHEL ?

ISBN : 2-84706-018-9

Michel Hébert

Qui a tué le douanier du Mont Saint-Michel ?

ÉDITIONS
Charles CORLET

Z.I. Route de Vire
14110 Condé-sur-Noireau

Dans la même collection

Mon cadavre se lève tôt à Yvetot, Jean Calbrix
Un normand dans la chnouf, Pierre Devingt
Rouen, canards au sang, Martin Gouesse
L'assassin habite Granville, Michel Hébert
Espions chinois à Granville, Michel Hébert
Hold-up terrestre à Granville, Michel Hébert
Meurtre dans la baie des Veys, Maurice Lecoeur
Le disparu du Bessin, Henri Maisongrande
Houlgate Paris, terminus la morgue, Marcel Miocque
Pêches macabres à Houlgate, Marcel Miocque
Une balle pour rien à Cherbourg, Robert Sinsoilliez
Le diaoul des îles Chausey, Robert Sinsoilliez
Assassinats romantiques à Cabourg, Jean-Louis Vigla
Crime pur sang à Alençon, Jean-Louis Vigla
Les corbeaux flingueurs de Bayeux, Jean-Louis Vigla
Les étripés à la mode de Caen, Jean-Louis Vigla
Week-end mortel à Honfleur, Jean-Louis Vigla

AVERTISSEMENT

Ce récit n'est que le fruit de l'imagination de l'auteur. Toute ressemblance de situation ou de personnages avec la réalité ne pourrait être le résultat que d'un pur hasard.

Ier CHAPITRE

Il faisait lourd. C'était le plus bel été depuis plusieurs années et, en cette fin de juillet, ce petit coin de bocage normand connaissait un ensoleillement exceptionnel, comme tous les étés précédents depuis 1940. Hans n'en revenait pas et avait du mal à croire les habitants du cru qui disaient que les étés d'avant guerre étaient pluvieux.

Il se servit une rasade de « Schnaps ». Son verre était à peine terminé que le poste récepteur se mettait à grésiller.

Hans se leva d'un bond, prit les écouteurs, un morceau de crayon et, fébrilement, coucha le message sur un formulaire jauni. Décidément les événements ne se déroulaient pas comme le Général le souhaitait.

Hans, radio à l'état-major de la 3e Division de l'Abwehr, connaissait les nouvelles avant tout le monde, avant même le Général Sthil qui commandait la division du Bocage. De grosses gouttes de sueur lui coulaient sur le visage, ses doigts couraient avec agilité sur le papier.

— « Les lâches, ils se rendent sans même combattre ! » ne put s'empêcher de maugréer Hans. Non seulement il y avait eu, en ce mois de juin 1944, le débarquement allié, mais, de plus, le mur de l'Atlantique, qui était censé représenter l'atout le plus solide de la Wehrmacht face aux envahisseurs anglo-saxons, n'avait guère tenu plus de 48 heures.

Sainte-Mère-Eglise, Montebourg étaient tombés dès les premiers jours du débarquement, mais, comme tous, il avait cru qu'il s'agissait d'un repli stratégique. Cherbourg avait été pris les 26-27 juin, mais les dégâts du port étaient importants et il était probable qu'il s'écoulerait un certain temps avant que les Américains puissent l'utiliser. D'ailleurs, depuis un mois le front était stabilisé. Il y avait bien eu le 18 juillet la « libération » de Saint-Lô, comme disaient les civils français, mais le reste du front avait tenu bon. Mais maintenant, les mauvaises nouvelles parvenaient de plus en plus fréquemment à l'état-major. Il y a quarante-huit heures, l'ennemi avait pilonné le front dans la région de Marigny ; cela avait été une vraie boucherie et les troupes avaient dû décrocher. Les Américains exploitaient cet avantage et avançaient partout.

Le poste se tut. Hans enleva son casque, s'épongea le front, prit ses messages et descendit au 1er étage du château. Le soldat de garde devant le bureau du Général Sthil le reconnut et le laissa passer. Il frappa sur le lambris.

— « Entrez », hurla une voix à l'intérieur.

Hans poussa la porte capitonnée : « Un message Her Général ! » Il tendit le papier. Sthil le parcourut rapidement.

Hans resta au garde-à-vous, mal à l'aise. Il connaissait bien les réactions de Sthil. Lorsque les événements ne tournaient pas comme il le souhaitait, le moindre bouton manquant, la plus petite tache et c'était la punition disciplinaire la plus ennuyeuse pour Hans : interdiction de quitter le château pour 48 heures.

Adieu les petits verres de Calvados sirotés chez la mère Anfrey qui tenait le café à l'entrée du village, sur la route de Saint-Sever.

Sthil paraissait accablé. Hans ne broncha pas.

— « C'est bon ! Regagnez les combles. Au moindre message, ne perdez pas de temps et descendez-le-moi. »

— « A vos ordres, mon Général ! »

Hans claqua des talons, leva le bras et émit un « Heil Hitler » qui voulait faire impression, mais le ton n'y était pas. Il referma la porte et regagna le grenier où le poste d'écoute était installé. Au moins là, il était tranquille.

Resté seul, Sthil relut une seconde fois le message. Il n'y avait pas à s'y tromper, le front craquait de tous les côtés. Juin 1944 resterait pour lui la plus grande défaite de l'histoire. Même Stalingrad n'avait pas été un affront aussi cinglant. Paulus et lui s'y étaient battus jusqu'au bout. Seul l'hiver, précoce cette année-là, les avait terrassés.

En ce moment, c'était différent. Les Américains étaient partout. A chaque instant, les parachutistes alliés faisaient irruption, encerclant les unités au repos, tendant embuscade sur embuscade aux convois de sa division. Il ne pouvait rien contre cela, aucun renfort n'était possible. Les Canadiens barraient l'accès de la plaine de Caen et les alliés avaient, de plus, la totale suprématie aérienne. Il y avait belle lurette, en effet, que les Focke-Wulf 140 à croix gammées avaient déserté le ciel de Normandie. Spitfires et Mosquitos anglais, Mustangs américains, survolaient sans relâche la presqu'île, depuis déjà deux mois, à croire que la chasse allemande n'avait jamais existé.

Sthil se leva et se dirigea vers la carte opérationnelle épinglée derrière son bureau.

Lessay et Périers avaient été abandonnés hier, mais ses hommes combattaient pied à pied. Ils devaient souffrir l'enfer, mais ils étaient toujours là. Le combat, malgré tout, dès que l'aviation alliée ne pouvait intervenir en force, demeurait égal dans ce fichu pays de marais et de chemins encaissés ; seule la surprise pouvait donner l'avantage. Les chars Sherman de Collins ou les Stuart de Patton ne pouvaient passer. Le combat restait individuel. Jamais ses troupes ne lâcheraient.

Les alliés pouvaient bien occuper tout le haut du Cotentin et bénéficier du port de Cherbourg, lui, Sthil, tiendrait le Bocage Virois et la Suisse Normande. Si ses verrous clefs, Villedieu, Mortain, Vire, Condé-sur-Noireau, Thury-Harcourt, Aunay-sur-Odon et Flers tenaient, il engagerait dans la presqu'île du Cotentin des opérations de guérilla et de francs-tireurs. Les Américains n'auraient pas la vie belle.

Visiblement, pour eux la prise du port de Cherbourg avait été un souci primordial du Haut Commandement allié. Les réparations en avaient été menées à grande vitesse. Les convois allaient commencer à descendre vers le front pour ravitailler l'armée. Il suffirait de créer quelques commandos pour paralyser les renforts alliés. Le regard de Sthil s'attarda sur la carte ; une petite croix le fit sourire :

« Château de Vire », lut-il. Bien malin qui découvrirait sa retraite ! Le vrai château de Vire n'était que ruines depuis belle lurette. Il avait donné son nom à un charmant manoir situé à quelques kilomètres de la ville ; ainsi, si une indiscrétion apprenait à l'état-major allié le nom de l'abri où se trouvait le commandement de la division du Bocage, l'aviation ne bombarderait que des ruines.

« Vire », bien qu'anéantie par les bombes américaines, était en état de résister.

Il faudrait se lever de bonne heure pour le déloger de sa tanière. Villedieu, Saint-Sever, Vire, Flers étaient environnés de lignes défensives bien étudiées et les efforts des alliés pour s'en emparer seraient inutiles. Depuis un an que Sthil tenait le coin, il avait eu le temps de préparer ses hommes à ce genre de combat. Il jeta un rapide regard vers la fenêtre. Le paysage était merveilleux dans ce frais vallon. La végétation était d'un vert que Sthil n'avait jamais rencontré jusqu'ici, et ce château perdu dans le silence de la campagne environnante semblait un défi à la guerre. Pourtant c'était de Sthil et de personne d'autre que dépendait le sort de milliers de combattants.

Le nez appuyé au carreau, il contemplait la magnifique pelouse qui s'étendait devant la façade du château. A quelques centaines de mètres, un petit bois masquait la route. Sthil éprouvait une impression de paix et pourtant la guerre se déroulait à quelques kilomètres, seulement.

Un bruit de pétarade le tira de sa rêverie. Une motocyclette débouchait à vive allure dans l'allée centrale. Son conducteur freina brutalement, au pied du perron. Sthil entendit les sommations d'usage de ses gardes du corps. Un bruit de bottes martela le couloir et bientôt on frappait à sa porte.

— « Entrez ».

Le motocycliste pénétra dans le bureau. Sthil ne put réprimer un petit sursaut : l'homme était un S.S. ! Il n'aimait guère ce Corps. Sthill avait horreur de la violence. Si, parfois, il était obligé de montrer sa force, il ne le faisait qu'à regret. Aussi haïssait-il les S.S. et, chaque fois qu'il le pouvait, il se passait de leurs services.

— « Oberlieutenant Muller, Heil Hitler ! »

— « Général Sthil, commandant la division du Bocage. Heil Hitler ! »

— « Herr Général, nous risquons d'être coupés de l'arrière ; nous ne pourrons plus passer. »

— « Hein, quoi ? Vous êtes sûr ? Mes hommes tiennent bien le pays. Ce n'est pas possible. »

— « Hélas ! Si, mon Général, il faut vous faire une raison. La région de Mortain n'est plus sûre. Il y a de nombreux commandos de parachutistes américains qui en verrouillent les voies d'accès. Lorsque je suis passé à Flers et Condé-sur-Noireau, les officiers de service dans les Kommandanturs m'ont averti que d'autres parachutistes venaient d'être lâchés aux alentours de Domfront et Saint-Hilaire-du-Harcouët. »

— « De quelle unité dépendez-vous, Oberlieutenant ? »

— « 14e Brigade de Protection Waffen S.S. »

Sthil fut surpris.

— « 14e Brigade de Protection ? Mais je vous croyais basé dans le Massif Central ? »

— « C'est exact, mon Général, mais je suis en mission. Je viens accompagner un convoi d'armes et de munitions à destination du corps d'armée qui défend le Cotentin. Malheureusement mes hommes et moi, nous nous sommes heurtés à la présence alliée autour de Mortain. Nous avons dû faire un détour par Domfront et Flers. Le convoi, du reste, sera là d'ici une heure environ. Nous allons rebrousser chemin, il nous est impossible de passer. La route du Sud, en repartant par Flers et Argentan, est encore libre, mais il nous faudra faire vite si nous ne voulons pas être surpris ici. »

— « Vous avez pu échapper à la chasse alliée ? »

— « Oui, général, mais il nous a fallu rouler de nuit. Il n'y a pas eu de problème, nos camions étaient bien camouflés. »

— « Bravo Muller ! C'est un exploit que vous venez d'accomplir, car dans ce damné pays tout ce qui bouge est impitoyablement mitraillé. Les « Lightning » américains en particulier nous mènent la vie dure. »

— « Je le sais, mon Général. Entre Mortain et votre château, j'ai été mitraillé au moins trois ou quatre fois. Heureusement j'étais en moto, sinon je ne serais jamais arrivé jusqu'à votre Q. G. »

— « Le convoi est-il important ? »

— « Dix camions contenant chacun 10 tonnes de fusils Gewehrs 44, notre dernier modèle, et leurs munitions. »

— « Cela fait 100 tonnes d'armes, si je comprends bien ? »

— « Oui, exact. »

— « Mais il y a de quoi armer une division complète ! »

— « L'état-major de Paris a prévu un plan de défense qui, au cas où la route du Reich serait coupée, permettrait à nos divisions de vivre en circuit fermé pendant plus d'un an. »

— « Je crois que ce plan a été mis en application un peu tard. »

— « Oui et non. »

— « Sans cette sacrée suprématie de l'aviation alliée, il n'y aurait eu aucun problème. »

— « Et vous, mon Général, comment avez-vous procédé pour ne pas être repéré ? »

— « Oh ! c'est simple. Il n'y a aucun homme de troupe dans le château. J'y vis en solitaire avec un état-major restreint. Le seul cordon de protection se trouve dans le petit bois que vous apercevez ici, de l'autre côté de la rivière. Cette ruse m'a réussi, car les alliés cherchent mon repère depuis plus de deux mois. A plusieurs reprises, les avions ont tourné en rond au-dessus du château, mais ils sont repartis aussi vite qu'ils étaient venus. Le château a dû leur sembler abandonné. En effet, j'ai fait fermer toutes les persiennes, même les photographies aériennes ne peuvent rien déceler. Nous déjeunons dans le bâtiment du gardien et, pour nous y rendre, il nous faut passer par l'allée touffue et ombragée que vous avez dû remarquer en arrivant. »

A cet instant précis, l'on frappa à la porte.

Sthil parut ennuyé.

— « Encore de mauvaises nouvelles, probable », marmonna-t-il.

— « Vous croyez ? »

Hans parut sur le seuil de la porte.

— « Herr Général, un câble de la Kommandantur de Flers. »

— « Donnez », aboya Sthil qui comprenait que désormais tout était fichu.

Il devina, plus qu'il ne lut, le contenu du message.

Helminger, qui commandait la région de Torigni-sur-Vire, l'avertissait qu'il allait devoir se rendre. La vie était intenable dans son secteur. Depuis 48 heures, il était encerclé et avait perdu près de 800 hommes. Il ne tenait pas à aller à la boucherie comme les troupes de Tessy qui avaient été décimées deux jours auparavant. La mort dans l'âme, il allait se résigner à hisser le drapeau blanc sur l'Hôtel de Ville.

— « Si j'étais là-bas, aboya Muller, il ne se rendrait pas ; je préférerais le tuer ! »

Sthil leva la tête, accablé.

— « Pourquoi ? demanda-t-il. Il n'y avait plus rien à faire. Helminger était un bon officier. Je le connais suffisamment pour être sûr qu'il n'agit ainsi qu'en dernière extrémité. »

— « Un officier allemand ne se rend pas, hurla Muller. Vous comprenez, mon Général, chez nous, on ne capitule pas, on meurt le revolver à la main ! »

Sthil, prudent, se tut. Il connaissait assez les Waffen S.S. pour ne pas commettre d'impair.

Sthil congédia Hans et entraîna Muller vers la carte d'état-major. Il fit le point avec le S.S. ; Muller réfléchissait. Peut-être lui serait-il possible de se glisser vers le Sud-Ouest afin que les armes puissent servir aux armées qui tenaient la côte atlantique. Une conclusion s'imposait à l'évidence : la route directe vers le sud était coupée par la présence des parachutistes autour de Mortain ; le convoi d'armes devrait faire une long détour par Condé-sur-Noireau, Flers et Argentan pour passer. Ce serait de plus en plus difficile avec la chasse alliée toujours en action dans le ciel normand.

— « Même si vous lui échappez, jamais vous ne franchirez la Loire, nous avons fait sauter tous les ponts ! »

— « Malédiction ! gémit Muller. Il n'est pas question d'abandonner 100 tonnes d'armes aux Américains. Voyez-vous, Général, une solution ? »

Sthil réfléchit.

— « Peut-être ! déclara-t-il. La Vire ! Balancer tout le chargement d'armes dans la rivière. Personne n'irait les rechercher là. Et à supposer qu'un pêcheur quelconque les retrouve un jour, elles auraient suffisamment souffert de leur séjour dans l'eau pour être inutilisables. »

— « Non, Général, je ne suis pas d'accord. Ces armes sont graissées et mises en emballage étanche ; elles peuvent séjourner des mois dans l'eau sans subir de détérioration. Tout a été prévu à cet effet. Alors, il faut les cacher. »

— « 100 tonnes, ce ne sera guère facile ! »

— « J'en conviens, mais il faut trouver une solution. Il n'est pas question de les abandonner aux alliés. D'autre part, saboter individuellement chaque arme demanderait trop de temps. »

— « Combien y a-t-il d'armes ? »

— « 30.000, plus leurs munitions. Général, vous connaissez bien la région ? »

— « Oui, j'exerce mon commandement dans le Bocage depuis un an. Il n'y a pas un coin que je n'aie visité. »

— « Alors, trouvez quelque chose. »

Sthil sursauta. Il ne s'y trompa pas. C'était un ordre et Muller le lui faisait comprendre. S'il n'obéissait pas, il savait que le S.S. ferait parvenir au Q.G. de Berlin un rapport accablant. Il se souvenait de Bur qui, en Ukraine, avait refusé d'obéir à un simple S.S. et qui s'était retrouvé muté à Stalingrad quelques jours plus tard.

— « Je trouverai quelque chose », lâcha Sthil, qui ne laissa pas percer son désarroi.

— « Je le pense également », siffla Muller.

Sthil réfléchit. Il regarda la carte, son visage s'illumina.

— « Vos armes tombent à pic, je les fais rentrer dans mon plan. »

— « Votre plan ? », grinça Muller.

— « Oui, j'ai mis au point avec l'état-major un plan qui, en cas de déroute de notre division, nous permettrait de saboter tous les renforts alliés venant de Grande-Bretagne et débarquant à Cherbourg. »

— « Quel est ce plan ? » questionna Muller, soupçonneux.

— « Oh, il est simple. J'ai trié sur le volet une centaine d'hommes qui peuvent à tout instant prendre la tenue civile. Gluck, l'un de mes meilleurs officiers, les a entraînés, pendant plusieurs mois, aux opérations de commando et de guérilla. Je puis vous affirmer qu'aucun convoi allié ne descendra la presqu'île en direction de l'Est ou de la Loire. Le point faible de l'opération était le manque d'armes. Je n'en avais pas, en stock, pour doter cette unité. Vos fusils serviront à Gluck, si vous n'y voyez, toutefois, aucun inconvénient. »

Muller hésita un instant. Laisser les armes à Sthil ne lui plaisait guère, mais, d'autre part, il s'agissait de défendre le Reich. Il ne pouvait donc décemment s'opposer à ce projet.

Finalement, il accepta à regret.

— « D'accord, mon Général. Mais, comme je suis le seul responsable du convoi, c'est donc à moi de décider du détail de l'opération. J'y mets, de plus, une condition : vous garderez le secret et seul Gluck aura connaissance de l'emplacement où nous cacherons les armes. Est-ce bien d'accord ? »

— « Oui, murmura Sthil, vous pouvez avoir confiance en Gluck : c'est l'aîné d'une vieille famille du Wurtemberg qui a donné plusieurs dizaines d'officiers à la patrie allemande. Je puis le faire appeler, si vous le désirez. Il vous sera d'une grande utilité, car c'est lui qui a pris en main l'entraînement du commando de guérilla. Ses conseils nous seront précieux pour trouver une cache pour les armes. »

Sthil appuya sur un bouton. La porte s'ouvrit et le planton parut.

— « Schumacher ! Faites venir immédiatement le lieutenant Gluck. »

L'homme salua et disparut.

— « La discipline se relâche, Général ! » ne put s'empêcher de faire remarquer Muller.

— « Vous trouvez ? » riposta Sthil.

— « Un homme qui a oublié de boutonner sa veste, lorsqu'il se présente devant un supérieur, ne peut gagner une guerre. »

Sthil ne répondit point. Il n'y avait, du reste, rien à ajouter aux propos de Muller, car ce qu'il disait était la pure vérité. Depuis deux mois le moral était à zéro et lui-même avait tendance à laisser la discipline se relâcher.

Dans le couloir, un bruit de pas se fit entendre.

— « Entrez », cria Sthil, sans même attendre que l'on ait frappé.

Gluck se profila dans la pénombre. L'officier claqua des talons et salua.

— « Heil Hitler, à vos ordres, mon Général ! »

Muller le dévisagea. L'homme lui plaisait. Son attitude dynamique dénotait l'officier de valeur.

Gluck à son tour regarda Muller, puis il planta ses yeux dans ceux de Sthil.

— « Mon Général, je vous écoute. »

— « Gluck, je vous présente l'Oberlieutenant Muller, de la Waffen S.S. »

L'officier de l'Abwehr salua.

— « Gluck, je vous ai convoqué parce que vous êtes le seul de mon état-major à pouvoir accomplir la mission dont je désire vous entretenir. Vous connaissez le pays mieux que moi et d'autre part vous parlez le français à la perfection. Vos études universitaires vont vous servir. A partir de la minute présente, vous prenez le commandement de la Brigade de guérilla. Mission : saboter tous les véhicules qui descendent de Cherbourg. Mais, avant, nous avons un problème à résoudre et c'est pour cela que je vous ai convoqué. Muller a la responsabilité d'un convoi de dix camions, transportant 100 tonnes d'armes et munitions, convoi qu'il faut à tout prix camoufler. Torigny vient de tomber. Mortain est encerclé par des parachutistes. Le convoi est donc bloqué ici. Il n'est pas question de le saboter, ce serait trop long. Les Américains peuvent être là d'un instant à l'autre. Il faut que vous me trouviez un endroit idéal pour cacher les armes qui, de plus, vous serviront de dépôt de réserve pour vos opérations de commando. Vous serez le seul avec Muller et moi-même à en connaître l'existence. Voici la carte, trouvez-nous rapidement une cachette potable. »

Gluck se glissa derrière le bureau et parcourut la carte du regard.

— « 100 tonnes, dites-vous, mais c'est impossible ! N'importe qui peut tomber à l'improviste sur ces armes. Le moindre détecteur de mine dévoilera le pot aux roses. »

— « C'est votre affaire, Gluck, et non la mienne », dit froidement Muller.

— « J'ai peut-être une idée, lança enfin l'officier, mais c'est risqué car il faudra que le convoi fasse encore soixante-dix bons kilomètres avant de parvenir à l'endroit. Mon Général, la région d'Avranches est-elle encore sûre ? »

— « Autant que je sache, oui. C'est Von Bogard qui tient la place. Avec lui, je suis tranquille. Il traque sans relâche les parachutistes alliés. »

— « Pouvez-vous lui demander de renforcer immédiatement la surveillance du secteur ? »

— « Si cela est nécessaire, volontiers. »

— « Pour réussir l'opération, il faut être certain que les parachutistes alliés ne nous tendront pas d'embuscade. »

— « Bon, je pense que c'est encore possible. Je fais passer un message à Von Bogard avec les instructions nécessaires. Quand partira le convoi ? »

Gluck réfléchit quelques instants.

— « Je ne tiens pas à rouler de jour, ce serait aller au suicide. Cette nuit... à minuit au plus tard. Général, je peux vous exposer mon plan ? »

— « Bien sûr, Gluck, allez-y. »

Le lieutenant fit signe aux deux hommes de s'approcher et tous trois se penchèrent sur la carte.

— « A 20-25 kilomètres d'Avranches, se trouve l'abbaye du Mont Saint-Michel. J'y ai cantonné plusieurs fois. Cette abbaye est tout ce qu'il y a de plus isolé puisque située sur un îlot relié à la terre par une digue. Celle-ci aboutit en cul-de-sac contre les remparts. Il nous faut profiter de la marée basse si nous voulons rouler sur la grève et pénétrer avec les camions dans l'enceinte, réduisant ainsi au maximum le transbordement des caisses. En partant à minuit, nous serons à pied d'œuvre à l'heure convenable pour passer... et ressortir avant la marée haute qui bloque les issues. L'abbatiale est inoccupée et recèle un nombre incalculable de cachettes. Il en est une tout spécialement, qui a été aménagée par nos troupes, et que j'avais projeté utiliser au cas où nous mettrions en application la formation des commandos. L'abbatiale aurait constitué ma base d'attaque n° 1. Même cerné par les Américains, je pourrais faire échapper mes hommes par mer avec des vedettes et rejoindre nos troupes stationnées à Jersey. »

— « Ah ! Ah ! siffla Muller admiratif, à ce point ? »

— « Je vous en donne ma parole, Oberlieutenant. »

— « Je vous crois, Gluck. »

— « N'importe quel visiteur pourrait se promener des heures dans l'abbaye qu'il ne soupçonnerait même pas cette cachette et notre présence. J'en ai eu la preuve l'an dernier. Un groupe de Jeunesses Patriotiques françaises avait élu domicile au Mont. Ils ne se sont pas aperçus que nous y étions. »

— « Gluck, je vous arrête. Il faut que cela reste secret. Je vous l'ai dit : seuls vous, le général Sthil et moi-même seront au courant de cette expédition. »

— « J'ai parfaitement saisi, précisa l'officier. Rassurez-vous, les soldats qui ont aménagé la cache dont je vous ai parlé ont été ensuite expédiés sur le front de Stalingrad... et pas un n'en est revenu. Quant à l'unité que j'ai entraînée et qui a séjourné dans cette abbaye, elle est à l'heure présente prisonnière avec l'Afrika-Korps du maréchal Rommel. Je suis le seul à connaître cet antre. »

— « Il vous faudra pourtant des hommes pour décharger les caisses ? »

— « Non, Général, rectifia Muller. Mes vingt chauffeurs sont bien dressés, ils suffiront. Il leur faudra moins de trois heures pour vider les camions. »

— « Si vous voulez des hommes, je peux tout de même vous fournir une compagnie. »

— « Non, je vous remercie mon Général. Des allées et venues aussi nombreuses risqueraient d'attirer l'attention. L'on n'est jamais assez prudent. Si j'ai pu traverser la moitié de la France sans dommage, c'est parce que justement nous étions peu nombreux. Seulement deux hommes par véhicule pour conduire à tour de rôle. Gluck, vous répondez de votre affaire à cent pour cent ? »

— « Parfaitement. Soyez tranquille, Muller. Je me porte garant de l'opération, rien à craindre. Une seule question, Oberlieutenant : vos chauffeurs sont-ils capables de manier la truelle et le ciment ? »

— « Oui, aucun problème en ce domaine. »

— « Bon ! Alors cela ira. Il n'y aura que quelques sacs à charger, des pioches, des pics et ce sera amplement suffisant. Départ minuit et retour des camions ici vers six heures du matin. Vous voyez, ce sera exécuté rapidement. »

Le général entoura le Mont Saint-Michel, sur la carte, de son crayon rouge.

— « Je pense que tout se passera bien. Muller, vous accompagnez Gluck, n'est-ce pas ? »

— « Bien sûr, Général. Pas question de vous laisser l'initiative, j'ai la responsabilité de l'opération. »

Gluck ne broncha pas. Il admirait Muller et en général les S.S. Lui-même était profondément nazi, et si, étant jeune, il ne s'était pas engagé dans les Jeunesses Hitlériennes, c'est parce que sa famille, catholique dans l'âme, se refusait à la violence. Mais Gluck avait partagé de bonne heure l'idéal nazi.

Lorsque la guerre avait éclaté en 1939, il avait été l'un des premiers à s'engager comme simple soldat. Remarqué pour son sérieux et sa fougue pour le régime, il avait gravi rapidement les échelons hiérarchiques. Il venait d'être affecté à l'état-major de la division Sthil, lorsque le débarquement allié avait eu lieu.

La mission que lui confiait Muller l'enthousiasmait.

Un bruit sourd ébranla subitement la pièce. Les fenêtres vibrèrent. Les trois hommes se précipitèrent derrière les volets.

— « Le convoi », murmura Muller.

Sthil et Gluck virent, avec stupéfaction, pénétrer dans l'allée du château dix « Heinkel » de moyen tonnage, bâchés et conduits par des civils.

— « C'est cela votre convoi ? » s'enquit Sthil.

Muller riait.

— « Oui, bien sûr, ruse de guerre. Les chauffeurs sont en civil, mais ce sont des S.S., ajouta-t-il avec un clin d'œil en direction de Gluck. J'ai déguisé l'allure du convoi. Vous ne lisez pas ce qu'il y a d'écrit sur les bâches, ce sont pourtant de gros caractères : « Service du Ravitaillement Civil » ! Pas un soldat à proximité. Rien ne peut éveiller les soupçons. C'est pour cela que je roule en permanence à dix kilomètres devant. Ce convoi a même été contrôlé près de Laval, par un commando de parachutistes anglais qui l'ont laissé passer croyant qu'il était destiné à la population civile. Naturellement les papiers de bord sont faux. Au lieu de beurre, il y a de magnifiques fusils. Les Tommies n'ont même pas eu la curiosité de soulever les bâches. Pas joli cela, hein ? »

— « Bien joué », reconnut Gluck.

Les chauffeurs descendirent de leur camion et s'étendirent dans l'herbe. Ils avaient l'air harassés.

— « Permettez, mon Général, que je vous quitte quelques instants pour donner des consignes à mes hommes. Puis-je les restaurer ? Ils en ont besoin. »

Sthil fit signe que oui.

— « Allez aux cuisines et qu'on leur serve un repas amélioré », jeta-t-il, bougon.

Sthil n'avait qu'une hâte : que le convoi quitte le château. La présence des S.S. ne lui plaisait guère.

Muller prit congé.

Sthil se tourna vers Gluck.

— « Lieutenant, vous avez carte blanche pour agir ! Sitôt les armes à l'abri, revenez ici pour constituer votre unité de commando. Vous aurez juste le temps car si Torigni vient de tomber, il en sera bientôt de même pour nous et ce sera alors à vous de jouer. »

Sthil regarda Gluck affectueusement, il l'aimait bien.

— « Et je... »

— « Quoi donc mon Général ? »

— « ... Je souhaite que vous vous en tiriez... »

Gluck toussa, bien malgré lui.

— « Mon Général, je vous remercie. Tout ira bien. Mes hommes sont bien entraînés, ils parlent le français mieux que n'importe quel paysan de la région. Nous ferons du bon boulot car nous avons les armes, maintenant. Pour le ravitaillement, il n'y aura pas de problème. Les cultivateurs croiront dur comme fer que nous sommes des Alsaciens déserteurs. J'ai fait préparer de faux papiers pour mes hommes. Je ne pense pas avoir négligé le moindre détail. »

— « Je le souhaite, ajouta le Général. Allez vous reposer, Gluck, vous en aurez besoin. Je vous reverrai juste avant votre départ. Passez me voir peu de temps avant minuit avec Muller, vous me donnerez les détails de l'opération Mont Saint-Michel. »

— « A vos ordres, mon Général. Heil Hitler ! »

Gluck sortit et se dirigea vers sa chambre. Il lui restait quelques heures disponibles. Il se changerait et se rendrait à la ferme de « La Bloutière ». A cette heure, Françoise devait être là. Elle commençait à préparer la soupe. Il dînerait avec elle, la soirée serait moins triste.

***

A 11 heures 45, Gluck rentra au château. Il y avait encore de la lumière dans le bureau de Sthil. Le général l'attendait. Il s'y rendit directement. Muller l'y avait déjà précédé.

— « Alors en forme ? » questionna Sthil.

La mine heureuse de Gluck le renseigna immédiatement. L'officier avait très certainement passé la soirée avec l'étudiante dont il était amoureux. Sthil n'ignorait pas la liaison de son subordonné avec cette petite Française. Bien qu'il la désapprouvât, pour des raisons de sécurité, il n'en avait jamais soufflé mot à Gluck et il feignait d'ignorer cette idylle.

— « Bon ! Comment avez-vous conçu votre opération ? » ajouta-t-il à l'adresse de Muller.

Ce dernier se dirigea vers la carte.

— « Nous emprunterons la nationale 24 bis qui mène à Granville. A Villedieu, nous bifurquerons sur Avranches. »

Gluck acquiesça.

— « Pour le reste, pas de problème. Je serai à bord du premier camion. Quant à vous, Gluck, je pense qu'il est souhaitable que vous nous précédiez en moto. Inutile d'éveiller la curiosité des riverains. Je sais bien qu'il y a le couvre-feu à partir de 22 heures, mais mieux vaut être prudent. Nous arriverons vers une heure et demie du matin. Trois heures pour décharger les camions et camoufler les armes, nous serons de retour, sauf imprévu, vers six heures. »

— « Rien à ajouter, Muller ? »

— « Non, Général, cela devrait bien se passer. La météo n'est pas bonne, ce soir. Il y a de la brume. Au moins les « Spitfires » nous laisseront tranquilles ; c'est toujours ça de gagné. »

Les deux hommes prirent congé de Sthil, saluèrent et sortirent.

Quelques minutes plus tard, le convoi roulait, tous feux éteints, sur les routes du Bocage. Gluck sur sa moto scrutait les bas-côtés.

Tout semblait paisible. Seuls quelques chiens aboyaient, lors de son passage, mais aucune lumière ne s'allumait dans les fermes et les villages. L'opération se déroulait comme prévu. Vers une heure trente, le convoi arriva en vue du Mont Saint-Michel. Gluck fit signe de ralentir et c'est au pas que les camions s'engagèrent sur la grève ; négligeant le porche d'entrée situé tout à côté de l'extrémité de la digue et qui permet d'accéder à l'abbatiale en traversant le village habité, ils se dirigèrent vers le portail suivant qui donne accès à la tour Gabriel et au pan incliné de la grande roue.

Muller, malgré lui, fut saisi par la beauté du site. L'abbatiale se découpait sur le fond du ciel. La lune jouait avec les nuages, dessinant d'étranges silhouettes.

Lentement, les véhicules montèrent la route en lacets. Gluck mit la moto sur sa béquille et les fit arrêter tout en haut.

— « C'est là, dit-il simplement. Vous voyez, le voyage s'est déroulé normalement. Allons, ouste, au travail ! »

Muller siffla. Ses chauffeurs le rejoignirent. Il leur donna ses consignes à voix basse. En quelques minutes, les camions furent débâchés et les caisses commencèrent à s'entasser dans la ruelle toute proche. Trois heures plus tard, le travail était entièrement terminé. Muller, prudent, fit compter les pics et les pioches, ramassa les sacs de ciment vides et fourgua le tout à l'arrière du dernier véhicule.

— « Alors, s'enquit Gluck, la cachette vous convient-elle ? »

— « Oui ! J'avoue que pareille idée ne me serait jamais venue à l'esprit. Je mets au défi quiconque de trouver les armes, même en sachant qu'elles sont dans l'abbaye. »

Gluck était heureux du compliment.

— « Vous voyez, je vous l'avais bien dit. »

— « Bon ! je crois qu'il est temps de filer, si nous voulons être de retour vers six heures. La nuit commence déjà à blanchir. »

— « Vous avez bien repéré l'itinéraire de retour, Oberlieutenant ? A Avranches, nous quittons la route suivie à l'aller afin de repasser le moins possible par le même itinéraire pour le cas où nous aurions été repérés. Nous continuerons en direction de Granville et, à Sartilly, nous nous dirigerons vers La Haye-Pesnel pour ne rejoindre le chemin de l'aller qu'à Villedieu... »

— « Oui, je l'ai souligné au crayon sur ma carte. Même si nous nous perdions, je pourrais rentrer seul », répondit-il en riant.

— « Dans ce cas, allons-y ! »

Gluck enfourcha sa moto et la mit en route. Il n'attendit pas le convoi et fonça sur le goudron humide. Bah ! puisque Muller avait noté l'itinéraire sur sa carte, il était inutile de traînasser.

Les camions démarrèrent au pas, franchirent le portail et, après avoir roulé sur la grève, remontèrent sur la digue ; il s'engagèrent ensuite sur la petite route côtière qui, par Courtils, mène à Pontaubault et Avranches.

Le convoi roulait doucement. Muller ne tenait pas à réveiller les habitants des villages traversés. Son véhicule venait d'amorcer une descente lorsque son chauffeur poussa un juron.

— « Là, devant, cria-t-il. Il y a un camion au travers de la route ! »

Il freina à mort.

Muller s'empara de son revolver d'ordonnance qu'il avait emmené avec lui et scruta la route, aux aguets. En effet, à une centaine de mètres, un camion à gazogène, chargé de bidons de lait, était immobilisé, en panne. Deux hommes s'affairaient sur le moteur. Lorsqu'ils aperçurent Muller revolver au poing, ils comprirent rapidement. Le S.S. tira au jugé. Le plus âgé s'effondra, le nez sur le carter de son camion. Le plus jeune, un gamin de seize ans environ, en voyant briller le canon de l'arme, avait fait un saut de côté et détalé le long de la haie.

Muller fit aboyer de nouveau son pistolet, mais en vain. Le garçon réussit à s'enfuir.

— « Halte ! » hurla Muller.

Trop tard ! Ce n'était plus qu'une ombre qui disparaissait dans les champs avoisinants. Muller jura. Ce qui venait de se passer était un désastre. Il avait manqué de sang-froid. Au lieu de sortir son arme, il aurait dû proposer de l'aide aux deux hommes. Il aurait pu ainsi les abattre à loisir, tandis qu'à présent le gosse courait. Muller hissa le cadavre dans la cabine du camion de laiterie, y mit le feu et démarra en vitesse. Le convoi avait à peine parcouru quelque deux cents mètres, que Muller apercevait le rougeoiement de l'incendie.

— « Après tout, le gosse ne se sera probablement rendu compte de rien. Si cela se trouve, il n'a même pas aperçu le convoi. »

Mais, au fond de lui-même, Muller n'en était pas certain. Il rangea son arme et ordonna à son chauffeur d'accélérer.

Le convoi pressa l'allure. Ils seraient à six heures au château, comme prévu. Ils venaient de traverser Villedieu-les-Poêles, lorsque le chauffeur de Muller se mit à hurler de nouveau.

— « Mein Oberlieutenant, regardez, la barrière du passage à niveau est fermée. »

— « Ce n'est pas grave, un train est probablement annoncé. »

Les camions s'immobilisèrent, les uns derrière les autres et attendirent patiemment le passage du convoi ferroviaire.

— « Bizarre, grommela Muller, il n'y a pas de sonnerie et tout paraît désert dans la cabine du garde-barrière. Attendez un instant, lança-t-il à son chauffeur, je vais voir. »

Muller poussa le portillon et s'engagea sur la voie. La maisonnette paraissait vide. Il tourna la clenche de la porte et alluma : le lit était défait et sur la table une douzaine d'assiettes sales traînaient encore. Une âcre odeur de fumée le prit à la gorge.

— « Hum, hum, qu'est-ce que cela veut dire ? »

Muller décida de relever la barrière, lui-même. Il actionna la manivelle et traversa à nouveau la voie.

Il fit signe aux camions d'avancer. Aucun train n'était en vue. Cela devenait suspect. Les lourds véhicules s'ébranlèrent. Muller attrapa le premier, en marche. Il pria le chauffeur de presser l'allure. Ce dernier n'eut pas le temps de répondre. Muller, en un éclair, comprit. L'embuscade classique ! Les armes à feu se mirent à crépiter des deux côtés de la route. Il reconnut le bruit du FM Bar américain. Des parachutistes ! !

— « Accélère, beugla Muller, à l'adresse de son convoyeur. Schnell, schnell ! » Il entendait résonner les balles sur la carrosserie.

Soudain tout le ciel s'embrasa. L'un des camions venait, sans aucun doute, de prendre feu.

— « Schnell », hurla de nouveau Muller.

Mais cette fois-ci, il cria, en pure perte. Son chauffeur venait de s'effondrer sur le volant, la cage thoracique transpercée d'une balle de fusil-mitrailleur.

Muller poussa le corps sur le plancher du véhicule et sauta sur le volant. Il n'eut même pas le temps d'enclencher sa vitesse : un voile s'abattit sur lui. Il sentit un liquide chaud et gluant lui dégouliner sur le ventre. Il essaya dans un dernier sursaut de se glisser hors du camion et bascula dans le fossé. La dernière image qu'il entrevit fut celle des camions qui flambaient, tandis que des diables noirs, sautant les haies avoisinantes, s'avançaient prudemment vers le brasier. Puis tout se brouilla et il perdit connaissance.

2e CHAPITRE

Veber se dressa sur son oreiller. Il n'avait pas rêvé, la sonnerie de l'entrée venait de retentir. Il se leva prestement, en maugréant, enfila son peignoir et se dirigea vers la porte. Un deuxième coup de sonnette fit vibrer le corridor.

— « Voilà, voilà, j'arrive. » Il tira le loquet.

Le facteur, tout souriant, lui remit un paquet de lettres.

— « Bonjour, Monsieur Veber. Vous m'excuserez. Madame Cardet m'a dit que vous étiez rentré, alors j'ai pensé que je pouvais vous remettre moi-même le courrier, histoire de vous dire un petit bonjour. Ça va-t-y comme vous voulez, Monsieur Veber ? »

Veber se calma. Le facteur était un si brave homme qu'il n'avait nulle envie de le froisser.

— « Prendrez bien une petite rincette, père Tardif. »

— « Dame, c'est point de refus, car la tournée est longue. »

Veber, en lui-même, ne put s'empêcher de penser que la tournée serait moins longue, si le bonhomme ne prenait pas son petit verre dans chaque ferme. Mais il ne dit rien. Après tout, cela ne le regardait pas et il n'avait pas à jouer les redresseurs de torts. Le père Tardif entra dans la cuisine et s'assit.

— « Alors ! c'est-y qu'on est de retour ? »

— « Vous le voyez bien, je suppose », dit en riant Veber.

— « Une mission de terminée ? » s'enquit le bonhomme, les yeux brillants de curiosité.

— Oui, répondit laconiquement Veber, et maintenant je me repose. Un bon mois à manger de la galette et boire du bon cidre de notre Normandie natale, c'est la meilleure des cures, vous ne trouvez pas ? »

— « Pour sûr, enchaîna le père Tardif, c'est point moi qui vas vous contredire, et si vous ajoutez à cela le petit verre de calvados, je crois bien que ça doit être le paradis terrestre. »

Les deux hommes éclatèrent de rire. Veber venait d'arriver à Donville, petite station balnéaire située à quelques kilomètres de Granville. Il comptait bien profiter de ses vacances. Repos, pêche et bonne chère, cela faisait des années qu'il venait là, entre deux missions, et il aimait ce pays, si peu compliqué et si mal connu, de surcroît. Sa petite maisonnette, son jardinet et une vue merveilleuse sur les îles Chausey situées à l'entrée de la baie du Mont Saint-Michel suffisaient à son bonheur. Ses voisins, tous braves gens, lui rendaient son bonjour. Et pour qui connaît le naturel méfiant du Normand, il ne faisait pas de doute que Veber avait conquis la sympathie générale.

— « Bon ! c'est pas que le tout, risqua le père Tardif, y faut que je me sauve. »

— « Je ne vous retiens pas, concéda Veber, bon prince, allez, partez vite. »

Le facteur sortit. Veber s'empara du tas de lettres et commença à le dépouiller, en sifflotant la « Marseillaise ». Il était de bonne humeur. Il y aurait bientôt une marée, ce serait pour lui l'occasion d'aller à la pêche aux soles, la spécialité du pays.

— Les femmes, toujours les mêmes, pesta-t-il. Les trois-quarts de son courrier était composé de lettres émanant de filles rencontrées, çà et là, et qui lui proposaient toutes, à l'unisson, de venir lui tenir son ménage. Après tout, c'était de sa faute. Il n'avait qu'à ne pas donner son adresse à ses conquêtes.

Il fronça les sourcils. Une carte postale venait d'attirer son attention.

— « Tiens, tiens, une carte du patron. Qu'est-ce qu'il veut encore, ce vieux grigou ? »

Veber, légèrement inquiet, lut la carte qui représentait, comble d'ironie, une magnifique Tour Eiffel.

« Retour immédiat souhaité — affaire urgente à vous confier — êtes le seul capable d'en venir à bout — me répondre dans ma propriété de Pacy-sur-Eure. »

Signé : Giffard.

— « Eh bé... Mince alors. Il ne manque pas de souffle. Je suis en vacances depuis quarante-huit heures et il me rappelle ! »

C'était bien là un tour du patron. Veber relut la carte. Il n'y avait pas à s'y tromper : c'était bel et bien un ordre. Rien à faire pour y échapper.

Veber râla. Pour une fois qu'il comptait se donner du bon temps, c'était encore raté. Il réfléchit. L'affaire était sûrement de taille. Le patron avait pour règle essentielle de ne jamais convoquer un agent en congé. Cette fois-ci, il faisait un accroc au principe et cela intriguait Veber.

Il regarda sa montre : 10 heures. Le temps de faire ses valises, il serait à Pacy-sur-Eure vers 15 heures.

Pacy-sur-Eure. Mais bon sang ! Le patron était aussi en vacances, et nul mieux que Veber ne connaissait les consignes de Giffard lorsqu'il partait se reposer. Ce n'était un secret pour personne, le patron disait toujours à Fauvoir de la Retoque, son adjoint :

— « Tu ne me déranges en aucun cas, compris, vieux Pied-noir ! »

Fauvoir acquiesçait, bien sûr, et de mémoire d'homme, personne dans le service ne se souvenait avoir vu ce dernier écourter le congé du patron. Il avait toujours su régler les moindres incidents avec doigté et efficacité.

Fauvoir de la Retoque avait toute la confiance de Giffard. Ce dernier l'avait pris comme adjoint, en 1955, lorsque les rapatriés avaient fait mouvement sur la métropole, à la suite de l'accession sur le trône marocain d'un certain Mohamed V.

Les ancêtres de Fauvoir, baronnets guerriers et soudards, au service de saint Louis, s'étaient établis au Maghreb, lors du siège de Tunis par le Roi de France, au cours de la 8e croisade, en l'an de grâce 1270.

Arcel Fauvoir de la Retoque, séduit par la tolérance d'Allah dans le domaine sexuel, avait abandonné son pays et son roi et s'était illico converti à l'Islam. Dame ! quatre femmes à caresser légalement au lieu d'une seule en Occident, le sacripant n'avait pas hésité un instant ! La progéniture de cet illustre ancêtre avait essaimé au cours des âges vers le Maroc où l'indépendance de ce pays les avait surpris à l'ombre de la Médina de Fez.

Si le Patron convoquait Veber dans sa propriété familiale, c'est qu'il devait avoir un sérieux motif.

— « Bah ! on verra bien », maugréa le douanier.

Depuis qu'il était à la D. N. E. D. (1), il avait appris à obéir sans se poser de questions et au fond il n'avait pas à se plaindre. Le Patron avait confiance en lui et lui fichait la paix.

Veber était l'as de la D. N. E. D. Il avait épinglé à son tableau de chasse les plus grands caïds de la drogue, les trafiquants d'armes les plus notoires, sans compter le menu fretin des bas fonds de la pègre méditerranéenne qui croupissait à l'heure présente dans les geôles sans confort des Baumettes. Grand sportif, Veber défrayait souvent la une des journaux.

---

(1) D. N. E. D. (Division Nationale d'Enquêtes Douanières) : fer de lance des douanes françaises dans sa lutte quotidienne contre la fraude et qui a obtenu ces dernières années de fantastiques résultats que nous envient les Services Spéciaux étrangers.

Giffard, à plusieurs reprises, avait failli s'étrangler de surprise en ouvrant « l'Equipe ».

Un jour, il découvrait que son agent avait été sélectionné en équipe de France de pétanque, une autre fois qu'il avait remporté la finale du tournoi Open de tennis de la ville de Paris.

— « Vous n'avez qu'un défaut, lui répétait souvent Giffard, le Grand Patron de l'espionnage douanier, vous êtes un fieffé coureur de jupons et ce ne sont ni les Chinois ni les Russes qui auront votre peau, mais tout simplement un petit bout de femme du 5ᵉ arrondissement qui vous versera du cyanure dans votre pastis. »

Veber riait de bon cœur et protestait mollement.

— « Oh moi, vous savez, les femmes ! Elles ne m'ont jamais démangé outre mesure. »

— « Non, non, bien sûr, enchaînait Giffard, mais ce sont elles qui vous courent après et vous vous laissez faire. Après tout ce sont vos oignons, du moment que le service n'en souffre pas, je n'y vois personnellement aucun inconvénient. Mais sachez une chose : si vous mourez par la faute du sexe faible, je ne ferai aucun discours sur votre tombe. Vous voilà averti. »

Les deux hommes s'esclaffaient et Veber promettait invariablement de faire bien attention.

— « Je ne boirai plus de pastis, chef, vous voilà rassuré », et les deux hommes riaient de plus belle.

En un tour de main, Veber eut terminé ses valises et au volant de son coupé Toyota, il pris la direction de Paris.

Veber, intrigué, conduisait vite. A 14 h., il franchissait le portail de « La Colombe », la propriété du grand patron de la D. N. E. D. Ce dernier possédait une magnifique villa, le long de l'Eure.

Un jardinet l'entourait et, lorsque Veber stoppa sa voiture, il ne put retenir un cri de surprise. Le patron en salopette cueillait des haricots verts.

— « De la fourchette d'argent » précisa-t-il à Veber qui n'en croyait pas ses yeux. « Alors, vieux soldat, bonne route ? »

— « Oui, chef, j'étais tellement content de vous revoir que j'ai tenu les 100 kilomètres heure de moyenne depuis le départ. C'est-y pas gentil ? » glissa Veber narquois.

— « Allez, venez vous rafraîchir, cela vous détendra. »

Giffard prit affectueusement Veber par le bras et, tout en bavardant, ils pénétrèrent dans le salon de la villa.

Une vieille femme aux cheveux blancs tricotait. Elle se leva à la vue de Veber.

— « Ma mère », présenta Giffard. Veber s'inclina.

— « Vous devez nous en vouloir, Monsieur, car mon fils a écourté vos vacances. »

— « Je crois qu'il vaudrait mieux dire « supprimé », Madame, car je n'étais en congé que depuis quarante-huit heures. »

— « Oh ! le vilain, s'exclama la vieille femme, ce n'est pas ce que tu m'as dit ! »

— « Bon, bon grommela Giffard, rends-toi utile et et sers-nous un doigt de porto. »

La vieille dame sourit et s'affaira.

— « Asseyez-vous, vieux soldat. »

Veber choisit une bergère bien profonde et s'y laissa tomber.

— « On est bien chez moi », risqua Giffard.

— « On est mieux à Donville, dans mon antre », répondit Veber du tac au tac.

— « Affaire de goût », ajouta le patron qui ne semblait guère pressé d'aborder le sujet qui brûlait les lèvres de Veber.

— « Vous passez de bonnes vacances ? » questionna courtoisement ce dernier.

— « Oh oui ! excellentes ! Je les partage entre la pêche et le jardinage. Saviez-vous, cher ami, que l'Eure est l'une des rivières les plus poissonneuses de France ? »

Veber bouillait. Si c'était pour lui débiter de pareilles sornettes que Giffard lui avait fait faire 300 kilomètres, il pouvait bien aller au diable, lui et sa pêche.

— « Non, je ne le savais pas, mais on apprend à tout âge. »

Giffard s'esclaffa : « On est sur les nerfs, vieux garçon, à ce que je vois. Pas bon, du tout, ça... surtout lorsqu'on est en service. »

— « Tant que je ne connaîtrai pas le but de ma mission, je ne me considérerai pas en service », riposta Veber hargneux.

— « Du calme, j'y arrive. Tenez, buvez votre Porto. Vous m'en direz des nouvelles. Je le fais venir chaque année du Portugal. »

— « Je ne vois pas d'où il pourrait venir, sinon du Portugal », dit Veber.

Giffard leva la tête, surpris.

— « Oh ! je comprends. J'ai interrompu une idylle certainement passionnante. »

— « Nullement, ricana Veber, seulement je suis si bien chez moi en Normandie que je n'apprécie guère le tourisme dans la vallée de l'Eure. »

— « Ne vous fâchez pas ! Pour une fois, je vais vous faire plaisir, je vous renvoie chez vous. »

Veber, ahuri, regarda le patron.

— « Quoi ? vous me faites faire cinq heures de route pour m'annoncer cette galéjade ! »

Giffard se tordait. — « C'est-à-dire que ce n'est pas tout à fait cela. Ce que je voulais dire, c'est que votre mission se déroulera en Normandie. »

— « En Normandie ! », s'exclama Veber, surpris.

— « Oui, je dis bien en Normandie, et pour être plus précis, dans le coin le plus agréable de Normandie : le Bocage. Vous connaissez la région de Vire, Villedieu-les-Poêles, Avranches ? »

— « Oui, bien sûr ! »

— « Eh bien ! c'est là que je vous expédie. Si je vous ai choisi, c'est à cause de vos origines. Vous êtes du Cotentin, si j'ai bonne mémoire ? »

— « Oui », concéda Veber.

— « Connaissant le pays et ses coutumes comme vous les connaissez, vous seul êtes capable de mener à bien cette enquête. Et je vous préviens tout de suite, ce ne sera pas une sinécure. Vous êtes le second agent que j'y expédie. »

— « Quoi ? »

— « Oui, le second. »

— « Le premier a échoué ? »

— « Oui et non. On l'a tué, il y a huit jours. »

Veber resta bouche bée.

— « Qui était-ce ? »

— « Auzoux, le meilleur agent de Constatation de la Brigade. »

— « On l'a descendu ? »

— « C'est-à-dire que je le présume. Je n'ai pas fait faire d'enquête, de peur d'éveiller les soupçons. Cela faisait un mois qu'Auzoux passait ses vacances à Avranches, une petite ville au sud de la Manche, vacances forcées bien sûr. On l'a retrouvé dimanche dernier flottant sur la « Sée », noyé, son attirail de pêche abandonné le long de la rive. Cette mort est suspecte car Auzoux, un ancien homme grenouille de la police fluviale, nageait mieux que vous et moi. Il ne peut s'être noyé et pourtant les rapports du médecin et de la gendarmerie locale sont formels : mort accidentelle par immersion. Il aura probablement glissé et se sera noyé. Pourtant je ne crois guère à cette conclusion. Auzoux a été tué. Il a découvert quelque chose et on l'a vraisemblablement, contre toute apparence, supprimé. Seulement, pour son assassin, la mort est accidentelle. Nul ne se doutait qu'Auzoux était en mission et qu'il faisait partie de la maison. On a supprimé un touriste, un vacancier gênant mais certainement pas le douanier. Vous prenez la suite et vous essayerez de percer ce qu'avait bien pu découvrir votre prédécesseur. »

— « Il était réellement en mission ? »

— « Oui, vieux garçon. Reprenez un verre de Porto et écoutez-moi bien sagement. »

Veber grogna et se cala le plus confortablement qu'il put. Giffard se leva, traversa la pièce et ouvrit un secrétaire d'acajou. Il en sortit un large dossier qu'il posa sur son bureau.

— « Fauvoir de la Retoque m'a apporté le dossier de Paris. J'ai pu l'étudier en détail, avant votre arrivée. Vous n'aurez pas la tâche facile, car les indices sont faibles. »

Veber écoutait. Le patron avait vraiment l'art de l'agacer et de faire traîner les choses.

— « Pourtant je suis certain, en y regardant de plus près, qu'il y a moyen de venir à bout de cette énigme. Mais il faut être du pays, c'est pour cela que je vous ai choisi. »

Veber bouillait. Le patron, décidément, vieillissait et se répétait.

— « Je sais, lâcha Veber, je suis l'agent parfait qui vient à bout des affaires les plus compliquées. »

— « Un peu de porto ? ». Veber ne répondit pas.

— « Mamy, appela Giffard, verse une peu de porto à notre hôte. »

— « Notre hôte ! » Il n'y allait pas avec le dos de la cuillère, le patron ! Un hôte, en service, oui !

— « Tenez-vous tranquille : je commence mon histoire. »

Veber soupira et se tassa à nouveau dans la bergère.

— « C'est une affaire qui remonte à loin, 1944 probablement et qui a des rebondissements épisodiques, au gré des événements mondiaux.

— « Mondiaux ? »

— « Oui, taisez-vous. Un peu de patience, que diable ! »

Giffard ouvrit le dossier posé devant lui et le feuilleta.

— « Il s'agit de trafic d'armes. Des fusils, toujours les mêmes, des Gewhers, modèle 1944 fabriqués en Allemagne à Wuppertal chez Krupp, juste avant l'invasion du continent, font sporadiquement leur apparition dans les pays où il y a des révolutions ou des maquis. Ces armes proviennent toutes du même stock, car leur numéro de série est identique : 527.

« Nous avons relevé la première apparition de ces fusils en Indochine, vers 1950. Le bataillon Viet qui donnait l'assaut à Caobang, le poste qui défendait au nord du Tonkin l'accès naturel du pays vers la Chine, en était muni. Il y a eu environ cinq cents armes qui ont gagné l'Indochine. Pas davantage car nous n'en avons jamais plus retrouvé trace jusqu'aux accords de Genève.

« Ensuite nous découvrons, à nouveau, ces armes en Israël. En 1957, les commandos de tireurs arabes de la région de Gaza les utilisaient. D'après les services de renseignements israéliens, il y aurait eu également cinq cents armes introduites dans cette zone.

« Plus récemment, en 1962, nous retrouvons la trace du Gewher en Bretagne. Un camp d'entraînement secret de l'O. A. S. ayant été investi par les gardes mobiles, nous devions dénicher un modèle 527 caché dans la tente de l'instructeur.

« En 1965, perquisitionnant chez un breton suspecté d'avoir déposé une bombe dans la perception de Pontivy, au nom du Mouvement de Libération de la Bretagne, nous avons eu la surprise d'y trouver l'un de ces fusils fantômes.

« Pour finir, au cours des événements de mai 1968, un contrôle routier des C.R.S. basés à Saint-Sever dans le Calvados, à quelques kilomètres de Vire, nous a donné l'occasion de réussir l'une de nos meilleures découvertes. Dans une camionnette « tube citroën » conduite par une étudiante, fichée à notre répertoire comme anarchiste, les C.R.S. ont mis la main sur deux caisses de fusils 527. L'étudiante a réussi à s'enfuir. La camionnette avait été volée, bien entendu. Là, nous avions un indice sérieux. Le tube venait de prendre livraison des armes, à n'en pas douter, car il avait été dérobé à Avranches, dans la Manche. J'en conclus que le dépôt d'armes est vraisemblablement situé dans cette région du bocage normand. »

— « Et le compteur ? »

— « Cela n'a rien donné. Nous y avons pensé, mais la fille avait pris ses précautions après le vol, car le totalisateur était démonté. Pas question donc de pouvoir évaluer le kilométrage effectué par la camionnette. »

— « Et les armes étaient en bon état ? »

— « Oui. Il s'agissait de caisses doublées de zinc et venant toujours du même stock de l'armée allemande ; d'autre part, ces armes baignaient dans la graisse. Chose intéressante, cette fois-ci, nous avions la référence de la livraison inscrite sur les couvercles. »

— « Vous avez pu contrôler cela en Allemagne ? »

— « Oui et j'ai eu du mal. C'est à la suite du rapport communiqué par nos collègues français du Service de Sécurité de l'armée d'occupation que j'ai pris la décision d'expédier Auzoux à Avranches. »

— « Pourquoi à Avranches ? »

— « C'est, je crois, de ce côté du Cotentin qu'il faut chercher le dépôt d'armes. »

— « Vous avez des indices sérieux ? »

— « Oui et non, rien de très précis. Seulement quelques incidents locaux, fort curieux, survenus en 1944, qui pourraient avoir un rapport plus ou moins proche avec la constitution de ce dépôt d'armes. »

Veber écoutait, tout ouï.

— « Voilà en gros ce que nos agents, opérant en R. F. A., m'ont fait parvenir comme tuyau. En 1943, l'état-major d'Hitler, en prévision de l'invasion alliée, avait décidé de constituer des stocks de munitions, armes, ravitaillement et produits pharmaceutiques dans l'ensemble de l'Europe occupée par la Wehrmacht. Chaque division avait notamment l'attribution de 100 tonnes d'armes et munitions de réserve. La constitution de ces stocks devait être terminée selon le planning, pour la fin de l'année 1945. Le débarquement allié, en juin 1944, devait empêcher la réalisation totale des projets de l'état-major nazi. »

— « Mais, chef, pourquoi ces stocks ? »

— « Il s'agissait de permettre à chacune des divisions de l'armée allemande de vivre, durant une année complète, en circuit fermé, les Allemands ayant eu la preuve par leurs services de renseignements que l'un des buts des alliés, lors du débarquement, était de les couper de leurs bases naturelles de ravitaillement. Lorsqu'ils découvrirent les archives de l'état-major d'Hitler, les alliés mirent la main sur un certain nombre de documents faisant état de ces acheminements d'armes.

« Dans l'un des messages codés, déchiffrés par le crypt américain, il était, notamment, fait allusion au départ d'un convoi de dix camions, dirigés du Massif Central vers la division du Bocage. La destination finale de ces véhicules était Mortain, dans la Manche.

« Or, fin juillet 1944, les parachutistes alliés tenaient la campagne autour de Mortain et jamais les camions n'y arrivèrent. Nous en avons, par la suite, perdu toute trace à partir de Flers-de-l'Orne. Il semble bien qu'ils y soient passés peu de temps avant l'offensive alliée dans cette région, ainsi que le certifient les archives de la Kommandantur récupérées intactes à la libération de la Place, le Général la commandant s'étant rendu sans combattre.

« La trace d'un message radio émanant d'une patrouille volante fut, d'autre part, retrouvée. Ce message faisait état d'un convoi de ravitaillement composé de dix camions, ce qui correspond bien aux renseignements que nous avions pu découvrir à Berlin.

« Or là, pourtant, il y a une petite divergence. Le message radio de Flers porte trace d'un convoi civil. »

— « Cela ne colle pas ! »

— « Non, bien sûr. Mais il n'est pas exclu que le commandement allemand ait camouflé le convoi militaire en convoi civil. Cela s'était déjà produit et il ne faut pas oublier que ce convoi a traversé toute la moitié centre et ouest de la France, en plein mois de juillet, sans être attaqué ! »

— « En effet, c'est bizarre. »

— « D'autant plus que la chasse allemande n'avait plus un avion dans le ciel. Les Spitfires anglais qui protégeaient la progression américaine n'auraient jamais laissé passer un tel convoi, même de nuit. Il y a deux hypothèses possibles : ou le convoi est camouflé en convoi sanitaire ou alors il a pris l'apparence d'un convoi de ravitaillement. Cela expliquerait qu'il ait pu parvenir, sans encombre, jusqu'à Flers. J'ai même interrogé tous les commandants d'unités de F. F. I. de la région. Aucun ne se souvient avoir attaqué des camions civils en juillet 1944. Mais comme il y avait beaucoup de groupes de partisans autonomes, ne dépendant que d'eux-mêmes, il est tout de même possible que le convoi ait été aperçu. En tout cas, il n'a sûrement pas été détruit, puisque les armes réapparaissent régulièrement. Elles existent donc toujours. »

— « Oui, très certainement et vous devez avoir raison. Une question encore, patron. Avez-vous eu d'autres messages radio concernant ce convoi fantôme ? »

— « Non, Veber, absolument rien... Si toutefois... à l'exception d'un message curieux expédié de l'état-major de la division du Bocage basé dans un château près de Vire et signé Sthil, du nom du Général commandant cette unité. »

— « Que disait ce message ? »

— « Eh bien ! rien de particulier. Il demandait à von Bogard, commandant la zone d'Avranches, de renforcer la surveillance de son secteur dans la nuit du 29 au 30 juillet 1944. Au premier abord, j'ai trouvé cela normal. Mais en y réfléchissant, je me pose des questions, car c'est le seul message du genre que nous ayons trouvé dans les archives de Sthil, tombées aux mains des Américains alors que le Général s'enfuyait de Vire. »

— « En effet, étrange ! »

— « Les parachutistes américains et leurs planeurs étaient partout à cette époque. L'arrière du front, lui-même, n'était pas sûr. Il était évident que la surveillance de ce secteur devait être vitale puisque c'était une des voies de passage vers la Bretagne. Rien ne peut expliquer le motif de ce message, sinon le fait que Sthil voulait que le convoi puisse s'acheminer en paix et sans risque à travers la région en question. »

— « Possible. Mais vous n'avez aucune trace de ce convoi après Flers ? »

— « Non, bien sûr, mais je ne vois pas d'autre explication. »

— « Et ces dix camions civils, vous ne les avez jamais retrouvés ? »

— « Non jamais. Pourtant, il n'y a aucun problème, les armes sont dans le coin. La camionnette saisie à Saint-Sever, en mai 1968, le prouve bien. »

— « Que pensez-vous qu'il en soit advenu ? »

— « Bah ! la chose la plus simple du monde : elles ont été kidnappées, en route, par un petit commando de F. F. I. locaux, qui les a tout simplement cachées, et maintenant elles alimentent le trafic international d'armes. »

— « Il peut y avoir une autre solution. »

— « Laquelle ? »

— « Ces armes, parvenues à Vire, surprises par l'avance rapide des Américains, n'ont pu faire demi-tour et ont été stockées par les Allemands en attendant des jours meilleurs. »

— « Vous avez peut-être raison et votre hypothèse est renforcée par un indice important. Sthil, le général commandant la division du Bocage, avait décidé la création de commandos destinés à faire sauter les convois de renforts américains descendant de Cherbourg vers l'Est et le Sud. Ces armes ont très bien pu être entreposées dans la région de Vire, siège de l'état-major. »

— « Intéressant cela, nota Veber. Savez-vous si ces commandos ont été effectivement constitués ? »

— « Oui, je le crois. Si mes souvenirs sont exacts, ils se faisaient passer pour des Alsaciens déserteurs, auprès des paysans. C'est ce qui a mis la puce à l'oreille de la Sécurité Militaire américaine. En fait celle-ci a coffré à peu près tout le monde. Seul leur chef, le lieutenant Gluck, a réussi à s'échapper. De toute façon, quitte à vous décevoir, aucun des hommes de ces commandos n'était porteur, au moment de son arrestation, de fusil Gewher. »

— « Cela ne veut rien dire. Lorsque les commandos ont été créés, ils ont été dotés d'armes régulières. C'est par la suite que ce dépôt clandestin pouvait leur servir. »

— « Je suis bien de votre avis, Veber. »

— « En fait, quels indices avons-nous qui puissent nous servir de preuves ? La dernière trace du convoi est Flers. On sait que ces camions devaient être acheminés sur Mortain. Or lorsque ces véhicules ont quitté Flers, Mortain était isolé par les parachutistes. Le dépôt doit être obligatoirement recherché entre Flers et Granville ou dans les environs. Il ne peut logiquement être ailleurs. »

— « Oui, vous avez raison. Le Nord du Cotentin était occupé, Caen était aux mains des Canadiens. Les armes sont donc forcément dans la zone que vous venez de délimiter. »

— « Bon sang, dix camions ne peuvent rester inaperçus ! »

— « Je vous le concède, mais, hélas ! nous n'en avons jamais retrouvé la trace et je vous assure que j'ai fait le maximum. J'ai compulsé toutes les archives de l'époque, américaines, belges, françaises, mais en vain. Londres, même, s'est proposé de m'aider : aucune trace de mitraillage de dix camions par la chasse anglaise à la date supposée. C'est désespérant, je vous l'avoue, mais c'est comme cela. »

— « Chef, j'ai une petite question qui me démange depuis un bon bout de temps. »

— « Allez-y ! »

— « Pourquoi avez-vous envoyé Auzoux à Avranches ? »

— « Oh ! sur une simple intuition ! Je voulais vérifier une dernière piste. J'avais renoncé à continuer l'enquête, le Ministre était d'accord pour classer le dossier. La découverte à Saint-Sever, en 1968, de la camionnette Citroën contenant deux caisses d'armes m'a poussé à me pencher sur le dossier, une dernière fois. L'interception de ce tube Citroën, par les C. R. S. dans cette petite localité proche de Vire me démontrait que j'avais manifestement raison : les armes étaient bel et bien dans le bocage normand. Les C. R. S. en fouillant la camionnette Citroën devaient, outre les deux caisses d'armes, découvrir une boulette de papier, sur laquelle ils purent déchiffrer la fin d'une phrase hâtivement griffonnée : « ... à l'intersection de la nationale 24 bis et de la départementale n° 7... » Approchez Veber et venez étudier la carte de plus près. Que voyez-vous ? »

Veber fixa attentivement le secteur désigné par Giffard. La nationale 24 bis joignait Flers à Granville par Vire, Saint-Sever et Villedieu. La départementale 7, quant à elle, reliait Coutances à Avranches par Lengronne, Gavray et La Haye-Pesnel.

— « Le rendez-vous était donc sur la nationale 24 bis, entre Granville et Villedieu. Les armes voyageaient donc par la départementale 7, soit venant du Nord par le tronçon de Coutances, soit du Sud par le tronçon d'Avranches. Or en reprenant les archives militaires de cette période troublée, je me suis aperçu que ce convoi de fusils avait très bien pu s'engager vers le Sud puisqu'Avranches était encore aux mains de la Wehrmacht et n'avait été libéré que le 31 juillet.

« J'hésitais, encore, cependant, lorsque la lecture du rapport du représentant de l'ordre ayant intercepté la fourgonnette Citroën me donna une idée que j'avais, jusqu'ici, négligée. J'ai donc demandé à la gendarmerie nationale de me communiquer ses archives de l'été 1944 concernant tous les événements qui s'étaient déroulés dans la région d'Avranches et relevés par ses services. J'ai passé tout le mois de juin à compulser tout ce fatras et finalement je suis tombé sur un rapport de la brigade de Sartilly faisant état d'un constat effectué le 30 juillet 1944 par un Brigadier, répondant au nom de Belaze.

« Un cultivateur était venu avertir la gendarmerie qu'un camion de la laiterie coopérative brûlait à quelques kilomètres du village. Belaze s'y était rendu aussitôt, à bicyclette, pour constater, à son arrivée sur les lieux, que le camion était complètement détruit. Mais en fouinant dans les débris de la cabine, le gendarme avait découvert, sur le plancher, des ossements humains calcinés. Le conducteur avait vraisemblablement brûlé avec son véhicule. Mais un détail avait intrigué Belaze : le camion avait le capot ouvert. En poussant plus loin ses investigations, il découvrit des traces de pas à l'avant du véhicule, trois très exactement. Les premières étaient celles du chauffeur, les secondes paraissaient être celles d'un gosse de 15 à 16 ans, puisqu'elles correspondaient à la pointure 37-38. Ces deux hommes, suivant les déductions du brigadier, avaient sans doute étaient surpris lorsqu'ils étaient penchés sur leur moteur. »

— « Pourquoi surpris ? »

— « Parce que les troisièmes traces venaient de l'arrière et rejoignaient les deux autres près du capot. Il semble bien que ce soit cet inconnu qui ait tué le chauffeur. »

— « Tué ? mais je croyais qu'il avait péri carbonisé. »

— « Oui et non. Le médecin légiste a découvert, lors de l'autopsie du corps, une balle dans le crâne du brûlé. Il s'agissait d'une munition provenant d'une arme allemande, probablement un révolver Mauser, suivant les dires de ce brave toubib. »

— « Comment s'appelait ce médecin ? »

— « Attendez un instant... »

Giffard fouilla dans le dossier.

— « Le docteur de Saint-Denis. »

Veber nota mentalement ce détail.

— « Le troisième homme était donc à bord du camion laitier ? »

— « Non, je ne le pense pas. Et c'est là que cet incident devient intéressant pour nous. D'après la suite du constat, Belaze découvrit, sur plus de deux cents mètres dix traces de freinage. Ce qui laissait supposer qu'il s'agissait d'un convoi de dix véhicules, qui avait dû s'immobiliser brusquement à la vue du camion de laiterie, en panne au milieu de la route. Le convoyeur avait dû ordonner aux Français de pousser leur camion pour laisser passer le convoi. Je ne sais ensuite ce qui s'est passé. Peut-être le chauffeur de la laiterie a-t-il refusé, énervé par sa panne. Toujours est-il que les Allemands ont dû le tuer et incendier la cabine. »

— « Vous parliez, Chef, de traces de gosse ? »

— « Oui, effectivement. Belaze releva de petites empreintes de pas, correspondant à celles d'un enfant. Mais ce qui me déroute, c'est qu'à la laiterie on avait été formel : Charles Mahé, le chauffeur, n'avait pas d'enfant. Nous nous sommes perdus en conjectures au sujet de ces traces. Il semble que le gosse ait pu s'enfuir sans être blessé, car, si on a bien relevé des impacts de balles dans les arbres bordant la route, nulle part il n'y avait de traces de sang. »

— « C'est tout de même étrange, ne trouvez-vous pas ? »

— « Oui, j'y ai réfléchi. Mais j'avoue que pour moi le mystère reste entier. Ce qui m'étonne, c'est que personne dans Avranches ne se souvienne du passage d'un convoi allemand à l'aube du 30 juillet et pourtant le gendarme Belaze est formel : il y avait dix traces de freinage sur la route. C'est surtout ce détail qui m'a frappé : cela correspond à notre mystérieux convoi. D'autre part, le lieu géographique, Sartilly, est situé dans la zone suspecte. »

— « C'est donc pour cela que vous y avez envoyé Auzoux ? »

— « Oui. J'ai attendu le début d'août de façon que sa venue n'attire pas l'attention. Mais hélas, j'avais vu juste. Puisqu'il y a maintenant huit jours, je recevais un coup de téléphone de la gendarmerie locale m'avertissant de la noyade de ce pauvre garçon. L'on me demandait des instructions car je les avais chargés d'ouvrir l'œil, à tout hasard, sur mon agent. Après mûre réflexion, je leur ai demandé de ne rien ébruiter.

« Le médecin a conclu à la noyade accidentelle. J'ai laissé faire. Si Auzoux a trouvé une piste, ses assassins, comme je vous l'ai dit, ne peuvent avoir éventé sa fonction réelle. Ils ont éliminé un témoin, sans se douter que ce dernier appartenait à la Douane. C'est donc à vous de jouer, Veber. Je sais qu'il y a un cadavre qui vous précède ; ce n'est guère agréable, j'en conviens, mais je ne pense pas, très sincèrement, que cela puisse vous gêner. »

— « Une dernière question. »

— « Allez-y, je vous prie. »

— « Lors de la capture des armes, aucun des servants n'a pu donner de précisions sur leur origine ? »

— « Hélas, non ! le cheminement était trop long : Indochine, Sinaï, puis Bretagne et le groupe anarchiste. Tous les hommes arrêtés n'étaient que des comparses qui n'avaient aucune idée du lieu de provenance de ces fusils. Vous pouvez me faire confiance. Ils ont été bien cuisinés. Seule l'étudiante qui nous a faussé compagnie, en 1968, à Saint-Sever, aurait pu, peut-être, nous donner les renseignements tant désirés. Malheureusement, elle court encore à cette heure et, malgré toutes mes recherches, je n'ai pu mettre la main dessus. »

— « Que dois-je faire, très exactement ? »

— « Oh ! c'est simple. D'abord trouver les armes, ensuite démanteler le réseau et son cerveau. A mon avis, ses membres ne devraient pas en être très nombreux. »

— « Français ou Allemands, selon vous ? »

Giffard hésita. La question le surprenait.

— « Français, je pense. Des Allemands dans ce patelin et dans ce foutu pays qui a une haine viscérale du Prussien, c'est inconcevable. Un Allemand ne ferait pas dix mètres sans être reconnu et aussitôt dénoncé. Non, croyez-moi, ce sont des Français qui ont découvert le stock d'armes et qui en alimentent la contrebande internationale. »

Veber était loin d'être aussi affirmatif. Bah, on verrait bien par la suite !

— « Où était descendu Auzoux ? »

— « A l'Hostellerie de l'Abbaye, près d'Avranches. Je vous conseille de faire de même. C'est l'époque de la truite. Allez là-bas en tant que pêcheur, c'est la meilleure façon de passer inaperçu. »

— « Il me semble pourtant que cela n'a pas réussi à Auzoux ! »

— « Non, bien sûr ! Mais comme, dans cet hôtel, il n'y a que des pêcheurs, ceux-ci ne peuvent, à priori, être suspectés. »

— « Comment le savez-vous ? »

— « J'y étais la semaine dernière ! »

Veber écarquilla les yeux, mais ne dit mot. Décidément, le Patron ne laissait rien au hasard.

— « Et Auzoux ne vous a expédié aucun message ? »

— « Aucun, et j'en suis navré, croyez-le bien. »

— « Donc votre hypothèse concernant l'existence dans la région de ce dépôt d'armes n'a jamais été vérifiée ? »

— « Vous pensez que la mort d'Auzoux n'est pas une preuve en soi ? »

Veber baissa la tête.

— « Vous avez raison, Chef, je vous demande pardon. »

Giffard se leva. « Vous pouvez disposer, vieux matelot. Arrivez de nuit à Avranches, c'est préférable. Comme cela, vous ne serez pas immédiatement repéré. »

Veber s'inclina, salua le Patron et sortit sans un mot.

Il s'apprêtait à monter dans son coupé, lorsque Giffard ouvrit la fenêtre et le héla.

— « Oh ! Veber ! »

— « Oui ! »

— « Je ne devrais pas vous le dire, mais j'ai placé à Avranches un ange gardien qui veillera sur vous. Ceci dans le cas... où vous auriez peur ! »

— « Oui, je sais, maugréa Veber... le gendarme ! »

— « Non, vous n'y êtes pas du tout. C'est un ange gardien... sans uniforme ! Et puis, je dois vous avertir que je vous ai déjà fait livrer, à Avranches, par les Transports Rapides, Paloumé Lafresnée, ceci afin d'éviter la curiosité de vos adversaires, le matériel dont vous aurez besoin pour votre mission. A ce propos, je vous informe que vous aurez l'agréable tâche d'expérimenter le dernier cri de la technique japonaise, notamment le fameux talkie-walkie Sony, de plus de six kilomètres de portée et leur magnétoscope video. Tout ce matériel est sous la surveillance de votre ange gardien. S'il vous fallait autre chose, téléphonez chez Paloumé, à Monsieur Saco ou à son adjoint Monsieur Boura. L'objet de vos rêves vous sera livré aussi rapidement que s'il avait emprunté le tapis volant de Bagdad ! »

Veber soupira. Il n'avait qu'une hâte, quitter les lieux.

Le patron narquois, referma la fenêtre.

Veber tira rageusement sur le démarreur. Quelques instants plus tard, il roulait à vive allure vers la Normandie, furieux mais heureux, malgré tout. C'était du reste le même cérémonial au départ de chacune de ses missions.

Il grognait mais ne pouvait s'empêcher de tomber dans le piège. Son métier, décidément, il l'avait dans la peau. Pour peu qu'il se trouve une agréable compagne dans ce trou perdu d'Avranches, il ne regretterait rien. Mais cette fois-ci, il n'avait pas le moral. De mémoire d'homme, il ne se souvenait pas avoir rencontré une seule Normande qui ne fut pas bien en chair ! Et lui, Veber, avait les femmes adipeuses en horreur !

3e CHAPITRE

Veber avait roulé sans arrêt. Vingt-trois heures sonnaient aux clochers d'Avranches, lorsque, au pas, il traversa le quartier de la gare.

Il ralentit encore. Avisant un gamin qui profitait de l'obscurité pour canarder à coups de cailloux un lampadaire isolé, il lui demanda s'il n'y avait pas un hôtel, à proximité.

Veber pensait qu'agir de la sorte était plus sage. S'enquérir systématiquement du nom d'un hôtel pouvait sembler louche et ses adversaires le sauraient bien vite. Tandis que demander, par hasard, s'il y avait un hôtel dans le coin avait l'avantage de le noyer dans le flot des touristes de passage, surpris par la nuit.

Ses cannes à pêche, dépassant du coffre arrière de la voiture, lui donnaient un air tout à fait Français moyen.

« Encore un pêcheur, songea le gamin, décidément, cette année, ils sont nombreux. »

— « Un hôtel, mon bon Monsieur, par ici c'est pas ça qui manque. Vous avez la Mère Pichon qui loue des chambres à la semaine, en ville, près de la place Patton, derrière la boulangerie « Pouxe », ou bien vous avez l'hostellerie de l'Abbaye, le long de la rivière. Mais je vous préviens, c'est plutôt le coup de barre. Il y a du lierre plein la façade et des géraniums aux fenêtres. »

Veber sourit, malgré lui. Il ne voyait pas bien le rapport.

— « Je suis fatigué, petit, et ton auberge de l'Abbaye me semble encore bien loin. »

— « Pas du tout, M'sieur ! C'est tout près, vous verrez, à trois kilomètres seulement. »

— « Tu es bien sûr ? »

— « Puisque je vous le dis ! »

— « Bon, bon, ne te fâche pas. Tiens ! voilà pour te remercier de ta gentillesse. »

Veber ouvrit sa boîte à gants et balança un paquet de Camel au gamin, qui n'en crut pas ses yeux.

Puis il embraya et se dirigea vers la route longeant la « Sée ». Il faisait très doux ce soir-là. Seuls les saules qui bordaient la rivière frissonnaient légèrement. Veber scruta la nuit, à la recherche de l'hostellerie. Le patron avait été formel. Il devait y descendre puisque c'est là qu'Auzoux avait probablement surpris quelque chose de louche. Au détour d'un virage, il distingua une enseigne de fer forgé illuminée : un gros moine, semblait-il à Veber. L'auberge était en retrait de la route. Il attrapa un sentier qui se faufilait vers la bâtisse et en quelques secondes fut devant le perron. Une cloche pendait le long du portail. Il la secoua et attendit. Tout le monde semblait couché. Enfin une lumière s'alluma au premier étage et une fenêtre s'ouvrit.

— « Qu'est-ce que c'est ? » clama une voix de femme.

— « Je me suis égaré et désirerais coucher là, cette nuit. Avez-vous une chambre ? »

— « Oui, je descends. »

Veber entendit la fenêtre se refermer et un pas lourd résonna dans le corridor. Bientôt, il était confortablement installé devant une omelette au lard et une bouteille de cidre bouché.

— « Ce sera bien comme cela, Monsieur ? »

La brave femme ne savait que faire pour être agréable à Veber. Elle avait aperçu les gaules dépassant de l'arrière du coffre de la Toyota et elle flairait, en ce voyageur égaré, un client probable.

— « Vous êtes pour longtemps dans notre pays ? »

— « Oui, je voulais passer mes vacances à pêcher. Un ami m'a conseillé Quettreville-sur-Sienne, mais j'ai dû me tromper dans vos dédales de petites routes et j'atterris dans votre auberge. »

— « Oh ! vous ne le regretterez pas, vous savez. Si vous restez ici, vous aurez le gîte, le couvert et... le poisson d'assuré. »

— « Le poisson ? »

Veber sauta sur l'occasion.

— « Dame parbleu, il y a dans la « Sée » plus de poisson que vous n'en mangerez de toute votre vie. »

Veber feignit de se laisser fléchir.

— « Vous n'exagérez pas ? » plaisanta-t-il.

— « Demandez à mes clients, demain matin, et vous verrez. Je n'ai que cela : des pêcheurs et qui viennent de tous les coins de France. A l'heure présente, presque toutes mes chambres sont occupées. Il ne m'en reste qu'une. Si vous la voulez, faudra le dire rapidement. »

Veber joua le jeu.

— « Allez, je me laisse fléchir. D'accord, je reste, mais vous me ferez une ristourne sur le prix de la pension, si je n'attrape rien. »

La grosse femme rit de bon cœur.

— « Alors là, je suis tranquille, vous n'aurez pas à le regretter. Le pari est tenu : 25 % de rabais, ça vous va ? »

Veber accepta.

— « Allez ! marché conclu, je reste pour toutes mes vacances. »

— « Montez vous coucher, vous devez être fatigué ! »

Veber ne se fit pas prier et, précédé de la mère Grégoire — c'était le nom de la propriétaire — il gravit les marches de l'escalier menant à sa chambre. Quelques minutes plus tard, il se trouvait dans une pièce bien aérée et confortable avec de magnifiques baies vitrées donnant sur le parc de l'hôtel.

A quelques centaines de mètres, il apercevait la rivière qui serpentait au pied d'une immense prairie. Son long ruban d'argent scintillait et il pouvait apercevoir la lune qui s'y baignait dansant sous l'effet de la brise légère qui commençait à se lever.

Veber abaissa le bouton de l'interrupteur car la lumière attirait les moustiques. Il avait horreur de ces sales bestioles. Il se déshabilla rapidement. Avant de se glisser dans les draps, il voulut fermer la fenêtre, car il commençait à faire frais. Il avait déjà la main sur la crémone lorsqu'il eut l'attention attirée par une ombre furtive qui se dirigeait vers le coupé resté au pied du perron.

— « Vous le rangerez demain matin. Laissez-le donc, avait conseillé la mère Grégoire. Vous ne risquez rien. Ici les voleurs sont interdits de séjour. »

Veber se plaqua contre les rideaux et observa la lente progression de l'ombre. Celle-ci longeait la façade et semblait venir de l'arrière de la maison. Arrivée près de la voiture, elle inspecta les alentours, leva la tête en direction de la chambre de Veber et rassurée, probablement, par l'obscurité, ouvrit la portière avant, que Veber se maudissait d'avoir oublié de fermer à clef.

Une faible lueur éclaira l'intérieur de la voiture. L'homme, maintenant, fouillait le vide-poche.

Veber bénissait le Patron qui lui avait remis de faux papiers en quittant Pacy-sur-Eure. Il les avait oubliés dans la voiture et ce que l'inconnu trouverait ne lui révélerait rien de particulier. « Michel Veber », professeur de tennis. L'homme s'affairait. Il venait d'ouvrir une petite valise posée sur le siège arrière. Il ne découvrirait rien d'autre, Veber le savait. Ce qui le gênait, c'était plutôt le visage de l'homme qu'il ne pouvait identifier puisqu'il restait dans l'obscurité. La lune, cachée par un immense marronnier planté au milieu de la cour, ne parvenait pas à éclairer l'hôtel qui restait tapi dans la pénombre.

Veber pesta. Ses jumelles étaient restées dans le coffre arrière. Au moins l'inconnu ne mettrait pas la main dessus car la serrure en était fermée. Veber distinguait la petite clef plate accrochée au trousseau de clefs qu'il avait posé sur la table de nuit, quelques minutes plus tôt.

Veber scruta plus attentivement. L'homme avait apparemment terminé sa besogne. Il fit une dernière fois le tour du coupé, sortit de sa poche intérieure un calepin et nota le numéro d'immatriculation de la Toyota. « Il ne perd pas de temps le bonhomme ! » Mais, au fond de lui-même, Veber était satisfait. S'il y avait un pareil comité d'accueil, c'est que toute la région était surveillée par ses adversaires.

Le Patron avait donc raison, c'était à Avranches que se trouvait la clef de l'énigme. Peut-être ces précautions n'étaient-elles dues qu'à la mort d'Auzoux. Son assassin devait malgré tout craindre une enquête et si, par hasard, le nouvel arrivant était de la police ?

L'homme leva une dernière fois la tête et s'éclipsa en silence. Veber nota qu'il ne rentrait pas à l'auberge, mais qu'au contraire, il sautait une haie voisine et s'enfuyait à travers champs.

*
**

C'est un merle, voletant sur le rebord de la fenêtre de la chambre, qui éveilla Veber. Il s'étira, bâilla, puis finit par se lever. Il faisait un temps magnifique. Pas un nuage dans le ciel. Seuls quelques bruits de casseroles venant des cuisines, vraisemblablement, troublaient le silence dans lequel baignait l'auberge.

Veber consulta sa montre.

— 9 heures ! Mes amis quel somme !

Il se doucha et descendit rapidement.

— « Bonjour, déjà levé ! » lui jeta malicieusement son hôtesse.

— « Bonjour Madame Grégoire. Qu'est-ce qu'il y a de bon à manger ? »

— « Devinez ! »

— « Je ne sais pas moi — du bifteck ? »

— « ... et des frites, non ! vous manquez d'imagination. »

— « ... Je donne ma langue au chat ! »

— « Du saumon de la rivière. »

— « Du saumon ? »

— « Dame pardi, il y en a ici. »

— « Mais c'est formidable. Je vais finir par ne pas regretter ma halte à l'hostellerie de l'Abbaye. »

— « Irez-vous à la pêche cet après-midi, Monsieur Veber ? »

— « Certainement. Je déjeune en vitesse et je cours à Avranches faire quelques emplettes. A quelle heure le repas, le midi ? »

— « A une heure, ça vous convient ? »

— « Bien sûr ! je suis en vacances pour me reposer. »

Veber avala son petit déjeuner et sortit. Il mit en marche son coupé et prit la route de Sartilly. Il voulait vérifier certains détails donnés par Giffard.

Le rapport du gendarme Belaze lui trottait dans la tête. Il lui fallait d'abord retrouver ce fonctionnaire et ensuite consulter le Directeur de la coopérative laitière de Sartilly.

C'était l'un de ses camions qui avait brûlé un certain 30 juillet 1944, près d'Avranches. L'histoire des traces de pas d'un gamin de quinze ans découvertes près du camion tracassait Veber. Il y avait bien des choses encore à tirer au clair.

1944, c'était bien loin ! Il y avait presque 30 ans que ces événements s'étaient déroulés. Trouverait-il quelqu'un qui se rappellerait des moindres détails. C'était peu probable.

Une demi-heure plus tard, il pénétrait dans la laiterie de Sartilly. Le Directeur le reçut cordialement. Veber lui avoua sans détour sa mission, qu'il modifia légèrement pour les besoins de la cause. Il était chargé d'enquêter sur la mort de l'un de ses chauffeurs survenue accidentellement le 30 juillet 1944.

— « Ce n'est pas récent, j'en conviens, précisa Veber, mais il y a des indices nouveaux. Votre chauffeur a, très probablement, été assassiné. »

— Vous ne m'étonnez qu'à moitié, avoua le Directeur, car le gendarme, qui était venu m'annoncer la mort de ce pauvre Charles Mahé et la perte du camion m'avait, je m'en souviens parfaitement, parlé de traces de pneus relevées près de notre véhicule. Mais comme il y avait le couvre-feu, à cette époque, jusqu'à six heures du matin, je n'avais pas ajouté trop de crédit à ces détails. »

— « C'est vous qui étiez en place en 1944 ? »

— « Oui et non. Je n'étais que sous-directeur, mais j'étais là lorsque le gendarme Belaze est venu à la laiterie. »

Veber nota le détail.

— « Il y a une chose qui me paraît bizarre : le rapport de gendarmerie qui m'a été communiqué fait état de traces de pas près du moteur, traces qui ne sont pas celles de votre chauffeur. Avait-il un aide qui l'accompagnait ce matin-là ? »

— « Pas que je sache et autant que ma mémoire soit encore bonne, je me souviens que les laissez-passer délivrés par la « Commandanture » de Villedieu étaient libellés pour un seul chauffeur. Il ne faut pas perdre de vue, d'autre part, qu'à ce moment-là les hommes valides étaient prisonniers en Allemagne. Nous n'avions pas assez de personnel pour doubler les chauffeurs qui faisaient également le ramassage des bidons. »

— « Charles Mahé avait-il des enfants ? »

— « Non, absolument pas. Il était célibataire et orphelin de l'assistance publique. »

— « Je vous remercie, Monsieur le Directeur. Il est bien entendu que je compte sur votre entière discrétion. »

L'homme promit. Veber, au moment où il allait prendre congé, se souvint du médecin qui avait pratiqué l'autopsie des restes du chauffeur. Il irait le voir, c'était préférable. Peut-être aurait-il une piste intéressante.

— « Le Docteur de Saint-Denis exerce-t-il toujours dans les parages ? »

— « Le Docteur de Saint-Denis ! répéta le Directeur, tout ébahi, mais il y a au moins vingt ans qu'il a pris sa retraite. »

— « Savez-vous où il s'est retiré ? »

— « A Villedieu, je crois. D'après ce que ma femme m'a raconté, ce serait une propriété située juste à la sortie de la ville sur la route de Granville, un peu avant le stade municipal. »

Veber remercia une nouvelle fois et s'éclipsa. Il était déçu. Ce serait bien difficile de découvrir des indices susceptibles de l'aider dans sa tâche. Trente ans ! Il avait passé, depuis ce temps, beaucoup d'eau sous le pont d'Orval, comme aimait à le répéter son père qui était né dans ce village.

Veber regarda sa montre : 11 heures. Il avait le temps de pousser jusqu'à Villedieu. En ne s'éternisant pas, il pourrait être de retour pour déjeuner.

En moins d'une demi-heure, Veber fut à Villedieu. Il ne tarda pas à dénicher la villa du Docteur de Saint-Denis, une bâtisse de style catalan, nichée au creux d'un vallon, derrière la célèbre fonderie de cloches.

Il tira la sonnette. Une vieille femme vint à sa rencontre et s'enquit, d'un air soupçonneux, du motif de sa visite.

— « Je désirerais parler au Docteur. »

— « C'est de la part de qui, s'il vous plaît ? »

Décidément, la vieille était méfiante.

Veber tira une carte de visite de son portefeuille et la tendit à la gouvernante qui, bientôt, s'éclipsa à la recherche de son maître. Quelques minutes s'écoulèrent et un vieil homme à la barbe blanche parut, sortant d'un cellier situé au fond du jardin.

— « Inspecteur Veber ? »

— « Lui-même. »

— « Entrez, je vous prie. » Le vieillard tira de la poche de sa salopette une clef toute rouillée et fit jouer le penne de la serrure. La grille de fer forgé tourna sur ses gonds. Veber pénétra dans le jardin.

— « Si vous voulez me suivre, dit la voix douce du médecin. Venez au salon, il y fait plus frais et nous y serons plus à l'aise pour bavarder. »

Veber remercia et emboîta le pas au médecin. Bientôt ils étaient confortablement installés devant un apéritif « fait maison », avait précisé le brave docteur.

— « Ah ! ah ! apprécia Veber, gourmand, c'est délicieux, dites-moi, ce breuvage. »

— « C'est pourtant simple à confectionner. Un litre de vin rouge, un litre de vin blanc, un litre de calvados et quelques feuilles de noyer, le tout macérant pendant trois mois. Essayez ! vous m'en direz des nouvelles. »

La conversation roula un moment sur les plantes médicinales. Puis le Docteur de Saint-Denis posa la question que Veber attendait patiemment.

— « Je vous ennuie avec mes bavardages et je ne connais pas encore le motif de votre visite. »

— « Oh, c'est une vieille, très vieille histoire, docteur, commença Veber. Je suis en mission et je dois démasquer l'auteur de l'assassinat de Charles Mahé, le chauffeur de la laiterie de Sartilly, découvert carbonisé dans son camion, le 30 juillet 1944. Des incidents récents nous ont contraints à rouvrir le dossier. »

— « Une piste, inspecteur ? »

— « Oui, répondit évasivement Veber, et vous pourriez nous être d'un grand secours, si vous vous souveniez des moindres détails concernant cette sale affaire. »

— « Soyez tranquille, inspecteur, plus on vieillit, plus les détails restent gravés dans votre mémoire, vous vous en rendrez compte un jour. »

Veber sourit et aborda le vif du sujet.

— « C'est vous qui avez pratiqué l'autopsie, si j'en crois le rapport de gendarmerie. »

— « C'est exact. »

— « Ce rapport fait mention de plaies suspectes découvertes sur la boîte crânienne. »

Le médecin fixa Veber et se décida à répondre, après un court silence.

— « Ecoutez, je vais vous faire un aveu. C'était plus que des plaies suspectes. En effet, il s'agissait d'un trou dans le crâne et ce trou avait été provoqué par une balle de fort calibre, du 12 mm très exactement. Il s'agissait même d'une balle de Mauser, ce revolver d'ordonnance que portaient habituellement les officiers allemands. »

Veber, surpris, interrogea le praticien.

— « Et vous n'en avez jamais parlé à l'enquête ? »

— « Non, j'ai préféré garder le silence, pour éviter des heurts avec l'occupant et, qui sait, des représailles massives. Il y avait en effet une bande de jeunes dans le canton qui avaient rejoint le maquis. S'ils avaient appris que Charles Mahé avait été tué par un Allemand, ils se seraient livrés à des sabotages sur la Wehrmacht et il est probable qu'il y aurait eu des retours de bâton. J'ai donc préféré garder le secret plutôt que d'assurer la responsabilité de la mort de trente otages que les Allemands auraient certainement fusillés, comme ils avaient coutume de le faire dans des cas identiques. Ce que je peux ajouter, c'est que vraisemblablement le meurtrier n'était pas cantonné dans lc village. »

— « Tiens, tiens ! pourquoi donc ? »

— « Parce que j'ai interrogé toutes les fermes de la commune où étaient hébergés des occupants. Aucun n'avait quitté le cantonnement, ce matin-là. »

— « Et la rumeur publique ne s'est faite l'écho d'aucun racontar ? Vous savez ce que c'est dans les petits pays, le moindre incident dérogeant aux habitudes des uns et des autres est commenté et galvaudé. »

— « Oui, oui je sais, mais rien n'a transpiré. En tout cas je n'en ai rien su. »

— « Vous connaissiez Charles ? »

— « C'est moi qui le soignais. Un honnête garçon et qui avait eu la chance d'être placé à la ferme de la « Ronceraie » tenue par des braves gens qui l'élevèrent comme leur propre fils. C'est du reste moi qui l'avais fait embaucher à la laiterie de Sartilly dont le Directeur était l'un de mes amis. »

— « Vous a-t-on informé qu'il y avait trace autour du camion d'un second personnage mystérieux que l'on n'a jamais retrouvé ? »

— « Non, je n'ai pas lu le rapport de gendarmerie. Sitôt l'autopsie terminée j'ai dû me rendre au village du « hameau Labour » pour un accouchement difficile qui dura plusieurs heures. »

— « Charles Mahé était accompagné, ce matin-là, d'un aide. Mais à la laiterie, j'ai vu le Directeur il y a moins de deux heures, on est formel : Charles Mahé n'avait pas d'aide. Il pilotait seul le camion et effectuait lui-même le ramassage des bidons au débouché des sentiers. »

— « C'est bizarre, remarqua le Docteur de Saint-Denis. Je rencontrais souvent le camion de la laiterie au hasard de ses tournées et, à l'exception, quelquefois, du petit Plantegenet, Charles Mahé, je puis vous l'affirmer, était toujours seul. C'est exact, le Directeur de la laiterie ne vous a point menti. »

— « Le petit Plantegenet, qui est-ce ? »

— « Un petit gars de l'Assistance Publique placé dans une ferme des environs et avec qui Charles s'était pris d'amitié. Charles en avait trop bavé étant jeune et chaque fois qu'il le pouvait, il apportait quelques douceurs au gamin qui, comme lui, était orphelin. »

— « Docteur, souvenez-vous, c'est important, très important, quel âge avait le jeune Plantegenet en 1944 ? »

Le docteur réfléchit, compta mentalement et finalement annonça :

— « 15 ans environ. »

— « Mais ça colle, Docteur, le rapport du gendarme Belaze fait état de traces de pas du 37 ou 38. C'est à peu près la pointure moyenne d'un gosse de cet âge. »

Le docteur enchaîna, content de rendre service à Veber.

— « Plusieurs fois j'ai rencontré Charles Mahé et le petit Plantegenet, à bord de son camion ; je n'ai jamais rien dit aux « Lainet », les cultivateurs qui l'employaient, car le gosse paraissait heureux. Je n'aurais pas voulu apporter le trouble dans cette famille. Je dois reconnaître que chaque fois que j'ai rencontré Plantegenet avec Charles Mahé, c'était le matin, de bonne heure. A mon avis, il devait prendre le gosse à son deuxième passage vers 4 heures 30 et il le redéposait vers 6 heures lorsque le camion rentrait à la laiterie avec son chargement. Je sais que le gamin était sensé se lever vers 7 heures, car c'était l'horaire imposé par l'Assistance Publique, horaire que j'étais d'ailleurs chargé de vérifier. Si j'ai bonne mémoire, le gosse couchait dans une étable derrière la ferme, à cinq cents mètres de l'habitation principale des Lainet. Il est vraisemblable qu'ils n'ont jamais eu connaissance de l'escapade de leur pupille. »

— « Où se trouve leur ferme, docteur ? »

— « Peu de temps après la libération, ils ont quitté la région de Sartilly et ont repris une ferme à Avranches, derrière l'hostellerie de l'Abbaye. Je crois que c'est un neveu du père Lainet qui a pris la suite. »

Veber prit quelques notes.

— « Docteur, vous n'avez jamais entendu parler d'un convoi civil ou militaire qui aurait traversé Sartilly à l'aube du 30 juillet 1944 ? »

Le vieux médecin fit la grimace.

— « Non, hélas non ! »

Une cloche sonna quelque part, dans la maison.

— « C'est l'heure de mes gouttes. Cette brave Marie ne les a jamais oubliées, depuis 40 ans qu'elle est à mon service. Je suis diabétique, jeune homme et je ne vous souhaite pas d'avoir cette maladie, elle vous gâche la moitié de votre existence. Je ne vous retiens pas car si vous voulez rentrer pour le déjeuner, il est grand temps de vous sauver. »

Veber remercia chaleureusement le vieil homme et prit congé. Quelques minutes plus tard, il roulait vers Avranches. Lorsqu'il déboucha dans la cour de l'auberge, il était près de midi quarante-cinq.

Veber rangea sa voiture à l'ombre et gagna la salle à manger. La mère Grégoire dressait le couvert. Lorsqu'elle l'aperçut, elle l'apostropha :

— « Alors ces emplettes ? Vous avez trouvé ce que vous vouliez ? »

— « Bien sûr, oh ! ce n'était guère compliqué : quelques cuillers à brochet, un point c'est tout. »

— « Avez-vous été reconnaître vos emplacements de pêche ? »

— « Non. »

— « Eh bien ! allez-y tout de suite, vous avez juste le temps, avant le repas. Vous saurez vous y rendre ? »

Veber fit signe que non.

— « C'est simple. Vous prenez le sentier qui descend à la ferme des Lainet, juste derrière la haie que vous apercevez d'ici, vous dépassez la ferme et c'est tout droit. A moins de cent mètres, vous apercevrez la rivière, vous ne pouvez vous tromper. »

La ferme des Lainet ! Les confidences du docteur de Saint-Denis lui revinrent en mémoire. Il n'avait qu'à sauter sur l'occasion. Il lui serait facile de demander son chemin à la ferme, peut-être même pourrait-il engager la conversation. Mais les paysans de la Manche étaient si méfiants que Veber n'était pas du tout certain de réussir. Il monta dans sa chambre et se changea. Il enfila un vieux pantalon de velours, une vareuse, une paire d'espadrilles de corde et il quitta l'hostellerie.

Veber trouva, sans peine, le sentier indiqué. Trois cents mètres plus loin, il découvrait la ferme mentionnée par le médecin. C'était une bâtisse en rectangle comme elles l'étaient toutes dans le pays, cernée de sa porcherie et de son étable. Derrière s'étendait un vaste verger, planté de pommiers à cidre. Lorsqu'il passa devant la barrière de hêtre, il aperçut une petite fille donnant à manger à ses volailles.

Veber la héla.

— « Petite, tu es d'ici ? »

— « Oui, M'sieur ! »

— « Peux-tu m'indiquer le chemin pour descendre à la rivière ? »

— « Oh ! M'sieur, c'est pas difficile, c'est tout droit. »

— « Tu en as de belles poules ! »

— « C'est pas à moi, c'est à mon papa. »

Veber sourit, amusé.

— « Et ton papa, comment s'appelle-t-il ? »

— « Gustave Lainet, M'sieur, et ma maman « la femme au Gustave. »

Veber s'esclaffa.

— « Tu es sûre ? »

— « Dame pardi, pis que je vous l'dis », affirma la gamine.

Mais le manège avait attiré l'attention à la ferme. Une femme sortit et se dirigea rapidement vers Veber.

— « Vous désirez quelque chose, Monsieur ? » s'inquiéta la fermière.

— « Je demandais le chemin de la rivière à votre petite fille ; elle me l'a si gentiment indiqué que je le trouverai facilement. »

La mère s'épanouit.

— « Ça dame, on peut pas dire, mais Denise est délurée pour son âge. »

— « Ça va lui faire combien cette année ? » interrogea Veber, bon prince.

— « Six ans à la Noël. »

— « C'est l'âge où ça commence à devenir intéressant », poursuivit Veber, sans ciller.

— « Vous campez à Avranches, au terrain communal ? »

— « Non, non, du tout. Je loge à l'hostellerie. Je viens pour la pêche. »

— « C'est poissonneux en bas, vous avez raison. Il y a de la tout à fait belle bête. Des fois, p'tit Guy nous en rapporte. Il est pêcheur aussi. »

— « P'tit Guy, c'est votre fils ? »

— « Non point. C'est le commis. Le soir quand les foins sont coupés et bottelés, il prend sa canne et descend à la rivière, vous le verrez souvent. A l'occasion, demandez-lui qu'il vous donne un coup de main, il est très causant et c'est un brave gosse. »

— « Il suffit à votre mari pour exploiter la ferme ? »

— « Oui, nous n'avons que 80 vergées et le Gustave est vaillant. Avec les nouvelles lois sociales, maintenant, c'est pas intéressant, du tout, de prendre un ouvrier. »

— « L'un de mes amis m'avait affirmé que son cousin, un appelé Plantegenet, travaillait chez vous. Il a dû se tromper. »

— « Plantegenet, dites-vous ? C'est l'ancien commis de mon oncle qui s'est tué il y a deux mois ! »

— « Ah ! Il s'est tué, s'apitoya Veber. Je l'ignorais, je vous demande pardon. »

— « Oh ! Vous savez, je l'ai peu connu. Le Gustave et moi, on a pris la ferme il n'y a seulement qu'un an, à la mort de l'oncle. Comme un commis c'était trop de charges, le Gustave s'en est séparé, tout en lui laissant l'ancienne bergerie pour se loger, car il venait encore traire nos vaches de temps en temps. Mais vous m'excuserez, j'ai le petit dernier qui est seul à la maison et comme je tourne de la galette, je ne voudrais pas le laisser seul avec le feu. Un malheur est si vite arrivé. »

La femme fit un petit signe d'amitié à Veber et s'esquiva en entraînant sa gamine.

Veber continua sa promenade jusqu'à la « Sée ». Il s'assit au bord de la rive et surveilla les circonvolutions d'une truite qui, le long de la berge opposée, jouait à cache-cache avec une racine, attentive au moindre bruit. Il s'allongea dans l'herbe et observa le manège.

Une ombre se dessina sur l'eau. Veber sursauta et se retourna.

Il ne put retenir un cri de surprise. Devant lui se tenait le gamin qui, la veille au soir, l'avait renseigné sur l'existence de l'hostellerie.

— « Bonjour, M'sieur, alors vous avez trouvé facilement ? »

— « Tu vois, je vais même passer mes vacances ici, tellement l'endroit me plaît. »

— « Vous avez raison, c'est mieux qu'ailleurs, croyez-moi. Mais si j'ai un conseil à vous donner, n'allez pas pêcher avec ceux de l'hôtel. Ils n'y connaissent rien, c'est des vrais Parigots. Mais je vous emmènerai, si vous le voulez bien, vous en aurez pour votre argent. Faites comme le Monsieur qui est mort, lui, il avait pigé. Tous les soirs, il ramenait une douzaine de truites et de brochets. Au début, il est venu avec moi. Il n'a pas regretté. Remarquez que le pauvre il n'en a pas profité longtemps. »

Veber dressa l'oreille.

— « Pourquoi. Que lui est-il arrivé ? »

— « Vous n'avez pas su ? »

Veber fit signe que non.

— Eh bien ! il s'est noyé. Tenez, juste à l'endroit où la rivière fait un coude, là-bas, même qu'on n'a rien compris car, après la pêche, il avait l'habitude de se baigner et question « crawl » c'était plutôt un fortiche. Son histoire, si vous voulez mon avis, elle est pas catholique pour un radis. Le Paumé y pense comme moi. »

— « Le Paumé ? »

— « Oui, le fils du boulanger. On l'appelle comme ça dans le pays parce que les gens y disent qu'il en a un grain. Mais c'est pas vrai, je vous l'assure. »

— « Pourquoi le Paumé est-il de ton avis ? »

— « Il a vu deux types parler à Monsieur Auzoux juste avant qu'on le retrouve noyé. Et le Paumé, il est certain de son coup, y dit que les deux types étaient pas d'Avranches et qu'ils ne logeaient pas non plus à l'hostellerie. »

— « Pourquoi n'a-t-il rien dit à l'enquête ? »

— « Il aime pas les « flics » et son père lui aurait fichu une raclée aussi sûr que deux et deux font quatre. »

— « Et ces gars-là, par où sont-ils venus, il te l'a dit le Paumé ? »

— « Oui. Le Paumé il pêchait l'écrevisse et comme c'est interdit avant le 15 septembre, il était aplati dans les herbes. Il les a bien vus sortir du petit bois que vous voyez là-haut sur la butte, face au coude de la rivière. »

— « Tu ne te trompes pas ? »

— « Non ! Le Paumé c'est pas un menteur, s'il le dit c'est qu'il l'a vu, de ses yeux vu. »

— « Te fâches pas, je te crois volontiers. Dis donc, tu veux m'aider à pêcher la truite, on sera copains si tu n'y vois pas d'inconvénient. Cela te dit ? »

— « Dame, vous n'êtes pas un Parigot, j'ai vu votre immatriculation 50. Donc, je veux bien. Alors c'est bien vrai, vous allez loger à l'hostellerie pour la durée de vos vacances ? »

— « Je te l'ai déjà dit. »

— « Vous avez causé à la femme au Gustave, je vous ai vu. »

Veber taquina son nouvel ami.

— « Alors tu m'espionnes ? ce n'est pas bien. Mais je n'ai rien à te cacher. Je ne trouvais pas le chemin qui descendait à la rivière, alors je le lui ai demandé. Elle a été gentille et m'a renseigné aussitôt. Elle a l'air bien brave. »

— « Pour être brave, elle est brave. C'est même une honte, je vous assure que le Gustave y la fait trimer. Ils veulent pas de commis pour ne pas les payer. Ils ont pris petit Guy parce que cela ne leur coûtait pas un sou. Au moins du temps du père Lainet, y avait davantage de monde pour ramasser le foin. »

— « Je sais, ajouta Veber moqueur, la fermière me l'a dit, il y avait Plantegenet, celui qui s'est tué. »

— « Ah ! vous êtes au courant ? »

— « Tu vois, rien ne m'échappe, je sais tout. »

— « Dame si c'est la femme qui vous l'a dit, c'est forcé que vous le sachiez. »

— « Et comment il s'est tué, Plantegenet ? »

— « Personne a compris, Monsieur. C'était un bon ouvrier, cela faisait plus de vingt ans qu'il était commis à la ferme. Il allait même se marier avec la Louise, l'orpheline qui est couturière au bourg. Et puis, patatras, v'la-t-y pas qu'on l'a retrouvé pendu huit jours avant ses noces. Tiens, juste au pommier que vous apercevez tout seul dans le champ ous' qu'il y a le petit bois que je vous ai montré, tout à l'heure. Personne n'y a rien compris. Le Plantegenet, il était tout content de se marier, et au bistrot le soir, il payait à boire à tout le monde, même que la Louise n'arrêtait plus de chanter, toute la journée. Pour une surprise ça a été une surprise, foi de Dédé ! »

— « Eh bien ! tu habites un drôle de pays. Tout le monde se suicide à ce que je comprends. »

— « Se suicide ! C'est vous qui le dites. Je vais vous surprendre. Le gars Plantegenet, c'était pas un gars à se suicider. Comme celle de M. Auzoux, sa mort c'était pas une mort naturelle. Même que le Docteur qui est venu, il a dit qu'il avait jamais vu cela. Il paraît que Plantegenet, il avait les yeux pleins d'épouvante tout comme M. Auzoux. Je me souviens qu'il a dit la même chose pour lui. J'étais là quand on a repêché le corps. C'était affreux, il avait les yeux presque sortis des paupières. »

— « Tiens, tiens, remarqua Veber, c'est un détail intéressant. »

Une cloche se mit à sonner, quelque part derrière la prairie.

— « La cloche de l'hostellerie. C'est l'heure du repas, M'sieur, je vous quitte car la mère Grégoire, elle est capable de vous faire une scène, si vous avez du retard. Une fois, elle a pas voulu servir un pensionnaire qui n'avait pas entendu la cloche. C'est M. Auzoux qui me l'a dit. Allez, je vous laisse. Dites, vous ne direz pas que je pêche l'écrevisse avant l'ouverture ? »

— « Sois tranquille, Dédé, je serai plus muet qu'une tombe. »

Le gamin se sauva.

Veber prit le sentier qui remontait à l'hostellerie. Il réfléchit. Cela commençait à se préciser. Il y avait au moins trois morts suspectes à Avranches et deux de ces décès, au moins, concernaient des témoins du passage du convoi d'armes. Y avait-il un lien entre ces morts ou était-ce le hasard ?

Pour l'instant, Veber ne pouvait répondre. Mais une chose était sûre, désormais, pour lui : le chauffeur du camion de la laiterie avait bel et bien été assassiné et le seul témoin probable du crime venait à son tour, 30 ans plus tard, de disparaître.

Pour Veber, il n'y avait pas d'erreur possible, les pendus avaient les yeux gonflés mais ne les avaient jamais exorbités. Il en avait assez vu dans sa vie pour être certain de son fait. On avait tué Plantegenet, cela ne faisait aucun doute. Probablement la même équipe qui avait noyé de force ce pauvre Auzoux. Dédé était formel : le Paumé avait vu sortir deux types du petit bois qui surplombe la rivière. De cela personne n'avait parlé dans le rapport transmis au patron.

Trois morts mystérieuses dans une aussi petite ville, ce ne pouvait être fortuit. Veber sentait que la solution au problème du convoi était là, à Avranches. C'était à lui de jouer. Mais il y avait un ennui, la piste tournait en rond et tous les témoins disparaissaient à tour de rôle. Veber souhaita que le chemin qui le conduirait au dépôt d'armes ne soit pas trop long. Tous les témoins ? Non, pardi ! Il restait la Louise, la fiancée de Plantegenet. Il conservait un mince espoir de ce côté. Peut-être l'ouvrier agricole lui avait-il fait des confidences avant de mourir. C'était fort possible, après tout. A lui de vérifier tout cela.

Lorsqu'il pénétra, 10 minutes plus tard, dans la salle à manger de l'hostellerie de l'Abbaye, 12 paires d'yeux se levèrent en même temps et le fixèrent.

Veber dévisagea les convives les uns après les autres et salua à la cantonade. Y avait-il un assassin parmi ces paisibles pêcheurs ? Il lui faudrait questionner la mère Grégoire. Peut-être certains venaient-ils ici depuis de nombreuses années. Toutes les pistes étaient possibles, il n'en négligerait aucune.

Cet après-midi, il renoncerait à la pêche. Il trouverait bien une excuse quelconque. Un dernier témoignage restait à vérifier. Il rendrait visite au gendarme Belaze à Condé-sur-Noireau. Le patron lui avait précisé que ce dernier avait maintenant le commandement de la brigade de ce canton du Calvados et qu'il n'était pas encore en retraite. Bien que son rapport sur la mort de Charles lui ait paru complet, Veber préférait l'interroger à nouveau. Certaines choses, qui ne vous semblent pas importantes sur le moment, peuvent le devenir beaucoup plus tard.

Quand Veber attaqua son saumon, il rayonna. Le motif de son voyage à Condé-sur-Noireau était tout trouvé. Parbleu ! il n'y avait pas d'hameçon assez gros pour le saumon à Avranches, c'est à Condé qu'il en trouverait... en allant faire un tour en Suisse Normande !

4e CHAPITRE

Le repas terminé, Veber prit la direction de Condé-sur-Noireau. Avant de rendre visite à la Louise, la fiancée de Plantegenet, il préférait prendre contact avec le gendarme Belaze.

Après tout, ce dernier ne s'était-il pas trompé ? Les traces du deuxième homme pouvaient être plus anciennes. Rien ne prouvait que Charles Mahé ait eu réellement un aide, ce matin-là.

La gendarmerie de Condé-sur-Noireau était à l'entrée de la ville, il n'eut aucun mal à la découvrir. Lorsqu'il pénétra dans la cour, un chien tira avec vigueur sur sa laisse et se mit à aboyer.

— « Eh ! Eh ! on est bien reçu ici. Si le chien est méchant, vous ne devez pas avoir beaucoup de visites », plaisanta Veber en saluant le gendarme de garde à l'entrée.

— « Oh ! Il n'est pas méchant, c'est une grande gueule, c'est tout. C'est pour quoi, exactement ? »

— « Je désirerais voir votre chef de brigade, l'adjudant Belaze. »

— « Vous avez de la chance. Il devait partir pour le conseil de révision. Le Préfet, au dernier moment, n'est pas venu et la cérémonie a été décommandée. Entrez, je vais le prévenir. »

Veber pénétra dans le poste. L'air était frais et c'était bien agréable. Une porte s'ouvrit sur la droite et l'adjudant Belaze parut. C'était un homme costaud et rougeaud. Toi, mon gaillard, pensa Veber, tu ne dois pas refuser la petite chopine dans tes tournées !

— « Adjudant Belaze ? », s'enquit prudemment Veber.

— « Oui, à votre service. Si vous voulez entrer dans mon bureau. »

Le gros homme s'effaça et Veber pénétra dans le sanctuaire de la force de police locale.

— « Asseyez-vous. »

Veber ne finassa pas. Il sortit son ordre de mission et le présenta à l'Adjudant.

— « Vous êtes le successeur d'Auzoux ? »

Veber fit signe que oui.

— « Un bien grand malheur, incompréhensible ! »

Veber hocha la tête, sans plus.

— « C'est pour cela que vous venez sans doute ? »

Veber préféra ne pas trop s'avancer.

— « Exact, mon adjudant. J'ai eu connaissance du rapport de la Compagnie d'Avranches, et j'ai eu la surprise d'y voir figurer votre nom ; Avranches n'est pourtant pas du ressort de votre Brigade... »

— « En période de vacances, les touristes affluent sur la côte normande ; aussi j'avais été détaché en renfort à la Compagnie d'Avranches, avec l'un de mes hommes, pour trois semaines. »

— « C'est vous qui avez été averti de la noyade ? »

— « Oui. Lorsque je suis arrivé, il n'y avait plus rien à faire, l'homme était mort. »

— « Où l'avez-vous trouvé, très exactement ? »

— « A l'endroit où la Sée fait un coude derrière l'hostellerie de l'Abbaye. »

— « Qui vous a averti ? »

— « Un pêcheur de l'hôtel qui a aperçu le corps arrêté par les nénuphars qui poussent en abondance à cet endroit. »

— « Etait-il mort depuis longtemps, à votre avis ? »

— « Je ne le pense pas ; nous avons essayé immédiatement la respiration artificielle, mais en vain. Il n'a pas rendu beaucoup d'eau, chose qui a étonné le Docteur. »

— « Vous n'avez rien remarqué de spécial le long de la rive ? »

L'adjudant réfléchit.

— « Si, maintenant que vous me posez la question. Je me souviens qu'il y avait des traces d'herbes foulées qui partaient de la rivière et montaient du côté du petit bois. »

— « Cela ne vous a pas intrigué ? »

— « Un peu, mais comme le Docteur maintenait qu'il s'agissait d'une noyade accidentelle, je n'ai pas cherché plus loin. D'ailleurs, on vous le confirmera, la gaule était restée plantée dans la berge, il y avait même un gardon de pris à l'hameçon. Votre ami a dû glisser le long de la rive, après s'être endormi très probablement. »

Veber en savait assez. Il décida d'aborder l'affaire Plantegenet.

— « Je vous remercie mon adjudant, mais votre déposition m'est nécessaire pour une plus vieille histoire. Vous souvenez-vous du camion de la laiterie de Sartilly qui flamba un matin de juillet, en 1944 ? »

Belaze regarda Veber d'un air complètement ahuri.

— « Le camion de Charles ? »

— « Oui, très exactement. »

— « ... Mais c'est une vieille histoire et qui a été rapidement classée. »

— « Il y a du nouveau. Je suis là, comme Auzoux du reste, pour éclaircir ce meurtre. C'est vous qui avez fait le constat ? »

— « Vous êtes bien renseigné... »

Veber rit.

— « Que voulez-vous, c'est le métier de douanier qui veut cela. »

— « Que désirez-vous savoir ? »

— « Vous faites allusion dans votre rapport à des traces de freinage, derrière le véhicule brûlé. Etait-ce bien exact ? »

Belaze sursauta, prêt à se rebiffer.

— « Bien sûr que c'était exact et c'était même des traces toutes fraîches, je puis vous le certifier. Il n'y avait aucun doute à ce sujet. La route avait été coupée par des bombardements, et les trous de bombes avaient été bouchés pas plus tard que la veille sur un tronçon de cinq cents mètres et à l'endroit même où nous avions découvert le camion brûlé. A cette époque, il n'était pas question de fignoler ; il fallait seulement assurer le passage des véhicules ; on remplissait de terre, un coup de rouleau compresseur et hop, c'était terminé !

« Les empreintes n'y étaient pas la veille. Ollivier, le cantonnier, me l'a confirmé quelques jours plus tard. Je peux même vous préciser que ces camions circulaient à vide. »

— « Hein ! Quoi ? »

— « A vide, j'en mettrais ma main au feu. »

Veber se pencha, vivement intéressé.

— « Pourquoi, selon vous, étaient-ils vides ? »

— « C'est simple, vous savez. S'ils avaient été chargés, la distance d'arrêt aurait été plus longue et les roues arrière se seraient enfoncées plus profondément dans la terre. Or ce n'était pas le cas. Le cantonnier me l'a fait remarquer également. »

— « Ça, c'est intéressant, mon adjudant. Il n'a pas été question de tout cela dans votre rapport. »

Belaze se sentit tout penaud.

— « Oui, je sais, mais je ne pensais pas que cela eut une influence considérable sur la suite des événements. J'avais bien noté les traces du deuxième comparse, justement à cause des traces de pas dans la terre fraîche, mais je n'aurais jamais pensé qu'il eut été nécessaire de consigner que les dix camions, selon toute probabilité, étaient vides. »

— « Et vous êtes certain qu'il y avait dix camions ? »

— « Absolument, il y avait dix empreintes de roues sur plus de deux cents mètres. A mon avis, c'étaient des camions allemands. »

— « Tiens, tiens ! Pourquoi cette certitude ? »

— « A cause du dessein des pneus. Je ne pense pas me tromper en affirmant que c'étaient des « Heinkel ». D'ailleurs le Procureur, quand il s'est déplacé, a eu le même réflexe que moi. Pour lui, le meurtre était le fait d'un Allemand. C'est pour cette raison qu'il a classé l'affaire. Il ne voulait pas dresser la population contre l'occupant. C'était la débâcle, il ne faut pas l'oublier, et les fridolins étaient nerveux. Il voulait éviter les incidents. « Cela ne peut que nous nuire, a-t-il même ajouté, je m'en souviens encore, le mieux est de fermer le dossier. » Ce qu'il a fait, du reste. »

— « Et ces pas autour du capot levé, cela ne vous a pas intrigué ? »

— « Si fait, mais je n'ai pu mettre la main sur ce mystérieux inconnu. En tout cas, c'était, à l'évidence, un gamin vu l'étroitesse des empreintes. Comme l'affaire allait être classée par le Procureur d'Avranches, je ne me suis pas appesanti sur cette piste. Qu'il y ait eu un témoin du meurtre n'aurait rien changé, alors j'ai laissé tomber. »

— « Vous avez bien fait, admit Veber pour se concilier les bonnes grâces de l'adjudant, vous auriez nui à la population sans le vouloir. »

L'adjudant se sentit mieux.

— « Voulez-vous prendre un verre, inspecteur, j'ai un petit calvados dont vous me direz des nouvelles. »

Le gendarme se dirigea vers un placard situé derrière son bureau, il en sortit un carafon de grès et deux petites chopes qu'il remplit aussitôt.

— « Goûtez-moi cela ! un vrai nectar ! »

— « Fameux », reconnut Veber qui fit claquer sa langue de satisfaction.

Veber bénissait le ciel d'être venu interroger Belaze. Petit à petit le puzzle se mettait en place. Il y avait, grâce à la déposition du gendarme, un indice nouveau et d'importance : le convoi roulait à vide et semblait revenir du sud du Cotentin. Il n'y avait donc plus de doute à avoir. Le dépôt d'armes avait été bel et bien caché dans la région. Le meurtre du chauffeur de la laiterie ne s'expliquait pas autrement. Les Allemands avaient supprimé un témoin accidentel et gênant. Cette façon de procéder était la preuve que les armes étaient entreposées tout près d'Avranches.

Les morts suspectes qui s'étaient produites étaient, de plus, la confirmation que quelqu'un surveillait et protégeait la cachette. Plantegenet, Auzoux, avaient été éliminés pour avoir surpris des allées et venues suspectes, peut-être même le dépôt d'armes. Lorsque Veber quitta la gendarmerie, sa résolution était prise, il démasquerait les coupables.

Il n'avait pour l'instant qu'une certitude : quelqu'un avait découvert le stock de fusils et en faisait le trafic, et ce quelqu'un était en liberté dans les environs. Qui sait, peut-être à l'hôtel même !

Il ne restait plus à Veber qu'à questionner la Louise, la fiancée de Plantegenet et puis la chasse commencerait. Il fouillerait tout d'abord le petit bois qui surplombait la rivière, derrière l'hostellerie. Il était le seul avec Dédé et le Paumé à connaître le rôle qu'avait joué ce bois dans la mort d'Auzoux. Il y ferait un petit tour. Sans doute y trouverait-il un indice. Dédé était formel. Le Paumé avait vu deux types en sortir et venir parler à Auzoux quelques instants avant sa mort.

Lorsqu'il rentra à l'hôtel, la table était déjà mise. La mère Grégoire s'affairait autour d'une imposante marmite qui bouillait dans l'âtre.

— « Cela a l'air bien bon, Madame Grégoire », ne put s'empêcher de constater Veber.

— « Dame ! Des écrevisses au court-bouillon, c'est un mets de roi », plaisanta la propriétaire.

— « Mais je croyais que la pêche n'était pas encore ouverte. »

— « Bien sûr, mais ici personne ne respecte les dates d'ouverture. Le garde est de Mortain. Alors vous comprenez le pauvre, il peut pas être tous les jours à nous surveiller. »

— « Vous finirez en prison, Mère Grégoire. »

La grosse femme riait de bon cœur.

— « Eh bien, si cela est, vous m'apporterez des écrevisses comme douceurs, je les adore. »

Veber taquina encore quelques instants la cuisinière et monta se changer dans sa chambre. Lorsqu'il pénétra dans la pièce, il eut la certitude qu'elle avait été fouillée : son rasoir électrique avait changé de place. Le matin, quand il avait quitté la chambre, il se souvenait l'avoir rangé sur le rebord droit de la tablette qui surplombait le lavabo ; or son « Philips » se trouvait maintenant sur le coin gauche.

— « C'est bon signe se réjouit Veber, si l'on fouille et surveille tous les nouveaux arrivants du patelin, c'est que le gibier est à proximité. Je ferais bien de me méfier des pensionnaires de l'auberge et du personnel par-dessus le marché. »

A table, ce soir, il étudierait de près la question. Il avait été tellement occupé ces jours-ci qu'il avait négligé un peu la vie interne de l'hôtel. L'incident survenu le soir de son arrivée aurait dû l'inciter à fouiner de ce côté. Quelqu'un, maintenant il en avait la certitude, s'intéressait de près à sa petite personne.

La cloche sonna. Le dîner était prêt. Il descendit dans la salle à manger. Un groupe de pêcheurs y était déjà et discutait des avantages et inconvénients de la mouche. Veber se joignit à eux et donna son avis. Il lui fallait dorénavant se mêler plus étroitement aux conversations de ses compagnons qu'il ne l'avait fait jusqu'à présent. C'était la seule façon de démasquer celui qui s'intéressait à ses vacances.

La discussion roulait bon train, chacun s'était assis et avait attaqué le potage d'écrevisse. Veber s'était placé à la grande table avec ses nouveaux amis. Il mit habilement le sujet « Auzoux » à l'ordre du jour.

— « Un fin pêcheur, reconnut un petit vieux qui semblait le plus ancien et le plus écouté de la bande. La veille de sa mort, confia-t-il à Veber, il avait pris, à lui tout seul, douze truites. Moi-même qui connais le pays, puisque j'y viens depuis plus de trente ans, cela ne m'est jamais arrivé. Je crois que mon record a été de sept dans la même journée. »

— « Il faut déjà le faire », risqua Veber.

Le petit vieux était lancé. Du reste, ajouta-t-il, c'était un brave homme, et rendant service. Il allait au potager chaque matin fouir un carré de terre pour nous ramener nos vers, c'était gentil, n'est-ce pas ?

Veber l'admit, sans peine.

— « Avait-il de la famille ? »

— « Je crois que oui, puisque la Mère Grégoire nous a dit que ses affaires resteraient dans sa chambre jusqu'à ce que ses parents viennent les récupérer. »

— « C'est bien triste, en tout cas, ajouta Veber, à cet âge-là on a encore de bons moments à vivre. »

— « Ça c'est bien vrai, ajouta le petit vieux. On a beau dire mais des trucs comme ce qui est arrivé à ce pauvre garçon ça vous chagrine tout de même. Je l'aimais bien ce brave type, continua de plus belle le voisin de Veber. C'était, vous savez, la discrétion même. Le contraire de ce diable de Pailloux. Au moins Auzoux, il ne m'empêchait pas de dormir, lui ! »

— « Ah ! il était bruyant ce Pailloux. »

— « Oh ! ce n'est pas ce que j'ai voulu dire, mais la nuit il ronflait et j'avais du mal à m'endormir. C'était mon voisin de palier et comme la cloison n'est pas épaisse, j'avais le droit tous les soirs au festival. Cela me gênait, à mon âge on aime bien se reposer tranquillement. C'est-y point votre avis ? »

— « Et Auzoux ne ronflait pas ? », jeta Veber négligemment.

— « Pour ça non. Jamais un bruit plus fort que l'autre. Sa chambre était pourtant à côté de la mienne, au bout du couloir, mais il ne m'a jamais réveillé. C'était bien agréable, un voisin pareil. »

Veber le rassura.

— « Vous n'avez rien à craindre de moi. Je couche au premier étage, vous n'aurez donc pas à me subir. Les bruits du premier n'arrivent pas au second à cause des moquettes. »

— « Ça ! c'est une bonne invention, reconnut le vieillard, la moquette on peut pas dire, mais ça étouffe le bruit. »

Veber fit encore durer la conversation pour la forme, puis il annonça à son voisin qu'il montait se coucher.

— « Je suis fatigué, ajouta-t-il, je n'ai plus l'habitude du grand air et ça me saoule. »

Veber dit bonsoir à ses amis et s'éclipsa discrètement. Sa résolution était prise. Le petit vieux l'avait bien renseigné. Il savait où était située la chambre d'Auzoux. Personne n'avait dû toucher à ses affaires. Une petite visite, cette nuit, s'imposait. Le patron avait été formel : il n'avait reçu aucun rapport de son agent. Si ce dernier avait été tué, c'est qu'il avait surpris quelque chose, à l'évidence. Mais Veber devait trouver quoi. Il lui fallait donc refaire les moindres gestes accomplis par son ami, les mêmes mouvements.

Ce qu'avait découvert le douanier, il n'était pas dit que, lui, Veber, ne le découvrirait pas à son tour. Pour l'instant, il n'avait pas d'autre piste. Peut-être même, était-ce la découverte du rapport d'Auzoux, oublié par mégarde dans sa chambre, qui avait incité le mystérieux visiteur nocturne à le supprimer. De toute façon une visite dans la chambre du noyé s'imposait.

Veber se déshabilla rapidement et se coucha. Il fit remuer d'abondance le sommier qui grinça affreusement. Si quelqu'un était à l'écoute, il n'aurait ainsi aucun doute, le pensionnaire de la chambre n° 10 était bel et bien couché. Veber, avant d'éteindre, cacha son portefeuille à cheval sur la tringle support des serviettes de toilette, mit l'une de ces serviettes par dessus et sourit, satisfait. C'était un vieux truc qu'il avait expérimenté à Hong-Kong et qui s'était révélé efficace. Jamais ses visiteurs du soir n'avaient cherché sous les serviettes de toilette pendues près du lavabo. Pourquoi ? il n'en savait rien.

Il prit son revolver, son passe-partout et les cacha sous le traversin, puis il éteignit la lumière et attendit patiemment. Les bruits du rez-de-chaussée lui parvenaient très distinctement. Il entendit les pensionnaires gagner leur chambre un à un, puis ce fut le tintement des casseroles venant de l'office. Vers minuit, les bruits cessèrent.

Veber suivit, en pensée, la Mère Grégoire qui fermait les volets du rez-de-chaussée. Une demi-heure plus tard, tous les pensionnaires de l'hôtel dormaient à poings liés. Une lumière qui s'éteignait au dernier étage, la Mère Grégoire probablement, et ce fut le silence, simplement troublé par les gémissements d'une hulotte réfugiée dans le marronnier de l'allée centrale. Veber attendit, immobile. Un clocher dans la campagne le renseignait fidèlement sur l'heure.

Une heure, deux heures trente... Il décida de passer à l'action. A tout hasard il inspecta le parc, de sa fenêtre. Tout semblait normal. L'inconnu, aperçu quelques jours plus tôt, devait dormir, lui aussi.

Veber, sur la pointe des pieds, gagna l'escalier menant au second étage. Pourvu que les marches ne grincent pas trop, jura Veber, il ne manquerait plus que cela. La chance lui sourit. L'escalier était en châtaignier. C'était un bois dur, pas une lame ne remua. Il atteignit le second étage, sans encombre. Il discerna un tapis qui courait le long du couloir. Décidément, je suis verni. Mes pas seront étouffés. Lentement, il se dirigea vers la porte du fond, celle que le petit vieux lui avait dit avoir été celle de la chambre d'Auzoux.

Arrivé à l'extrémité du corridor, Veber s'arrêta et écouta un instant. Un fou-rire inextinguible faillit le prendre. Il colla son oreille contre la porte de la chambre et perçut un ronflement sonore. Le vieillard, car à n'en pas douter, c'était lui, soupirait tel un polonais ivre mort.

Veber se calma et reprit sa progression en souplesse. Arrivé au fond du couloir, il sortit son passe-partout et fit jouer la serrure. Ce ne fut qu'un jeu d'enfant. Dix secondes plus tard, la porte tournait doucement sur ses gonds.

Veber s'immobilisa, attentif, prêt à bondir, en cas de danger. Mais son sixième sens lui révélait qu'il n'avait rien à craindre. Il alluma sa torche et balaya la chambre : elle était vide. Il pénétra dans la pièce et referma silencieusement la porte. Les volets étaient poussés, il ne risquait donc pas grand chose.

La pièce était, en tout point, identique à la sienne, à la seule différence qu'elle était orientée autrement, puisqu'elle donnait sur le côté. Rien ne semblait avoir été dérangé. Veber reconnut la veste de son collègue sur une chaise. La cantine était restée ouverte près de l'armoire. Le lit, par contre, avait été refait. Veber entreprit de tout fouiller méthodiquement. Le sommier, le matelas ne livrèrent aucune cachette.

Plus il y pensait, plus Veber était enclin à supposer qu'Auzoux avait laissé une trace de sa découverte. Mais où ? c'était le hic. Il passa plus d'une heure à inspecter les lames du parquet, aucune n'était truquée. Il dut se faire une raison, Auzoux n'avait rien dissimulé. L'armoire et la cantine furent passées au peigne fin, sans plus de résultat.

Il allait renoncer et réintégrer sa chambre lorsqu'un détail l'intrigua. Dans le coin de la fenêtre se trouvait un tabouret et posée dessus une paire de jumelles. Veber, le cœur battant, s'en approcha, les empoigna et les examina soigneusement. C'était une paire de jumelles de grande précision, de plus de dix kilomètres de portée, comme seules certaines unités de l'armée en étaient dotées. Il y en avait en tout deux exemplaires dans le service du patron. Pour qu'Auzoux s'en soit fait prêter une paire, c'est qu'il attachait un grand intérêt à leur utilisation !

La position des jumelles, le long de la fenêtre, posées sur le tabouret, indiquait clairement que c'était là le poste d'observation habituel. Si Auzoux les avait employées à l'extérieur pendant ses instants de pêche par exemple, il n'aurait pas éprouvé le besoin de placer un tabouret près de la fenêtre. Les jumelles auraient tout simplement été rangées, au retour de ses promenades, soit dans l'armoire soit sur la table de nuit. Veber sentait d'instinct qu'il venait de faire là une découverte importante. Il s'approcha à pas lents de la fenêtre et l'ouvrit. « Tiens, c'est curieux, remarqua-t-il, les charnières ont été récemment huilées. Si j'ai bonne mémoire, les miennes ne l'ont pas été. »

Mû par un pressentiment, Veber poussa les volets. Ils pivotèrent sur leurs gonds sans un crissement. Veber comprenait. Auzoux voulait être tranquille et ne pas être surpris dans son observation. S'il avait huilé les volets, c'est donc qu'il lui fallait ouvrir ceux-ci alors qu'ils devaient être en principe fermés. Auzoux était donc à l'affût, la nuit. Que pouvait-il surveiller ? C'était là tout le mystère.

Veber ouvrit les contrevents en grand et se saisit des jumelles. La lune était de sortie. Il n'y avait aucun nuage et l'on y voyait presque comme en plein jour. L'angle de vue d'Auzoux était tout de même assez réduit puisque la fenêtre donnait sur le côté de l'auberge. Veber régla les jumelles à sa vue et inspecta minutieusement le paysage. Que voulait donc découvrir son collègue ?

Veber poussa une exclamation. Ses lentilles venaient de découvrir, au-dessus de la rivière, le petit bois qu'il avait l'intention de visiter le lendemain. Il fouilla les bosquets centimètre par centimètre et finalement trouva ce qu'il cherchait confusément, il y avait une petite cabane, au centre du bois, Veber la distinguait très nettement, mais elle paraissait abandonnée et paisible. Au fond rien ne prouvait que ce soit justement cette bicoque qui ait été l'objet de la surveillance d'Auzoux.

Il abandonna le petit bois et balaya l'horizon. Une masse sombre attira bientôt son attention. « Tiens, l'Abbaye du Mont Saint-Michel, je suppose. » Il régla à nouveau la distance focale et cette fois-ci l'Abbatiale lui apparut dans toute sa netteté.

Veber se souvint qu'il avait trouvé dans la malle d'Auzoux une carte Michelin du Bocage normand. Il s'en saisit et l'orienta. Selon ses calculs, la masse sombre découverte à la jumelle était bien celle de la célèbre Abbaye, distante de quelques kilomètres.

D'ailleurs, il ne pouvait pas se tromper, quel idiot il pouvait être ! ! Bien sûr ! Puisque l'auberge s'appelait l'hostellerie de l'Abbaye. Il aurait dû y penser plus vite. Veber chercha à nouveau, mais ne trouva rien d'intéressant.

« Il faut que je découvre un moyen d'habiter cette chambre. La mère Grégoire ne me refusera pas. En général, les clients de l'hôtel où il y a eu un mort ne veulent jamais séjourner dans la chambre occupée par le défunt. Sans doute sera-t-elle contente d'y loger son pensionnaire. » Veber prétexterait l'existence de moustiques au premier étage, ce qui était vrai du reste. La chambre d'Auzoux paraissant épargnée, il jouerait donc les peaux sensibles. C'était bien le diable s'il essuyait un refus à sa demande.

Veber fit une dernière fois le tour de la pièce mais ne découvrit rien de particulier. Il referma volets et fenêtre et sortit discrètement. Quelques minutes plus tard, il dormait bercé par la ronde zézayante d'une bande de moustiques voraces.

*
**

Le lendemain matin tous les pensionnaires eurent le droit, au cours du déjeuner, aux plaintes de Veber. Selon lui, il ne pouvait fermer les paupières tant il était harcelé par ces sales bestioles de moustiques.

La Mère Grégoire paraissait réellement ennuyée.

— « C'est la première année que cela se produit, gémissait-elle, je vous assure, les autres fois c'est pas comme cela. »

Veber la tranquillisa en jouant les héros.

— « Bah ! je n'en mourrai pas. »

— « Moi, ajouta un grand sec à lunettes, je n'en ai pas, car je loge sur le pignon ; je l'ai échappé belle. »

Veber sauta à pieds joints sur l'occasion.

— « Il ne vous reste pas une chambre sur le côté ? »

— « Hélas non, murmura l'aubergiste, atterrée, tout est loué. Il n'y a plus que la chambre de ce pauvre M. Auzoux. Mais tant que sa famille n'est pas venue chercher ses affaires, je n'ose pas y toucher. »

— « Oh ! si ce n'est que cela, trancha Veber, je pourrais transporter ses affaires dans ma chambre et faire l'échange. »

La vieille femme hésitait. La peur de perdre un bon client la rendait malléable. Veber se décida à porter l'estocade.

— « Voulez-vous que je range ses affaires et que je les porte dans ma chambre, cela vous épargnera toute fatigue supplémentaire ? »

La femme hésitait toujours. Pour finir, elle céda.

— « Si cela ne vous dérange pas. Après tout, c'est pas ce pauvre M. Auzoux qui y trouverait à redire ; une fois qu'on est mort on est bien mort. C'est-y point votre avis ? »

— « Vous avez raison, Madame Grégoire. Vaquez à vos occupations, tranquillement. Je passerai la matinée à tout mettre en ordre. Vous ne serez pas importunée, je vous le promets. »

Veber, nanti de la bénédiction de l'aubergiste, gagna sa chambre et procéda au déménagement. Ce ne fut pas long. Il garda toutefois les jumelles qu'il mit sous clef dans l'armoire. Ce n'était pas la peine que la femme de chambre ou l'inconnu qui l'avait espionné le jour de son arrivée s'aperçoivent que celles-ci n'avaient pas été remises en place.

Veber eut une pensée émue pour son ami. Ce dernier avait bien fait les choses, et pourtant il s'était fait avoir bêtement. Veber se promit d'être prudent. Il prendrait son arme pour fouiller bosquets et cabane, il ne tenait pas à être surpris, lui aussi. Il était dix heures lorsqu'il eut terminé sa tâche. Il lui restait encore du temps pour aller rendre visite à la fiancée de Plantegenet. Il avait un blue-jean neuf à raccourcir. Cela tombait à pic. Il prit le pantalon et descendit demander aide à son hôtesse.

— « Dites donc, il n'y aurait pas une bonne couturière, à la ville, pour me retoucher ce Levi's ? Je l'ai acheté sans l'essayer et c'est un véritable désastre. Je tiens à être beau pour attraper ma première truite ! »

— « Il y a la Louise, près de la boulangerie Pouxe ; elle vous fera la retouche sans vous donner le coup de barre. C'est une bonne petite et qui est bien dans le malheur. »

— « Ah ! Ah ! fit Veber, compatissant, qu'est-ce qui lui est arrivé ? »

— « Elle vient de perdre son fiancé, et tout le monde la plaint bien. »

— « Bon, je vais aller lui porter le vêtement et je bavarderai un peu avec elle, cela lui changera les idées. »

— « C'est gentil à vous. La petite sera sûrement contente. Avranches c'est pas drôle pour une jeunette sans homme. »

Veber sortit la Toyota de la remise qui servait de garage et, quelques instants plus tard, il était en ville. Il rangea la voiture sous les tilleuls près du monument à la mémoire de l'Armée Patton et se mit en quête de la boulangerie.

Il ne tarda pas à la trouver. Au-dessus d'une vitrine, il déchiffra : Hyacinthe Dupont — André Pouxe successeur — « Son - Pain - Issues ».

Il reconnut, à côté de la boutique, le logement de la couturière. Il n'y avait pas d'erreur possible. La fenêtre du rez-de-chaussée était ouverte et il apercevait la jeune fille en train de coudre. Il frappa et attendit quelques secondes. Personne ne bougeait. Il refrappa une deuxième fois. Il entendit un bruit de chaise, puis la machine à coudre s'arrêta de ronronner et une petite voix triste cria :

— « Une seconde, j'arrive. »

Bientôt le battant de la porte s'ouvrait et Veber se trouvait face à Louise.

— « Mademoiselle, bégaya-t-il, mal à l'aise, puis-je vous parler ? »

La jeune fille parut surprise, mais à la vue du pantalon, que tenait gauchement Veber, elle sourit.

— « Venez dans la pièce où je travaille, il y fait plus frais. »

Veber la suivit et s'assit, bavardant de choses et d'autres. Louise lui ayant proposé de raccourcir son blue-jean immédiatement, il avait accepté.

— « Il n'y en aura pas pour dix minutes », avait-elle promis.

Veber se tortillait sur sa chaise. Il ne savait comment aborder le sujet. La jeune fille lui paraissait si abattue qu'il n'avait pas le cœur à la questionner. Pourtant il fallait qu'il s'en sorte, Louise lui inspirait confiance.

Tant pis, une fois n'était pas coutume, il jouerait carte sur table. Mieux valait acheter le silence de la jeune fille en la mettant au courant directement que l'interroger plus ou moins habilement. Fine mouche, elle comprendrait que les questions de Veber cachaient quelque chose de plus grave et elle risquait alors d'en parler aux voisins. Or Veber tenait absolument à garder l'incognito.

Il tira son portefeuille, l'ouvrit et prit son Ordre de Mission qu'il tendit à la petite couturière. Louise s'arrêta de piquer. Surprise, elle s'empara du papier puis, muette de saisissement, leva la tête en quête d'explication.

— « Je suis là pour enquêter sur la mort de votre fiancé, mademoiselle. »

— « Pierrot ! s'écria la jeune fille. Je m'en doutais. Il ne s'est pas suicidé, ce n'était pas son genre. »

Louise pleurait à gros sanglots. Veber attendit patiemment que la jeune fille se soit calmée. Il respectait sa douleur. Lorsqu'elle eut séché ses larmes, il lui demanda doucement :

— « Mademoiselle, je comprends votre chagrin, ce doit être terrible de perdre son fiancé, mais je vous en supplie : aidez-moi. Je suis là pour démasquer celui ou ceux qui ont tué. Nous avons la certitude que Plantegenet ne s'est pas pendu, mais qu'on lui a passé, de force, la corde au cou. »

— « J'en étais certaine, haleta Louise. Pierrot n'était pas homme à se tuer, il était bien trop pieux. Jamais il n'avait manqué la messe, Monsieur. »

Veber fit signe qu'il comprenait.

— « Est-ce qu'il vous confiait tout ce qui lui arrivait ? »

— « En principe, oui. Pierre était très bon avec moi. Je suis orpheline, lui l'était également. Malgré la différence d'âge : j'en ai vingt-six et il en avait quarante-quatre, nous devions nous marier. Nos malheurs communs nous avaient rapprochés. »

—« Vous ne m'avez pas répondu, Louise. Il faut m'aider, essayez de vous souvenir. Vous racontait-il tout ? »

— « Oui, je vous l'ai dit. »

— « Avez-vous le sentiment qu'il détenait un secret qu'il ne voulait pas vous confier ? »

La jeune fille hésita longuement.

— « Je ne sais comment vous expliquer cela, mais je crois que oui. »

— « Faites un effort, Louise, c'est très important. »

— « Un jour qu'il était triste, j'ai essayé de le consoler et l'ai questionné ; il m'a simplement murmuré : « Je suis sûr que c'est lui. Il a vieilli, mais jamais je ne l'oublierai. On n'efface jamais de sa mémoire ceux qui vous ont fait du mal. »

— « Il n'a rien ajouté de plus ? » interrogea Veber aux aguets.

— « Une autre fois, il a fait allusion à ce qui le tourmentait. Alors qu'il devait manger la soupe avec moi, après les foins du père Hamelyne. Il était arrivé sur le tard, vers 23 heures, je crois. Je me faisais beaucoup de souci. Vous savez ce que c'est, dans le pays, quand on a fané et bottelé, on boit facilement ses dix litres de cidre et le retour est plutôt pénible. »

Veber sourit.

—« Pierrot s'est assis et a simplement dit : « Cette fois-ci, je ne me trompe pas. Mais qu'est-ce que ce salaud pouvait bien faire à l'Abbaye. Je le démasquerai. Il faudra bien qu'un jour ou l'autre nous ayons une explication. » Pierrot avait avalé sa soupe et n'avait plus rien ajouté. Ce soir-là, je ne l'ai pas interrogé plus avant, il ne m'aurait d'ailleurs pas répondu. »

— « Vous êtes certaine qu'il vous a parlé de l'Abbaye ? »

— « Oui, absolument. De toute façon, je ne peux m'être trompée car la ferme Hamelyne, où avait travaillé Pierre cette semaine-là, est située à quelques kilomètres du Mont Saint-Michel. Il devait passer devant pour rentrer à la maison. Cela correspond bien. »

— « Et il y a longtemps de cela ? »

— « Non, c'était deux mois avant sa mort. »

— « Et le jour de son décès, vous l'avez aperçu ? »

— « Oui. »

— « Je m'excuse de ranimer ces tristes souvenirs, mais il le faut. Je ne pourrai démasquer le ou les coupables qu'en allant au fond des choses. »

— « Je le comprends, Monsieur. »

— « Comment était Plantegenet, ce jour-là ? »

— « Drôle, si je puis dire, cela durait depuis plusieurs jours. »

— « Il ne vous a rien dit de spécial ? »

— « Non pas autant que je me souvienne ou plutôt si, attendez... il m'a dit à la fin du repas : « Cette fois-ci, je n'ignore plus d'où venaient les camions. Ce soir, il n'y aura plus de mystère, je saurai ce qu'ils trimbalaient. »

— « Répétez ! » hurla Veber au comble de l'excitation.

La jeune fille s'exécuta docilement.

Veber bénit Louise. Il tenait le bon bout, à lui de ne pas le lâcher.

— « Il a soupé avec vous, ce soir-là ? »

— « Bien sûr, comme tous les soirs. Après, il est rentré chez lui, dans l'ancienne bergerie du père Lainet qu'il avait fait transformer. C'est là que nous devions habiter. »

— « Etes-vous certaine qu'il s'est rendu chez lui en vous quittant ? »

— « Oui, du moins de l'ai cru. Et pourtant, il faut croire que non, car c'est le lendemain matin qu'on l'a retrouvé pendu devant le petit bois de la Pitancherie. »

— « Comment rentrait-il chez lui ? Avait-il une voiture ? »

— « Non ! un simple vélomoteur Peugeot. »

— « Vous l'avez accompagné jusqu'à la porte ? »

— « Oui, comme chaque soir. »

— « Et vous n'avez remarqué personne sur la place, des inconnus, par exemple, qui auraient pu le suivre. »

— « Il n'y avait pas un chat sur la place. Mais... je me souviens d'un petit détail, je ne sais si cela vous intéressera. »

— « Allez-y, Louise, et n'oubliez rien. »

— « Eh bien, ce soir-là, il avait un sac en jute posé sur le porte-bagage du vélomoteur. Ce qu'il y avait à l'intérieur était assez volumineux, sinon je ne l'aurais pas remarqué. Pierrot, du reste, a bien vu que je regardais de ce côté, car il a ajouté, en riant : « C'est peut-être le cadeau de nos fiançailles. » Puis il est parti. Jamais plus, je ne devais le revoir vivant. »

Veber se tut. Il plaignait sincèrement la jeune fille. A vingt-six ans la perte d'un amour est quelque chose de grave, il le savait par expérience. Veber commençait à y voir plus clair. A l'évidence, Plantegenet avait reconnu au Mont Saint-Michel ou dans ses environs immédiats un individu ayant un rapport quelconque avec le passage du convoi de juillet 1944 et le meurtre de son ami Charles Mahé. Il avait, d'autre part, réussi à percer le mystère du convoi et lorsqu'il était parti, ce soir-là, c'était pour mettre à jour le dépôt d'armes. Louise était certaine que Plantegenet avait parlé de l'Abbaye, c'était donc là que, lui, Veber, devait chercher.

L'Abbaye ! Parbleu, mais on la voyait très nettement, avec les jumelles, de la chambre d'Auzoux. Bien sûr ! Son collègue avait dû remarquer des allées et venues insolites la nuit. Peut-être même, un soir, était-il allé rôder de ce côté. Il avait dû être démasqué, sans s'en douter, et on l'avait noyé tout comme on avait pendu Plantegenet lorsque, la nuit précédant sa mort, il s'était rendu, lui aussi, à l'Abbaye. Tout devenait clair.

Veber remercia la jeune fille et lui promit de revenir la voir, avant son départ.

— « J'ai confiance en vous, Monsieur l'Inspecteur. De mon côté, je vous promets le secret. Reprenez vite votre pantalon, n'oubliez pas que vous êtes venu pour lui ! »

Veber lui fit une grosse bise et se sauva. Il ne lui restait plus qu'à démasquer le meurtrier pour trouver le trafiquant d'armes. Mais la tâche n'était guère facile. Autant chercher une aiguille dans une botte de foin. Avranches comptait douze mille habitants, c'était douze mille assassins possibles.

5e CHAPITRE

Après déjeuner, Veber annonça son intention d'aller à la pêche, les uns et les autres le conseillèrent qui sur l'endroit idéal, qui sur la cuiller adéquate. Veber, décidé à ne pas se faire d'ennemis, acceptait avec humilité toutes les suggestions. Lorsqu'il fut bien informé, il sortit les cannes de la remise et, l'épuisette à la main, descendit vers la rivière. Il jeta un regard circonspect autour de lui. Il était seul. Les autres pensionnaires avaient déjà dragué le coin et repoussaient de jour en jour leur zone d'action.

Veber souriait ; au fond, qu'il n'y eut plus de truites lui importait peu, bien au contraire. Il monta son moulinet, fixa la cuiller dorée au bout du filin et commença à arpenter la rive, en direction du petit bois qu'il voyait se dessiner au sommet de la prairie voisine. Veber marchait d'un pas nonchalant et, de temps à autre, donnait une légère secousse à sa ligne pour appâter le poisson. Il faisait un temps splendide. Veber malgré lui goûtait avec joie cette quiétude reposante. L'eau fuyait, stoppée parfois par des troncs d'arbres morts qu'elle sautait avec un clapotis harmonieux. Le bourdonnement des insectes venait seul troubler cet après-midi paisible.

Veber jura, sa ligne s'était prise dans les nénuphars qu'un coude de la berge lui avait masqués. Il tira un peu plus fort et réussit à dégager sa cuiller. Le coude... Mais c'était là qu'Auzoux avait été retrouvé ! Veber songea un instant à son ami. Ce rappel de la réalité le poussa à poser sa ligne et à exécuter ce qu'il avait projeté. Il fixa solidement sa canne à lancer à une racine et laissa filer l'appât le long du courant.

Satisfait, il se redressa et inspecta les environs : toujours personne. La chance le favorisait. Il leva le nez. Le petit bois se dressait juste devant lui, à moins de cinq cents mètres. Une haie longeait la prairie, à la verticale de la rivière, il la suivrait, ce serait plus prudent ; ainsi nul ne l'apercevrait de l'auberge, si tant est que quelqu'un ait la velléité de le surveiller.

Il se glissa furtivement le long de la haie et remonta à pas lents le champ. Quand il atteignit l'orée du bois, il fut certain de n'avoir pas été remarqué. D'un bond il franchit les premiers taillis. Ouf ! Il était à l'abri. De la chambre d'Auzoux, il avait remarqué que, même avec des jumelles, il n'était guère possible de distinguer ce qui se passait derrière les bosquets.

Des branches mortes craquèrent sous ses bottes. Veber pestait, mais il ne pouvait les éviter. Il fit rapidement le tour du bois. Sur la face nord, il tomba sur un petit sentier qui s'enfonçait à l'intérieur des taillis. Intrigué, il le suivit. Il ne le regretta pas. Quelque cent mètres plus loin, une ornière attira son attention, des traces de pneus étaient encore visibles.
— Tiens, tiens, quel est le fou qui ose s'aventurer dans cette chausse-trape !

Veber suivit le sentier. Il arriva bientôt à la cabane aperçue quelques heures plus tôt à la jumelle. Il s'aplatit derrière un hêtre et resta prudemment tapi dans l'ombre. Rien ne bougeait derrière les planches. La hutte semblait abandonnée, mais Veber préférait ne pas encourir de risques. Il n'oubliait pas qu'elle était apparue comme suspecte à Auzoux, puisqu'il l'avait observée à la jumelle.

Un silence absolu régnait. Veber se décida à aller voir de plus près ce qu'elle recélait. Il rampa et la contourna. L'arrière était en mauvais état. Il s'approcha et jeta un coup d'œil par l'une des fentes. Personne. Du matériel seulement, lui sembla-t-il. Probablement quelques outils que le propriétaire du champ voisin préférait entreposer là, plutôt que d'être obligé de les ramener chaque soir à la ferme.

Veber ouvrit précautionneusement la porte vermoulue. Elle n'était même pas verrouillée. Dans la pénombre, il ne distinguait pas grand chose. Il pénétra dans la cabane. Il faisait une chaleur suffocante, des mouches bourdonnaient paresseusement. Veber fit le tour de l'abri. Rien de particulier n'attira son attention, quelques outils, c'est tout. Mais en y regardant de plus près, un détail l'intrigua. Ces outils n'étaient pas logiquement ce qu'ils auraient dû être : charrue, binette ou faucilles. Non, curieux ! Il s'agissait d'outils de terrassier, un pic, une truelle, des barres pour faire office de levier et un sac de ciment entamé. — Bizarre, bizarre, siffla Veber, je me demande à quoi sert tout cela.

Et tous ces outils étaient huilés ! De plus en plus drôle ! Veber était intrigué. Il fouilla consciencieusement la baraque. Peine perdue, il ne découvrit rien d'autre. Il s'apprêtait à partir quand une vieille étagère attira son attention. Machinalement il passa la main dessus, par acquit de conscience. Il allait la retirer lorsqu'il sentit sous ses doigts un morceau de papier. Il le prit et le parcourut des yeux. Il ne put s'empêcher de pousser un cri de surprise : sur un morceau de journal jauni par le temps, un mot avait été griffonné avec difficulté.

Veber eut du mal à le déchiffrer, mais il y parvint et ce qu'il lut le laissa interdit : **« Levure ».** Au-dessous, il réussit à reconnaître une signature. Il n'y avait aucun doute, il ne se trompait pas. Ce qu'il arrivait à mettre péniblement au clair signifiait « Auzoux ».

Veber avait trop l'habitude de ce genre de message pour comprendre dans quelles circonstances son collègue l'avait écrit. Il avait dû être surpris en train de fouiner dans la cabane et on l'avait assommé et ligoté. Probablement laissé seul quelques minutes par ses assassins qui avaient dû aller vérifier si le sentier qui descendait à la rivière était libre, il avait repris connaissance et écrit ce dernier message avec ses dents.

Ses agresseurs n'avaient certainement pas découvert le stratagème. La preuve en était que la feuille qui traînait par terre avait été replacée sur l'étagère. Une chance que lui, Veber, y ait passé la main. Cette fois-ci, il tenait le bon bout. Le Patron avait eu le nez creux d'envoyer Auzoux dans ce bled perdu. Son intuition ne l'avait pas trompé. La logique des événements voulait que le dépôt d'armes soit à Avranches ou dans la région immédiate. Quelqu'un l'avait découvert, par hasard, sans doute, et au lieu d'avertir les autorités militaires avait préféré en faire de la contrebande. Auzoux avait finalement découvert le pot-aux-roses, mais on l'avait éliminé à temps puisqu'il n'avait pu parler.

Pourtant Veber marquait un point. Ce message écrit à la hâte était la clef de l'énigme : « **Levurc** » ! Veber frémit. Ce mot ne lui disait absolument rien et, malgré tout, il devait avoir une importance primordiale puisque Auzoux, pressé par le temps, l'avait choisi de préférence à des milliers d'autres. « Levure », « levure ». Le mot dansait désespérément dans la tête de Veber. Il décida de rentrer. Au calme, dans sa chambre, il lui serait plus facile de démêler l'écheveau.

Avisant la feuille de journal qu'il avait entre les mains, il décida de la remettre sur l'étagère. Au fond il valait mieux ne pas dévoiler à l'adversaire son passage. Il n'était pas interdit de penser que ce dernier se souviendrait avoir replacé ce morceau de papier sur l'étagère. Par de petites erreurs semblables, il pouvait donner l'alerte. Il remit très exactement la feuille là où il l'avait découverte et sortit. Dehors tout était calme.

Veber referma la porte et prit le sentier. Il s'attarda un instant autour de l'ornière qui l'avait intrigué. Il ne se trompait pas, les traces de pneus étaient encore visibles, quoique fort anciennes. Le visiteur de la cabane devait avoir une voiture. C'était une conclusion logique, mais Veber fut déçu. Il ne put discerner les dessins de la gomme ni même approximativement le diamètre des pneus. Il n'était donc pas question de mettre un nom ou de déterminer le type de voiture que cachaient ces empreintes. C'était dommage. Veber dut s'avouer vaincu. Il avait au moins la satisfaction d'avoir la certitude que l'assassin ou les assassins avaient une voiture. Cela éliminait facilement une bonne moitié des habitants d'Avranches. L'épingle dans la botte de foin. devenait un peu plus grosse.

Lorsqu'il atteignit la rive, une bonne surprise l'attendait. Le fil de son moulinet était tendu à se rompre. Veber ne fut pas long à comprendre. Il y avait un poisson au bout. Il décrocha sa ligne et ferra par petites secousses. Le poisson semblait bien accroché. Veber se promena de long en large et tenta de le noyer. Lorsqu'il sentit la résistance du nylon se relâcher, il ramena doucement sa prise sur la berge. Elle était de taille ! Un énorme brochet, d'au moins six livres, se débattait comme un beau diable. Sans l'épuisette que Veber avait eu l'excellente idée d'emporter, il n'en serait jamais venu à bout. Finalement, le brochet, coincé sous le talon de Veber, fut attrapé et c'est avec modestie qu'une heure plus tard, il montrait sa prise à tous les pêcheurs de l'auberge, éberlués.

— « Mazette, complimenta le petit vieux, vous êtes un malin, vous, car vous nous aviez caché votre jeu. »

Veber paya une tournée d'apéritif à ses admirateurs. Il venait de se mettre à table quand la petite bonne qui le servait l'avertit qu'il y avait une lettre, depuis le matin, dans son casier à courrier.

— « Mais je n'attends pas de courrier » lâcha-t-il, surpris.

— « Peut-être bien, répliqua la jeune fille, mais il y en a une. »

Veber se leva et prit l'enveloppe qui dépassait de sa boîte. C'était bien pour lui, effectivement. L'écriture était régulière, fine, très appliquée, un peu comme celle d'une écolière studieuse. Il regarda le cachet de la poste : — Villedieu-les-Poêles. — Le Docteur de Saint-Denis ? Sans doute. Avait-il oublié un détail important lors de l'entrevue.

Veber, en se retournant, s'aperçut que tous les pêcheurs le regardaient. Il enfouit la lettre dans la poche intérieure de sa veste et reprit sa place parmi les pensionnaires. La conversation roula de plus belle sur la façon de hisser les brochets sur la terre ferme. Veber avait les honneurs de la table. Il eut beau protester et avouer qu'il n'était qu'un débutant, personne ne voulut le croire.

— « Je m'y connais, croyez-moi, haletait le petit vieux déjà sous l'emprise du Muscadet. J'en ai vu défiler ici des pêcheurs, vous êtes un chevronné, c'est la plus belle prise que j'ai jamais vue dans la région. »

Veber souffrait le martyre. Au dessert, il dut trinquer et faire un discours. La mère Grégoire paya même le champagne. La soirée se termina fort bruyamment. Ce n'est qu'à 23 heures seulement qu'il réussit à s'échapper et à regagner la chambre d'Auzoux qui, désormais, était la sienne. Il venait de jeter sa veste sur le lit, lorsqu'il se souvint de la lettre. Il l'ouvrit prestement et tomba des nues ; ce n'était pas le Docteur de Saint-Denis, mais Louise, la petite couturière, fiancée de Plantegenet.

La missive était courte mais impérative : « Venez, ce soir minuit, chez moi, je vous attendrai, les lumières seront éteintes, entrez sans frapper. Je me suis souvenue après votre départ d'un petit incident qui, peut-être, vous intéressera. Amitiés, Louise. — N. B. : J'ai donné la lettre à poster à Dédé qui allait à Villedieu pour la foire. Il m'a dit qu'il vous connaissait bien et qu'il garderait le secret. A ce soir. »

Veber lut et relut le message. Quelque chose l'intriguait. Pourquoi Louise le faisait-elle venir ? Il lui suffisait de lui mettre sous enveloppe le récit de ce dont elle s'était souvenue. « On verra bien », soupira Veber.

Il avait l'esprit un peu lourd. Les libations de la soirée n'avaient rien arrangé. Il décida de prendre une douche, avant de se mettre au lit ; il se dévêtit et se glissa dans la salle de bains. Lorsqu'il en sortit, il était frais et dispos. Il s'allongea sur le lit et réfléchit.

Que voulait dire le mot « Levure », il eut beau retourner en tous sens l'énigme, il ne parvint pas à un résultat concret. Au fond la signification du message était peut-être plus simple qu'il ne l'imaginait. Auzoux avait très bien pu désigner, par là, le boulanger. Pourquoi pas après tout ? Cette nuit, il interrogerait Louise sur les agissements de ce dernier. Mais cela semblait trop simple à Veber. Enfin il verrait ; dans quelques heures, il serait fixé.

Il ouvrit l'armoire et s'empara des jumelles. Les volets n'étaient pas fermés. Il s'assit sur le tabouret et minutieusement, mètre par mètre, fouilla la campagne. Le petit bois était toujours aussi désert. La cabane se découpait très nettement sous les rayons de la lune. Pas un chat. En ramenant les jumelles sur le paysage qui s'étendait sur sa gauche, Veber discerna à nouveau l'Abbaye du Mont Saint-Michel.

L'Abbaye ! Les révélations de Louise lui revenaient en tête. Il lui faudrait là aussi faire une petite excursion. L'Abbaye pouvait très bien recéler des cachettes suffisantes pour contenir 100 tonnes d'armes. Il existait toujours des souterrains dans les abbayes. Il ne fallait pas négliger cette piste. Minuit moins un quart sonna aux clochers des églises d'Avranches. Veber se leva, mit ses espadrilles de corde et gagna le corridor sur la pointe des pieds. Le silence était total dans la maison, les pensionnaires avaient dû regagner, un à un, leur chambre. Veber passa par les cuisines désertes à cette heure et sortit par l'arrière de l'auberge. Il s'arrêta un instant et écouta. Seuls les grillons chantaient dans la prairie voisine.

Rassuré, il prit le chemin du bourg. Il marchait vite sur les bas-côtés que la rosée rendait humides. Peu après minuit, il débouchait sur la place Patton. Fort heureusement, Louise habitait au nord de la place, la lune, cachée derrière les maisons, laissait tout ce coin dans l'ombre. Veber longea les murs. Pas un noctambule ! Tout le monde dormait, aucune lumière n'était allumée à l'exception du soupirail du boulanger. Le pétrin et le fournil sans doute.

Parvenu devant la maisonnette de Louise, Veber poussa la porte et entra. Le couloir était plongé dans l'obscurité. Il hêla : « Louise, c'est moi Veber, ne craignez rien. »

Un frou-frou de robe lui apprit que Louise n'était pas loin.

— « Voilà, j'arrive, attendez-moi où vous êtes. »

Veber se tint coi. En deux enjambées la jeune fille fut auprès de lui, elle s'empara de sa main et l'entraîna.

— « Chut, lui souffla-t-elle, ne faites pas de bruit le boulanger n'est pas couché. Venez dans le jardin, nous y serons plus tranquilles. »

Veber se laissa conduire. Une odeur de petit-salé qui lui pinçait les narines lui apprit qu'il traversait la cuisine. Louise ouvrit doucement une porte sur l'arrière de la maison et ils furent dans le jardin. La jeune fille le poussa vers une tonnelle adossée à une haie et le fit asseoir.

— « Vous ne m'en voulez pas de vous avoir fait venir à cette heure », chuchota-t-elle.

— « Non, non Louise, vous avez bien fait. Au contraire, il est préférable que l'on ne nous aperçoive pas ensemble. Quelqu'un en ferait un jour le rapprochement et votre vie serait en danger. »

Louise frissonna.

— « Cela m'est égal, pourvu que Pierrot soit vengé. »

— « Louise, je ne peux vous en dire plus, mais prenez courage, mes investigations avancent. Je vous jure que j'ai désormais la certitude de démasquer le coupable. »

— « Je vous ai fait venir un peu à cause de cela. Je crois que ce que j'ai à vous révéler, ce soir, vous aidera. Seulement, voilà, il faudra aller chez Pierrot pour que je sois absolument sûre de ce que j'avance. »

— « De quoi s'agit-il ? »

— « Eh bien ! vous vous souvenez que je vous ai mentionné, il y a quelques jours, que la veille de la mort de Pierrot j'avais remarqué un lourd sac de jute sur le porte-bagages de sa Mobylette ? »

— « Oui, exact ! »

— « Je me suis rappelée, quand vous m'avez quittée, que ce sac se trouvait encore dans le cellier de Pierrot. »

— « Sapristi ! »

— « Oui. Je suis même certaine de ne point me tromper. En effet quelques jours après l'enterrement de

Pierrot, je me suis rendue chez lui pour faire un peu de rangement. C'était normal puisqu'il n'avait pas de famille. Après avoir mis un peu d'ordre, je suis allée au cellier pour chercher une vieille caisse afin de ramasser des haricots dans le jardin. Pierrot les avait semés pour moi, il me semblait, ainsi, lui faire plaisir. Or dans le cellier j'ai aperçu le sac qui était toujours sur le vélomoteur. Je n'y ai pas fait attention sur le moment, mais je suis certaine que c'était le même que j'avais aperçu la veille de sa mort. »

— « Louise, vous avez raison. Votre observation n'est peut-être qu'une petite chose, mais elle peut avoir, par la suite, son importance. Le mieux est d'y aller ensemble, tout de suite. Sans vous je risque de m'égarer et de ne pas retrouver la vieille étable, sans compter les aboiements des chiens de toutes les fermes des alentours qui ne manqueront pas de signaler ma présence. Voulez-vous m'accompagner Louise ? Vous n'aurez pas peur ? »

La jeune fille rit et, de la tête, fit signe que non.

— « Avez-vous une lampe ? demande Veber, j'ai laissé la mienne à l'hôtel. »

— « Oui, attendez un instant, je vais vous la chercher. »

La jeune fille s'éloigna. Veber entendit ses sandales glisser sur le carrelage de la cuisine. Bientôt elle était de retour une lampe tempête à la main.

— « Vous avez des allumettes ? »

— « Oui, bien sûr, j'en ai pris une boîte. »

— « Bon, alors, en route ! Ce n'est pas compliqué comme chemin, c'est d'ailleurs tout près de chez vous puisque la ferme du père Lainet est derrière l'hostellerie. La bergerie est un peu plus loin. Nous ne risquons pas d'être vus car elle est nichée dans le creux d'un vallon et nul ne pourra nous apercevoir. »

Veber fit signe à la jeune fille qu'il était temps de partir. Elle lui prit le bras et le fit sortir par une petite porte qui se trouvait au fond du jardin et donnait sur une petite ruelle déserte. Ils la quittèrent vite et, à travers champs, ils rejoignirent la ferme. Dix minutes plus tard, Louise prenait une clef cachée dans une souette à lapins. Elle la tendit à Veber. La porte s'ouvrait bientôt et Louise posait la lampe tempête sur la table.

Veber jeta un coup d'œil circulaire. Ils étaient dans une salle commune comme il en existe dans toutes les fermes normandes. A droite, une grande cheminée où pendaient encore quelques jambons à fumer, à gauche un vaisselier, au fond un lit à alcôve. Une grande table et deux bancs complétaient l'ameublement.

— « Il n'y a pas d'armoire ? » interrogea Veber.

— « Si, sous l'escalier qui monte au grenier. »

La jeune fille souleva la lampe et la désigna au douanier.

— « Avez-vous inspecté les affaires de votre fiancé après sa mort ? »

— « Vous voulez me demander si j'ai fouillé ? C'est bien cela ? »

Veber hésita. « Ce n'est pas ce que j'ai voulu dire », lâcha-t-il, malheureux.

— « Non ! je n'ai fait que ranger ce qui traînait sur les meubles. »

— « M'autorisez-vous à fouiner un peu partout ? »

— « Bien sûr ! »

Veber commença son travail, méthodiquement. La pièce ne lui révéla pas grand chose. Par contre dans l'armoire, une découverte lui fit pousser un « Oh » qui amena Louise à ses côtés. Sous une pile de draps, se trouvait dissimulé un petit livre broché. Veber le feuilleta rapidement. « Histoire de l'Abbaye du Mont Saint-Michel » par l'abbé Buffard, lut la jeune fille qui s'était penchée par-dessus l'épaule de Veber.

— « Votre fiancé s'intéressait spécialement à l'histoire locale ? »

— « Non, pas que je sache ! »

Veber parcourut le livre, un plan coché de croix rouges tracées au crayon gras attira son attention. Il s'agissait d'un croquis représentant le schéma supposé d'un souterrain qui, pendant la révolution de 1789, avait permis aux moines de s'enfuir à l'arrivée des « Bleus » de l'armée républicaine qui avait défendu Granville contre les Royalistes.

— « Nous touchons au but. Plantegenet devait avoir la certitude que les armes étaient cachées dans l'Abbaye. »

— « Je vais finir par le croire », répondit simplement la jeune fille.

— « Vous m'autorisez à emmener cet ouvrage ? » implora Veber.

Louise le lui donna.

— « Je vous le rendrai. »

— « De toute façon, soupira la jeune fille, cela n'a plus aucun intérêt pour moi. »

— « Ne dites pas cela, corrigea Veber, la solution de ce que je recherche est sans doute dans ce livre. Tous les événements dramatiques qui se sont déroulés à Avranches gravitent tous autour de l'Abbaye. Ce n'est sûrement pas le fait du hasard. »

Veber allait sortir quand son regard accrocha la cheminée. Ses yeux croisèrent ceux de Louise : elle, aussi, avait eu la même pensée.

— « Vous n'avez pas fouillé la cheminée ? »

Veber approcha la lampe tempête et la posa sur le rebord en brique. Il passa la main à l'intérieur du conduit. De la suie tomba à terre. Il n'y avait aucune cavité. Veber à tout hasard décrocha les jambons. Ils répandirent un délicieux fumet, mais ne révélèrent rien de particulier.

— « Allons-nous-en, nous n'avons plus rien à faire ici. »

Il sortit, la jeune fille sur les talons.

— « Où est le cellier ? »

— « Au fond du champ, c'est une ancienne tour qui servait autrefois de pigeonnier. »

Il n'y avait pas de serrure, juste une simple targette à soulever. La première chose que Veber découvrit à la lueur de la lampe fut le vélomoteur de Plantegenet. Louise avait raison. Le sac se trouvait toujours attaché par des sandows sur le porte-bagages. Instinctivement, ils s'approchèrent du lourd paquet. Veber fit sauter les courroies et vida le sac par terre. Des objets hétéroclites tombèrent à ses pieds : un petit pic, une vieille pelle américaine comme en possédaient les troupes alliées à la Libération pour désembourber leurs camions enlisés dans les ornières des chemins creux du Cotentin, une lampe électrique, une truelle et pour terminer un petit sac de ciment à moitié vide.

Veber siffla, il était obligé de faire le rapprochement avec ce qu'il avait découvert l'après-midi dans la hutte du petit bois. C'était à quelque chose près le même matériel, la similitude en était troublante. Louise ramassa la lampe électrique, elle était neuve.

— « Je ne savais pas qu'il avait acheté une telle lampe. C'est la première fois que je la vois. Mais au fait, la mère Chanteloup vend les mêmes ! »

Machinalement, Louise appuya sur le poussoir, une faible lueur vacilla puis finit par s'éteindre.

— « Les piles sont usées », constata Veber.

— « L'humidité, sans doute », hasarda Louise.

— « Cela m'étonnerait ! Le toit est en chaume. Durant les mois d'été, il doit faire ici une chaleur torride. Les piles n'ont pu se décharger en si peu de temps. J'ai plutôt l'impression, qu'au contraire, elles ont dû servir plusieurs heures d'affilée. Je ne serais pas étonné que Plantegenet, en vous quittant, ce soir-là, soit allé faire un petit travail de recherche. Les piles usées le prouvent amplement. Cela tenterait, tout simplement, à renforcer mon idée première : votre fiancé a bel et bien été surpris en plein travail, à moins qu'il n'ait été suivi jusqu'ici. On a dû l'emmener de force dans le champ voisin et le pendre. La présence du vélomoteur accréditait cette thèse plutôt que la précédente. Il a vraisemblablement été assailli alors qu'il quittait le cellier, sinon nous n'aurions jamais retrouvé le vélomoteur qui aurait risqué de gêner ses assassins. Ils ont préféré laisser votre fiancé rentrer tranquillement, ses recherches terminées. Si les meurtriers sont du pays, ils ont dû le reconnaître alors qu'il creusait quelque part, à l'Abbaye sans doute, comme semble l'indiquer le petit livre trouvé sous la pile de draps. Il ne leur a, peut-être, pas été nécessaire de le suivre. Ils sont venus tout simplement l'attendre au pigeonnier. Ils ne devaient pas ignorer que, sa besogne terminée, Plantegenet reviendrait immanquablement ranger son vélomoteur à l'endroit habituel. Cela n'a dû être qu'un jeu, ensuite, de le baillonner, de le ligoter et pour finir de le suspendre au pommier. »

Louise se mit à sangloter à l'évocation des derniers instants de son fiancé. Veber la prit dans ses bras. La jeune fille appuya doucement sa tête contre son épaule et pleura longuement en silence. Veber était bouleversé. Jamais il n'avait été témoin d'un chagrin aussi intense. Il caressa doucement la chevelure de la jeune fille et la gronda gentiment.

— « Louise, cela ne sert à rien de pleurer. Vous êtes assez grande pour vous en rendre compte. Pierrot, s'il vous voit, n'est certainement pas content. »

Ces simples paroles agirent sur la jeune fille qui s'arrêta de pleurer. Elle essuya ses larmes. Veber, soudain, dressa la tête. Quelqu'un marchait derrière le bâtiment ! Veber se pencha dehors, mais ne vit personne. Le rôdeur avait dû l'apercevoir et se cacher. Veber tourna le bouton de la lampe tempête. Deux secondes plus tard, malgré quelques velléités, la mèche s'éteignait, empestant l'atmosphère d'une odeur âcre et désagréable.

— « Il y a du monde », glissa Louise à l'oreille de Veber.

— « Oui, j'ai entendu. »

L'homme maintenant avait repris sa progression. Il n'était plus qu'à quelques mètres du mur de la bergerie. Il marchait précautionneusement, centimètre par centimètre. Veber fit signe à Louise de l'imiter. Ils rampèrent à terre en direction de la porte. L'inconnu marqua un temps d'arrêt, il approchait maintenant du pignon de la bâtisse. Sa silhouette se découpait très nettement dans le ciel blafard.

— « Attendez-moi là, chuchota Veber à Louise, je vais contourner le bâtiment par l'autre côté. Dès que vous me verrez arriver derrière l'homme, demandez-lui qui il est et ce qu'il vient faire ici, à pareille heure. »

Louise acquiesça. Veber se glissa le long du mur et disparut des yeux de la jeune fille. Il réapparaissait bientôt au pignon de la bergerie, à dix mètres derrière le dos de l'inconnu qui s'était arrêté et observait attentivement la grange. Louise était à peu près certaine que l'homme avait aperçu la lueur de la lampe tempête. C'était le moment d'agir. Louise bondit dans l'encadrement de la porte.

— « Qui êtes-vous et que faites-vous ici », jeta-t-elle à l'ombre qui, surprise, marqua un temps d'hésitation, prête à détaler.

Veber se rapprocha, mais l'inconnu flaira le danger. D'un bond, il gagna le verger et disparut dans l'obscurité. Veber se lança à sa poursuite, l'herbe humide étouffait ses pas. L'inconnu se crut en sécurité, il ralentit. Veber se confondit avec les haies et le suivit pendant cinq ou six cents mètres, puis l'ombre s'évanouit dans un sentier qui s'enfonçait dans le marais communal. Veber le perdit totalement de vue. Il eut beau chercher, l'inconnu avait bel et bien disparu. Veber grogna, mais il se fit une raison et rebroussa chemin. Louise l'attendait assise sur une botte d'ajoncs.

— « Qu'est-ce que c'est ? » questionna Veber, surpris.

— « J'ai trouvé cela derrière la bergerie. Ne cherchez plus. Je connais le nom de notre visiteur. Nous nous sommes faits du mauvais sang pour rien. C'était le père de la « Paella », tout simplement. »

— « La Paella ? Quelle est cette histoire ? » gronda Veber qui, malgré tout, éclata de rire, ce qui vexa Louise.

— « Parfaitement : la Paella ».

— « Expliquez-moi ce mystère, je vais vous raccompagner, vous me narrerez en route qui est cette fameuse Paella. »

— « Oh ! ce n'est pas une histoire amusante. La Paella, c'est une romanichelle qui campe depuis longtemps avec son père dans les marais de l'estuaire de la

Sée. Ils sont arrivés, il y a une vingtaine d'années, m'a-t-on dit. Un beau matin le garde-champêtre qui était allé vérifier les écluses du marais les avait trouvés là avec leur roulotte et leur cheval. Ils vivent du tressage de l'osier. Le père, « Carlos », parcourt le pays, surtout la nuit, et coupe les joncs le long des haies. Le jour, il les tresse, fabriquant un peu de tout : harnais pour les chevaux, tables, tabourets, paniers que la Paella vend de ferme en ferme. C'est suffisant pour les faire vivre. La botte d'osier sur laquelle j'étais assise, lorsque vous êtes revenu, l'indique clairement : il s'agissait de Carlos. Il a dû être intrigué par la lumière et il s'est approché sur la pointe des pieds. Sachant Pierrot mort, cette lumière lui a paru bizarre. Il a dû abandonner sa botte derrière le bâtiment et l'aurait récupérée, un peu plus tard, en repartant. »

— « Pourquoi appelez-vous la fille « la Paella » ? »

Louise éclata de rire.

— « Ce n'est pas un nom, c'est un surnom. C'est le fils de Lenoir, le boucher, qui, un jour, nous a raconté qu'à Perpignan, où il a fait son service militaire, toutes les gitanes s'appelaient « La Paella ». Ce sobriquet lui est resté. Elle est d'ailleurs jolie et très gentille, taquina Louise. Lorsqu'elle est arrivée, à ce que l'on m'a raconté, elle n'avait qu'un an, sa mère était morte en couches. Les gens en ont eu pitié et le père est resté dans le pays. Il a toujours eu des commandes à cause de la gosse. La roulotte est au même endroit dans le marais depuis vingt ans. Elle n'a pas bougé, vous pourrez l'apercevoir demain au débouché de la route qui conduit au Mont Saint-Michel, derrière les bambous nains que l'on distingue de la route. »

— « Ce doit être cela, concéda Veber à regret. Effectivement le bonhomme m'a filé entre les doigts au bout du sentier du marais. J'aurais préféré que cela fût quelqu'un d'autre. »

Louise soupira.

— « Si vous croyez que l'alouette va vous tomber toute plumée et toute rôtie dans le bec, comme on dit dans nos campagnes, cela m'étonnerait fort. »

Veber admira le bon sens de la jeune fille. Ils approchaient de la ville ; par prudence ils se turent.

Veber abandonna la jeune fille à l'entrée de la cité. Il l'embrassa affectueusement et comme elle allait le quitter, il la retint un instant.

— « Louise ? »

— « Oui ? »

— « Vous voulez me rendre un service ? »

— « Cette question... »

— « Vérifiez donc si la mère Chanteloup a vendu une lampe et des piles à votre fiancé un jour ou deux avant sa mort. Donnez-moi la réponse par Dédé, il sera content de venir me voir. »

Louise fit un dernier signe à Veber et se sauva en direction de la boulangerie.

Veber reprit le chemin de l'hostellerie, content de sa soirée. Il commençait à y voir clair. Plantegenet, plus de doute là-dessus, avait découvert le dépôt d'armes. Il avait été surpris en plein travail de fouilles. De toute façon, même s'il n'avait pas trouvé l'endroit exact, il ne devait pas en être loin puisque la curiosité avait été à l'origine de sa mort. Veber réfléchissait à ce qu'il avait découvert le matin, dans la cabane. C'était là que débutait la piste. Il le sentait d'instinct. Les outils de la hutte du petit bois n'étaient pas ceux de Plantegenet, puisque les siens étaient dans le cellier. Il était vraisemblable qu'ils appartenaient au trafiquant d'armes qui était, du reste, très probablement le meurtrier.

Le petit bois était isolé et touffu. C'était une cachette idéale pour entreposer des outils. Lorsqu'il en avait besoin, l'inconnu venait les chercher. Veber, à cause de ce détail, penchait plutôt pour un habitant d'Avranches, car un cultivateur n'avait pas à cacher ses outils : ils étaient nécessaires à son exploitation agricole.

Veber se souvenait de ce qu'avait révélé le Paumé : il avait aperçu deux individus sortant du bois au moment de la mort d'Auzoux. Ce dernier les avait-il surpris alors qu'ils revenaient mettre leurs outils à l'abri après une ponction au dépôt d'armes ? C'était plus que probable. Dans ce genre de trafic, il n'y avait qu'une solution pour se débarrasser des témoins gênants : la mort. Plantegenet puis Auzoux avaient été victimes de leur trop grande curiosité.

Veber approchait de l'auberge. Il alluma une cigarette et fit un dernier petit tour dans le parc. Le vent bruissait doucement. Veber aimait son pays. Chaque année, entre deux missions, il venait s'y reposer quelques jours. Le patron le blaguait à ce sujet.

— « Que pouvez-vous trouver d'agréable à ce trou perdu, lui demandait-il souvent ? De l'herbe, de l'herbe et du crottin, c'est tout ce qu'on y trouve. »

Veber, invariablement, lui rétorquait :

— « Vous n'avez jamais entendu parler du trou normand, patron ? »

Giffard riait et ajoutait aussitôt.

— « Ah oui ! parlez-moi de la Bretagne, ça c'est un patelin ! »

Veber se levait, claquait la porte et partait rageur se jeter un demi dans le bistrot le plus proche.

Veber ouvrit la porte de la cuisine, porte qu'il reverrouilla immédiatement avec soin. Puis avec des ruses de sioux, il grimpa lestement les marches de l'escalier. Lorsqu'il pénétra dans sa chambre, il éprouva un malaise. Quelque chose ne tournait pas rond. Il n'aurait su dire quoi, mais il était certain que quelqu'un était entré. Il passa la main sous l'édredon, son Smith et Wesson y était encore, ainsi que la lampe électrique, oubliée deux heures auparavant.

Veber se retourna, inquiet. Mais oui, c'était cela. La porte de l'armoire était entrebâillée. Il l'avait pourtant fermée. La preuve, c'est qu'il en avait la clef dans la poche arrière de son pantalon. Il s'approcha et examina soigneusement le penne. Il avait été crocheté. Il inventoria le contenu de l'armoire. Le linge n'avait pas été touché, mais il trouva immédiatement ce qui lui manquait. L'étagère du haut était vide. Il eut beau chercher et rechercher, il dut se rendre à l'évidence, la paire de jumelles d'Auzoux avait disparu.

6e CHAPITRE

Il était dix heures lorsque Veber s'éveilla. Le soleil baignait la chambre. De son lit, il apercevait un morceau de ciel bleu sans la moindre trace de nuage. Veber esquissa un sourire. Une journée d'août sans pluie ni nuage, c'était plutôt rare dans la Manche, depuis une dizaine d'années. Les bonnes gens du coin devaient avoir raison. Ces foutues bombes atomiques avaient détraqué le temps. Il n'y avait plus de saisons comme par le passé.

Léontine, la femme de chambre, frappa à la porte.

— « M. Veber, voulez-vous déjeuner au lit ? Mme Grégoire consent à faire une exception pour vous. »

D'habitude, la brave femme était très stricte à ce sujet. Le déjeuner était servi jusqu'à 9 h. 30, après cette heure, il n'était même plus question de boire un bol de lait.

— « Du calva, c'est tout ce que je peux vous fournir » disait-elle, en riant.

Décidément, le brochet l'avait placé bien haut dans l'estime de la patronne.

— « Je veux bien », lui lança Veber en s'étirant.

Cinq minutes ne s'étaient pas écoulées que la jeune fille pénétrait dans la chambre, le plateau à la main.

— « Voilà, heureux veinard. Vous pouvez dire que vous avez fait une touche, vous ! Jamais la mère Grégoire n'a fait cet accroc au règlement, depuis que je suis là. »

Veber lui affirma modestement qu'il plaisait aux femmes. Léontine éclata de rire.

— « Eh bien, vous avez du culot ! »

— « Léontine ? »

— « Oui. »

— « Vous me beurrez mes tartines ? »

La jeune fille hésita. Elle loucha du côté de la porte.

— « C'est que Madame Grégoire... elle ne veut pas qu'on ait des familiarités avec les clients. »

— « Laissez donc Madame Grégoire à ses fourneaux. Après la capture du brochet, plaisanta Veber, je suis certain qu'elle n'y verrait pas d'inconvénient, voulez-vous que je descende le lui demander ? »

Léontine s'avoua vaincue. Elle s'assit sur le rebord du lit et lui beurra une tranche de pain.

— « Ça vous va-t-y, comme cela ? »

— « Oui, Léontine, vous êtes un ange. »

Veber regarda la jeune fille, elle était jolie. Il s'en étonna même, car il ne l'avait pas encore remarqué. Il est vrai que les événements s'étaient déroulés à une telle allure qu'il n'avait pas eu le temps de s'intéresser à la vie de l'auberge.

— « Tu es du pays ? »

— « Non, je suis venue à Avranches pour aider ma tante à faire la saison. »

— « Tu sais que tu es jolie ? »

— « Allons, M. Veber, ne dites pas de bêtises, sinon je redescends. »

Veber se tut, mais le visage de Léontine trahissait l'amusement.

— « Léontine, c'est ton vrai prénom ? »

— « Bah, cette question ! C'était celui de ma grand-mère puis celui de ma mère et maintenant c'est le mien. »

Veber sourit de la répartie. C'était certainement exact. Dans les campagnes, garçons et filles héritaient des prénoms les plus invraisemblables. On se les transmettait de père en fils depuis des générations. Veber se souvenait de l'un de ses cousins de Saint-Sauveur-le-Vicomte, une petite bourgade du nord de la presqu'île et qui s'appelait « Ignace » comme son bisaïeul et son trisaïeul.

Veber avait terminé son déjeuner. Léontine secoua le drap pour faire tomber les miettes et ramassa le plateau. Au moment où elle quittait la pièce, elle porta la main à son tablier.

— « Oh ! j'allais oublier le plus important. Le petit Dédé est passé ce matin aux cuisines, il m'a glissé ce mot pour vous. « Vous lui direz que c'est de la part de Louise », m'a-t-il précisé. Eh bé, gronda gentiment la jeune fille, on ne peut pas dire que vous perdiez du temps. Cela fait trois jours que vous êtes là et vous vous êtes déjà trouvé une fiancée. »

— « Oh, une fiancée... releva Veber... c'est peut-être aller vite en besogne. Comme vous dites dans le patelin « on se cause seulement ». »

Léontine éclata de rire.

— « Voyez-vous cela : « on se cause seulement », j'aimerais bien être petite souris et être présente pendant que vous causez à la Louise », lança Léontine qui, après cette flèche, s'esquiva le plateau à la main.

Veber, sûr d'être seul, déplia rapidement le bout de papier. Il n'y avait qu'une seule ligne d'écrite.

— « Pierre a effectivement acheté, à la mère Chanteloup, la veille de sa mort, une lampe de poche et trois piles. »

Veber prit son briquet et brûla le message. Il ne s'était donc pas trompé dans son raisonnement. Plantegenet avait bel et bien été tué après avoir effectué ses recherches. Le mince reflet de lumière que fournissait la lampe prouvait que le travail avait dû être long, trois ou quatre heures estimait-il. Les piles ne durent jamais plus longtemps lorsqu'elles restent allumées en permanence.

Veber, satisfait, se doucha, s'habilla et descendit. Il sortit rapidement sans attirer l'attention et mit en route le coupé. Ce matin, il irait faire un tour à l'Abbaye du Mont Saint-Michel. Il prendrait son appareil photo, il aurait ainsi l'air d'un paisible touriste. Après tout, l'Abbaye est mondialement réputée et, de Pâques jusqu'à l'automne, des dizaines de milliers de touristes la visitent... Il ne serait qu'un touriste parmi les autres. Et puis, pourquoi ne s'intéresserait-il pas à l'architecture médiévale. Il ne devait pas être le seul dans la région à aimer les vieilles pierres.

« Abbaye du Mont Saint-Michel - 8 kilomètres », lut-il sur un poteau indicateur. Après un virage, il découvrit la célèbre silhouette du rocher. Au fond, il était très facile de surveiller l'Abbaye. Il n'y avait même pas besoin d'y être en permanence. N'importe quel cultivateur, de ses champs le long de la côte, pouvait relever toute allée et venue insolite, une fois les touristes partis et le Mont revenu à son silence nocturne.

Il repartit et vint ranger la « Toyota » devant le porche d'entrée de l'Abbaye. Veber mit son appareil photo en bandoulière et, d'un pas nonchalant, monta la ruelle étroite en direction des remparts. Un sifflement admiratif lui échappa. Le site était splendide : la baie s'étendait à perte de vue, sans limite vers le large, avec uniquement le rocher de Tombelaine pour rompre la monotonie.

Des nuées de corbeaux volaient autour des vieilles pierres. La « Merveille » dressait ses toits et sa flèche, surmontée de la statue de l'Archange saint Michel, dans le ciel bleu. Veber fut impressionné par la beauté du lieu et par le silence qui régnait dans les coins où les touristes ne se pressaient pas. La beauté et l'importance des bâtiments le surprenaient.

Il se joignit à un groupe de touristes et fit le circuit habituel de la visite. Celle-ci était commentée. Veber, grâce à quelques questions innocentes, et tout en consultant une brochure qu'il avait achetée avant la visite, eut vite connaissance de la topographie des lieux et acquit la conviction que, étant donné la configuration du rocher, il pouvait se trouver quelque cachette inconnue même des guides et du conservateur qui parcouraient quotidiennement l'Abbaye, mais, comment la trouver ? Une conclusion s'imposait rapidement : les armes ne pouvaient être cachées dans les salles ouvertes au public. C'eut été trop risqué.

Découragé, il s'apprêtait à repartir lorsque, arpentant le bastion nord, il aperçut en contre-bas, par une meurtrière, un jardin presque désert. Mû par un pressentiment, il décida d'y jeter un coup d'œil. A peu de distance du porche d'entrée des bâtiments conventuels, il trouva vite la poterne qui, à travers le rempart, y donnait accès. Il entra et, aussitôt, fut saisi par la masse imposante des murs de la « Merveille », étayés de puissants contreforts, qui s'élevaient à sa gauche. A sa droite, un petit bois descendait jusqu'à la grève.

Fatigué, il s'assit sur un banc et feuilleta la plaquette qu'il avait achetée. En regardant les plans, il se rendit vite compte qu'il se trouvait au-dessous du cloître. Veber aperçut dans la muraille, sous les fenêtres des dernières salles visitées, une petite ouverture et, plus à droite, à plusieurs mètres de hauteur, un grand porche ancien qui semblait muré. « Et pourtant, les plans n'indiquent pas qu'il y ait d'autres salles en dessous de celles que j'ai parcourues. Curieux ! » Personne en vue ! Veber n'hésita qu'un court instant et entreprit l'escalade des rocs qui aboutissaient au porche. Il était bien muré, mais une lourde porte de chêne, invisible d'en bas, en occupait une partie.

Veber crocheta la serrure et se trouva dans une longue et étroite salle voûtée au sol de terre battue, soutenue par une simple rangée de piliers et contenant une trentaine de tombeaux. Il se pencha sur une dalle et déchiffra péniblement les premières lignes d'une longue inscription :

« Ci git François Bonnet, comte de Gavray et Capitaine défenseur du Mont Saint-Michel... in anno 1576... » Le reste était illisible et rongé par l'humidité.

Veber s'assit sur l'une des tombes et observa l'intérieur de la crypte. Le dépôt d'armes y était-il ? Pas forcément, après tout. Le livre de Plantegenet, trouvé sous la pile de draps, lui revint en mémoire. Il devait avoir raison. Sans doute un souterrain existait-il quelque part. Il était sur la bonne voie !

Veber fit le tour de la pièce en scrutant le sol mètre par mètre. Il ne repéra rien de suspect, pas de terre fraîchement tournée. Quelques vieilles pierres jonchaient bien le sol çà et là, mais tellement poussiéreuses qu'elles n'avaient pas dû bouger de place depuis des siècles. Quant aux piliers, ils n'étaient pas assez volumineux pour contenir une quelconque caisse d'armes !

Veber n'oubliait pas qu'à l'origine il y avait eu 100 tonnes d'armes et munitions. Cet énorme stock supposait une cachette de taille. Petit à petit, ses yeux s'étaient habitués à la semi-obscurité et, tout à coup, dans un des coins de la salle, il aperçut une porte. Il l'ouvrit sans trop de difficulté et découvrit un souterrain qui s'enfonçait dans le roc. Il le suivit et ne tarda pas à déboucher dans une cave ; celle-ci appartenait à une maison particulière qui dominait le village ; elle était vide de ses habitants et il n'y repéra rien de suspect. Il referma avec soin les portes pour ne pas laisser trace de son passage et revint dans la crypte.

Il s'était trompé ! Les outils trouvés dans le petit bois et chez Plantegenet indiquaient très clairement qu'il fallait creuser et que du ciment frais était nécessaire. Or des traces de ciment frais, Veber n'en découvrait nulle part. Déçu, il quitta les lieux et arpenta les jardins, prenant quelques photos pour la forme. Là non plus, il ne découvrit rien de spécial. Des blocs de granit parsemaient bien, çà et là, les pelouses, mais les herbes qui poussaient autour prouvaient à l'évidence qu'il n'y avait là aucune cachette puisque leur hauteur montrait qu'elles n'avaient pas été coupées depuis au moins trois mois. De ce côté-là, tout était normal.

Il décida de faire un tour dans le petit bois. On ne sait jamais !... Au détour d'un sentier, son attention fut attirée par un carré de terre fraîchement remuée. L'herbe y était moins drue. Sur une surface d'un mètre sur un mètre, elle n'avait que quelques centimètres de hauteur, alors que partout ailleurs les herbes folles mesuraient plus du double. Intrigué, il s'approcha. Le sol avait été creusé, c'était l'évidence !

Dans sa voiture, il y avait une petite pelle. Il alla la chercher et, une demi-heure plus tard, il creusait fébrilement. A 40 centimètres de profondeur, il s'arrêta, en nage. « J'ai dû me tromper », murmura-t-il. Il allait abandonner ses recherches lorsque, en se penchant sur le trou, il discerna un morceau de tissu qui dépassait dans un coin. Il tira, à tout hasard, et sentit une résistance. « Qu'est-ce que cela ? »

Veber reprit son outil et creusa de plus belle. Un sac en jute apparut bientôt. Il le hissa sur le rebord de la fosse. Le sac était lourd ; il eut du mal à le déposer sur l'herbe. Lorsqu'il y parvint, ses yeux brillèrent de joie. Quelle raison a-t-on d'enfouir un sac, sinon parce qu'il peut offrir un intérêt quelconque et trahir celui qui le possède.

Veber l'éventra. Il contenait une vingtaine de kilos de raccords de ciment. Il examina une par une ces plaques. Elles mesuraient 10 à 15 cm de long sur 5 de large. Ce ciment avait dû servir à sceller des pierres.

Cela confirma Veber dans ses suppositions. Pour parvenir aux armes, il fallait bouger des pierres et les recimenter après le prélèvement des armes. Mais où pouvaient se trouver ces blocs ? Veber avait parcouru l'abbaye en tous sens, il n'y avait pas trace de ciment frais. Veber expertisa à environ un mois la présence de ce sac dans la terre. L'herbe ne faisait en effet que dix centimètres de hauteur. Comme il n'avait pas plu, il devait être à peu près dans les normes.

Il prit l'un des morceaux de ciment, l'enfouit dans la poche de sa veste et remit dans le trou sac et plaques, puis il reboucha la fosse. Son travail terminé, il arracha des mottes de terre qu'il replaça sur l'endroit creusé. Il recula de quelques mètres : il fallait être bien malin pour soupçonner son passage.

Satisfait, Veber regagna la voiture. Il y rangea la petite pelle et cacha le morceau de ciment dans le coffre à outils qu'il ferma à clef. Au moins là, il y serait en sécurité. Le noctambule ne le trouverait pas puisque sa voiture avait déjà été fouillée la nuit de son arrivée.

Veber avait faim. L'effort qu'il avait accompli lui avait ouvert l'appétit. La mère Grégoire ne lui avait-elle pas annoncé la veille qu'il y aurait le lendemain midi de la galette de sarrasin et du cidre bouché ?

— « A volonté », avait-elle précisé en louchant vers Veber qui lui avait tout simplement retorqué :

— « J'espère bien. Sinon je ne toucherai pas à une seule de vos galettes ! »

Fatigué par toutes ces recherches, il rentra au plus vite à Avranches. Il était en retard pour le déjeuner, mais la mère Grégoire était dans un bon jour et ne rechigna pas à le servir malgré l'heure avancée. Le repas fut agréable et Veber se régala. Après le café, il descendit faire un petit tour vers la rivière. Il n'avait pas envie de pêcher, le cœur n'y était pas. Une question lui revenait sans cesse à l'esprit. D'où, diable, pouvaient sortir ces fichues plaques de ciment ? Le fait de les voir cachées prouvait que celui qui les avait enfouies voulait tout simplement les dissimuler aux curieux éventuels.

Il n'y avait donc plus d'énigme, c'était bien à l'abbaye que se trouvait le dépôt d'armes. Mais où ? C'était là le nœud du problème. Veber n'en avait pas la moindre idée. Quant au message d'Auzoux, là aussi Veber piétinait. Il ne parvenait pas à trouver un sens plausible au mot « Levure ». Il lui fallait reprendre l'enquête à zéro.

Il n'y avait qu'une seule chose à faire : surveiller le petit bois, dut-il, pour cela, rester un mois de plus à l'hostellerie. Chaque fois qu'il y avait vente d'armes, il était probable que le ou les trafiquants venaient cacher leurs outils dans la cabane. C'était vraisemblablement comme cela qu'Auzoux était tombé sur eux, par hasard sans doute, alors qu'il examinait le paysage à la jumelle. Il avait dû être intrigué par les allées et venues suspectes des deux hommes aperçus par le Paumé et il était allé voir de plus près ce qui se passait dans le petit bois. Sa curiosité lui avait été fatale.

Mais il y avait un ennui à ce plan, c'est que rien ne prouvait au fond que la vente des armes était chose régulière. Il pouvait se passer des mois et des mois sans qu'il y ait de transaction. Celui qui avait découvert les armes allemandes ne devait pas être pressé. Il les vendait quand il avait besoin d'argent. Et pourtant Veber avait beau retourner le problème dans tous les sens, il n'y avait pas d'autre issue : surveiller le petit bois.

Le Patron accepterait-il de prolonger indéfiniment sa présence à l'hostellerie ? C'était peu probable. Y séjourner trop longtemps attirerait l'attention de l'adversaire. De quelque côté qu'il se tournât, il était dans l'impasse. Et dire qu'il avait juré à Louise de démasquer le meurtrier de Plantegenet. De rage, Veber lança un caillou dans l'eau. La pierre fit un plouf retentissant et l'écume l'aspergea complètement.

— « C'est malin, jura-t-il, je suis trempé. Il faut que je remonte à l'auberge me changer. »

Il se leva et reprit le sentier. En arrivant devant la ferme du père Lainet, une voix douce et timide le héla.

— « Monsieur, avez-vous besoin de quelque chose ? »

Surpris, il tourna la tête et découvrit, assise sur un tronc d'arbre, une ravissante fille. Il ne s'y trompa pas. « La Paella ». Ce ne pouvait être qu'elle. A ses pieds, il y avait un tas de paniers en osier, des plateaux à fromage tressés et de multiples objets, plus ou moins utiles.

Veber, amusé, s'arrêta. Rien ne l'intéressait. Si au moins la jeune fille avait eu un tabouret, il le lui aurait acheté. Pour la pêche, c'était plus pratique et il en était démuni. Le sol était toujours humide au bord de la rivière, un tabouret en rotin lui aurait été bien utile. Il le dit à la bohémienne.

— « Non, je n'ai pas de tabouret, murmura-t-elle, à regret. Mais si vous voulez attendre, je dirai à Carlos de vous en faire un. Il est là en ce moment et, ce soir, il l'aura terminé. Est-ce que cela vous convient ? »

Veber fit signe que oui.

— « Voulez-vous que je vous le porte ? » s'enquit la Paella.

— « Non, non, je suis en vacances à l'hostellerie, j'irai le chercher. Cela me promènera. Où habitez-vous ? »

— « A la roulotte qui est au bout du marais. Vous savez où c'est ? »

— « Oui. Je viendrai vers 18 heures. Cela vous convient-il ? »

— « Bien sûr. Carlos s'y mettra dès que je rentrerai. Il a le temps en ce moment. Tout ce que je vends pendant la saison aux touristes, il le tresse l'hiver. »

La jeune fille fit une pirouette, se retourna une dernière fois en faisant un petit salut amical à Veber et se sauva.

— « Drôle de petite bonne femme et jolie, de surcroît », marmonna Veber qui reprit sa marche vers l'auberge.

Lorsqu'il pénétra dans la cour, la mère Grégoire, de la fenêtre de la cuisine, lui fit signe de venir près d'elle.

— « Dites donc, Monsieur Veber, c'est-y à vous ces jumelles ? »

Et la mère Grégoire présenta à Veber, abasourdi, la paire de jumelles d'Auzoux.

— « Oui, murmura Veber. Où les avez-vous trouvées ? Je les avais égarées. »

— « C'est Alphonse qui, par hasard, a mis la main dessus. Depuis ce matin l'eau n'arrivait plus à la chasse d'eau des W.C. du rez-de-chaussée. Comme celle-ci est alimentée par une citerne recueillant l'eau de la gouttière de la maison, il s'est mis en caleçon de bain et est descendu dans la cuve pour vérifier si le tuyau d'arrivée n'était pas bouché. Il a eu la surprise de trouver vos jumelles qui obstruaient la plaque de filtration. La citerne est juste sous votre fenêtre, peut-être que vos jumelles étaient restées sur le rebord de la fenêtre. Vous savez, un coup de vent et patatras, cela a suffi à les faire basculer dans la citerne. »

Veber fut de l'avis de la mère Grégoire. Mais ce qu'il ne lui révéla pas, c'est que les jumelles étaient non pas sur le rebord de la fenêtre, mais bel et bien enfermées à clef dans l'armoire. Décidément, il ferait bien de se méfier car celui qui l'espionnait devait avoir établi son gîte à l'auberge même.

Ce soir, il étudierait, comme il se l'était déjà promis, le comportement de tous les pensionnaires. Peut-être même ferait-il bien de fouiller toutes les chambres. C'était le genre de travail qu'il avait trop l'habitude d'accomplir pour être certain qu'il serait exécuté correctement. S'il y avait quelque chose de suspect, il le découvrirait.

En attendant 18 heures, il aida Léontine à éplucher les légumes. La jeune fille y prenait plaisir. Veber la sentait bien disposée à son égard. Une ou deux fois, il frôla par inadvertance son genou. Elle ne le retira pas et fit mine de ne point s'en apercevoir. Veber se promit bien de pousser plus avant cette idylle naissante, s'il en avait le temps. La jeune fille, il s'en rendait compte, était jolie et plutôt délurée. A voir ses mains fines et douces, elle n'avait pas dû travailler longtemps à la terre. Veber le lui fit remarquer. Léontine rit, mais ne lui répondit pas.

Veber pensa qu'une occasion unique se présentait de questionner Léontine sur le personnel de l'hostellerie. La jeune fille semblait suffisamment amoureuse de lui pour qu'il puisse l'interroger en toute quiétude. Il profita d'un moment où ils étaient seuls dans la cuisine pour commencer son enquête.

— « Il y a beaucoup d'employés à l'hôtel ? »

Léontine le regarda, surprise.

— « Non ! Alphonse, la mère Grégoire, Michel qui sert au restaurant et moi. »

— « Il y a longtemps qu'ils sont au service de la mère Grégoire ? »

La jeune fille ne parut pas se méfier et répondit de bonne grâce.

— « Michel est étudiant à Caen. Il prépare une licence d'anglais. A toutes les vacances il sert ici. Il récupère ainsi son argent de poche pour l'année car son père qui est puisatier à Ponts n'est pas riche. »

— « Puisatier ? qu'est-ce que c'est que ce métier ? »

— « Il creuse des puits dans les fermes chaque fois que l'on découvre une nappe d'eau. »

— « Ah bon ! Quel ignorant je suis ! »

Léontine rit de bon cœur.

— « Et Alphonse ? »

— « Lui, il est là depuis toujours. Je ne l'ai jamais vu ailleurs qu'à l'hostellerie. Je crois qu'il y était quand la mère Grégoire a repris l'affaire à son oncle qui est mort d'une crise cardiaque, il y a quinze ans. »

Veber en savait suffisamment. Une conclusion s'imposait : le personnel semblait en dehors du coup. Restait les pensionnaires. Il verrait cela un de ces jours. Il questionnerait la mère Grégoire, mine de rien.

Léontine le regardait en riant.

— « C'est fini vos petites questions ? Ma parole, ce que vous êtes curieux ! »

— « Oh ! rétorqua Veber, je ne le suis sûrement pas autant que vous voulez me le faire croire, puisque je ne vous ai pas interrogé sur votre petite personne ! »

— « Pour moi, c'est simple, vous savez. J'ai vingt-six ans et je suis la nièce de la patronne et puis... non, vous ne saurez rien de plus. » Mutine, Léontine fit une pichenette sur le bras de Veber et se sauva, le laissant en plan avec un morceau de carotte à éplucher. Veber grogna, mais il dut terminer la corvée puisqu'il avait si gentiment proposé de donner le coup de main. « La garce, ragea-t-il, elle me le payera. »

Vers 18 heures, Léontine fit sa réapparition.

— « Allez va, je ne suis pas si méchante que cela. Courez vite à votre rendez-vous. »

— « Mon rendez-vous », répéta stupidement Veber.

— « Oui, votre rendez-vous avec la Paella. Elle me l'a dit lorsqu'elle est passée, en début d'après-midi, devant la maison. Carlos doit vous faire un tabouret en ajonc pour ce soir. Est-ce que je me trompe ? »

— « Non, avoua Veber, beau joueur. Mais vous me donnez des idées alors que je n'en avais pas. C'est vrai que la Paella est jolie ! »

— « Tous les gars des environs lui courent après, précisa Léontine. Pour ça, elle a du succès. Mais Carlos veille au grain. C'est un vrai chien de garde. Il a rossé, à la dernière fête patronale, le garçon du boucher qui avait essayé de l'embrasser de force sur les manèges. Alors, gare à vous ! Elle n'a pas de chance, soupira Léontine, au moins, moi, je suis plus tranquille que cette pauvre Paella. Si l'on m'embrasse de force, je n'ai personne pour ficher la râclée à mes soupirants. »

Veber regarda Léontine qui, innocemment, continuait à éplucher les légumes. Il lâcha son couteau et en passant derrière la nièce de la mère Grégoire, lui déposa un baiser dans le cou. La jeune fille frissonna mais ne dit mot.

Veber se sauva en vitesse, se promettant de repiquer à la chose. Il avait été troublé par le doux parfum qui émanait de la jeune fille. — Saperlipopette, toi, ma petite Léontine, tu seras à moi ou alors je ne m'y connais plus en femmes.

Il sortit de la cour et se dirigea vers le marais. Il fit plusieurs kilomètres avant d'apercevoir la roulotte. Un vieux cheval broutait tranquillement, à proximité. Il s'approcha. Un homme se tenait au pied des marches, assis sur un tonneau, il tressait un berceau. Veber admira la régularité des gestes. L'homme, entendant du bruit, leva la tête. C'était bien Carlos. Le bohémien devait avoir la soixantaine, un visage brûlé par le soleil, une barbe grisonnante et un chapeau à larges bords sur la tête, comme en portent tous les romanichels que l'on rencontre en Normandie. Il se leva.

— « C'est vous le Monsieur au tabouret ? »

— « Oui. J'espère que je ne suis pas en avance. »

— « Non, non, il est terminé depuis une heure. « Pépita », appela le vieux gitan. Sors, le Monsieur est là. »

La Paella ouvrit la porte et descendit les marches de la roulotte. — Eh oui ! Léontine avait cent fois raison. La petite était jolie, de beaux yeux noisette, de grands cheveux acajou, sa longue jupe à la mode des gens de sa race laissant deviner une cheville parfaite, tout cela subjugua Veber.

Il fit un effort pour ne pas trop détailler la petite bohémienne. Il se souvenait de ce que lui avait raconté Léontine : Carlos n'était pas tendre à l'égard de ceux qui faisaient la cour à la Paella. Il préféra ne pas se faire un ennemi du gitan.

— « Je vous dois combien », articula-t-il en se tournant vers Carlos qui continuait à tresser comme si Veber n'existait pas.

— « Cinquante francs », lâcha le gitan, laconique.

Veber trouva l'addition un peu corsée, mais il ne protesta pas. Après tout, il aurait dû se renseigner sur le prix éventuel avant de passer commande. Carlos s'aperçut de la mimique de Veber.

— « C'est long à tresser, vous savez », plaida-t-il.

Veber nota son accent rauque. Il avait fait une enquête, un jour, du côté de Toulouse dans une tribu gitane. Il avait été émerveillé par l'accent chantant de cette race.

Mais il se souvenait également que les tribus de Bohême qui avaient envahi l'ouest de l'Europe, au XVe siècle, pourchassées par les envahisseurs turcs, s'étaient scindées en deux tronçons. L'un était descendu vers le sud de la France et de l'Espagne, l'autre avait poursuivi sa route vers le nord et l'ouest du continent. Carlos devait appartenir à cette branche et il en avait conservé l'accent.

La Paella se rendit en silence derrière la roulotte. Un petit appentis y était construit. Elle revint bientôt, ployant sous deux énormes fauteuils d'osier.

— « Je vais livrer Madame Friquet », cria-t-elle à l'adresse de son père.

Ce dernier releva la tête et eut un sourire.

— « C'est bien lourd pour toi, petite, attends un instant. Offre plutôt un verre de liqueur à Monsieur, pendant ce temps je vais à la ville. Il me faut couper encore quelques ajoncs le long de la rivière, sinon je n'en aurai pas assez pour terminer le berceau. »

La Paella sourit à Veber et l'invita à monter dans la roulotte. Il la suivit.

— « Vous excuserez, ce n'est pas grand, deux petites chambres et la cuisine, mais c'est assez pour Carlos et moi. »

Veber s'assit, la jeune fille ouvrit un placard et en sortit une bouteille contenant un liquide verdâtre.

— « J'espère qu'elle vous plaira, c'est moi qui l'ai faite avec des herbes aromatiques que Carlos a trouvées derrière le moulin du père Saillard. »

Elle emplit le verre de Veber et s'en versa elle-même quelques gouttes.

— « Je pars, cria tout à coup Carlos, je serai là dans une demi-heure. Laissez-moi un peu de liqueur. »

— « Promis, Carlos », cria la petite romanichelle.

Le bruit des pas de l'homme décrût dans le sentier du marais. La Paella regarda Veber en rougissant.

— « Je vous fais peur ? »

— « Non, vous avez l'air gentil. »

— « C'est vrai ce que l'on dit sur vous dans le village ? Il paraît que tout garçon qui vous regarde reçoit la rossée de Carlos ? »

La Paella éclata de rire.

— « Oui, il y a du vrai. Carlos a raison, car, sans cela, je ne pourrais parcourir les fermes sans histoire. Ils n'en ont pas l'air les garçons de ce pays, mais ils sont plus coureurs que partout ailleurs. »

Veber se tut. Il subissait, malgré lui, le charme du soleil qui, à l'horizon, s'abîmait dans le marais.

— « C'est comme cela tous les soirs, dit la Paella qui avait suivi son regard. Je me plais ici. C'est reposant et la vie est agréable. Carlos vend bien ses paniers et puis il est si bon avec moi que je ne sais ce que je serais devenue sans lui. »

— « Votre maman est morte ? »

— « Oui, reconnut tristement la jeune fille. C'est Carlos qui m'a recueillie au camp. Carlos n'est pas mon père, mais mon tuteur. L'habitude dans ma tribu est, lorsqu'un enfant est orphelin, de le confier au garçon qui travaille et ne s'est pas encore marié. C'est comme cela que Carlos a hérité de moi. Il m'a élevée et je lui en serai reconnaissante toute ma vie. »

— « Pourquoi avez-vous quitté votre tribu ? »

— « C'est Carlos qui l'a voulu. Il prétendait qu'il fallait s'établir quelque part, sinon jamais je n'aurais su lire ou écrire. Un soir, nous nous sommes arrêtés dans le marais que vous apercevez d'ici. Les autres roulottes ont continué leur chemin ; nous, nous sommes restés. Au début, les gendarmes nous ennuyaient sans arrêt. Ils voulaient que Carlos vienne faire viser, à la gendarmerie, notre fiche anthropométrique chaque semaine. Cela a duré quelques mois, puis Carlos n'y est plus allé. Les gendarmes sont venus alors, de temps à autre, vérifier notre présence, puis leurs visites se sont espacées et maintenant ils nous fichent la paix. Nous ne les voyons qu'une fois par an. Remarquez, ils sont bien braves. Finalement je me suis aperçue que Carlos avait raison. J'ai pu aller à l'école, décrocher le certificat d'études et même le brevet. J'aurais aimé continuer jusqu'au bachot, mais Carlos n'était pas assez fortuné pour m'envoyer au Lycée. Alors je suis restée à la roulotte où je l'aide de mon mieux. »

Veber écoutait avec sympathie ce que lui contait la petite gitane. Il sortit un paquet de cigarettes.

— « Vous fumez ? »

La jeune fille fit signe que non. Veber fit glisser une cigarette de son paquet mais, lorsqu'il voulut l'allumer, il constata qu'il avait oublié son briquet sur la cheminée de la chambre.

— « Vous n'auriez pas une allumette ? » quémanda-t-il.

— « Oui, oui, ne vous tourmentez pas, je vous attrape la boîte. »

Pépita essaya d'ouvrir un placard qui se trouvait au-dessus de l'évier mais n'y parvint pas.

— « Elle doit être coincée », avoua-t-elle.

Veber se leva.

— « Voulez-vous que je vous donne un coup de main ? ».

— « Je veux bien. »

Veber tira de toutes ses forces sur le loquet. Mais il devait être moins coincé qu'il ne l'avait paru à la jeune fille. La porte, sous la poussée de Veber, s'ouvrit normalement et ce dernier partit à la renverse. Dans sa chute, il entraîna un tas de papiers, probablement mal calés sur l'une des étagères. Il éclata de rire, la Paella ne put s'empêcher de l'imiter.

Il se releva et à quatre pattes ramassa les papiers tombés à terre. C'était des vieilles factures, des lettres jaunies et des journaux locaux, « Ouest-France », « La Manche Libre », conservés par Carlos car ils avaient dû contenir des articles intéressant son activité. Veber se souvint que « La Manche Libre », le journal du département, faisait paraître des articles sur les vieux métiers en voie de disparition. Celui qu'exerçait Carlos en était un. Il avait eu probablement les honneurs du journal.

Un papier avait glissé sous le fourneau. Veber, dans sa précipitation, ne l'avait pas remarqué. La Paella, elle, l'aperçut de sa place.

— « Sous le pied droit », souffla-t-elle, en riant, au jeune homme.

Veber se baissa à nouveau et plongea le bras sous la cuisinière. Ce qu'il ramena le cloua au sol de stupéfaction. La Paella sentit que quelque chose ne tournait pas rond.

— « Ça ne va pas ! Vous êtes souffrant ? »

— « Qu'est-ce que cela ? » rugit Veber, et il montra à la gitane une carte d'état-major allemande datant de la dernière guerre. En regardant de plus près, Veber déchiffra le tampon de l'unité : « 14ᵉ Brigade Waffen S.S. ».

— « C'est la carte de Carlos », répondit doucement la jeune fille qui ne semblait pas comprendre le motif de l'étonnement de Veber.

— « La carte de Carlos ? »

— « Mais oui, il n'y a rien de drôle. Carlos l'a trouvée auprès du cadavre d'un Allemand après l'attaque de son convoi, près du passage à niveau de Villedieu. Il m'a raconté plus de cent fois l'anecdote. »

Veber faillit sauter au plafond. Il déplia fébrilement la carte. Un gros trait rouge zébrait le bas de la presqu'île. Il joignait Vire à Avranches et au Mont Saint-Michel. Autour de celui-ci, un grand rond était dessiné ; l'itinéraire passait bien par Villedieu, la Paella n'avait donc pas menti.

Un pas résonna à l'extérieur.

— « Voilà Carlos, s'écria joyeusement la jeune fille. Demandez-lui qu'il vous raconte l'histoire. Il ne se fera certainement pas prier. Il adore parler de son aventure. »

La porte s'ouvrit, Carlos entra. Son regard découvrit le tableau insolite. Veber, la carte à la main, le fixait durement. Les muscles de sa mâchoire se crispèrent, mais il ne cilla pas.

— « Comment êtes-vous entré en possession de cette carte ? », jeta Veber sans préambule.

Carlos éclata de rire. Veber accusa le coup, mais ses yeux fixèrent toujours Carlos.

— « Ah ! la Paella vous l'a montrée ? C'est la carte que j'ai trouvée sur l'officier S.S., en 1944, auprès de Villedieu. »

Il débitait cela du ton le plus naturel. Veber s'en voulait de s'être monté la tête.

— « Pourquoi, l'Histoire vous passionne ? » plaisanta le gitan.

— « Oui », souffla Veber qui se reprenait, conscient d'avoir gaffé et de s'être mis à découvert, inutilement.

— « Il n'y a pas de mal à cela. Pépita, sers-moi un petit verre de liqueur. J'y ai bien le droit maintenant, je suppose, non ? »

La Paella se précipita au placard et mit un petit verre de plus sur la table. Carlos se servit, lui-même, une bonne rasade. Veber fixait les mains du gitan, elles ne tremblaient pas.

— « Je fais fausse route », pensa-t-il.

— « C'est-à-dire que, étant trop jeune à la libération pour en avoir gardé un souvenir précis, j'avoue aimer entendre toutes ces histoires d'occupation et de débarquement qui me rappellent mon enfance. Pépita m'a raconté que vous aviez trouvé cette carte près du corps d'un officier allemand. »

— « Un S.S., rectifia Carlos. C'est exact. Je campais avec ma tribu dans un petit bois près de Villedieu. A cette époque, on se cachait un peu car c'était la débâcle et nous avions peur que les Allemands ne se souviennent de nous et nous envoient dans un camp de concentration. Vous savez, sans doute, qu'un grand nombre de gitans furent envoyés en Allemagne et déportés à Ravensbruck ? »

Verber fit signe qu'il n'ignorait rien de cette tragédie.

— « Nous avons eu de la veine dans la Manche. Les Allemands ne nous ont pas traqués systématiquement. Ils nous ont même tolérés, fait étrange. A la fin, par contre, nous avons dû nous cacher car les S.S. nous cherchaient. Ils n'étaient pas tendres à notre égard. S'ils avaient le malheur de tomber sur l'un de nos campements, il n'y avait pas de problème, c'était le massacre, femmes et enfants en tête. »

Carlos cracha de dégoût à l'évocation de ce souvenir pénible.

— « Un matin de juillet 1944, nous fûmes réveillés au campement par un bruit de rafales d'armes automatiques. Quelques minutes plus tard, une vive lueur illuminait la route, distante d'un bon kilomètre. Les femmes eurent très peur car, aussitôt après, nous entendîmes courir dans le bois. Soudain une colonne d'hommes en armes déboucha près du campement : c'étaient des F.F.I., une chance ! Celui qui était en tête nous cria : « Ils sont tous morts, vous n'avez rien à craindre. » Puis la colonne disparut dans les bois.

A cette époque, j'avais 35 ans, je n'étais guère froussard. Je me glissai hors du campement et décidai d'aller voir ce qui s'était passé. Un convoi de dix camions Heinkel allemands brûlait. J'en fis le tour, rapidement. Le F.F.I. avait dit vrai. Il n'y avait pas un seul rescapé. Les dix chauffeurs et leurs dix aides étaient morts carbonisés à leur volant, sans doute touchés par les balles des francs-tireurs français. Quant au vingt et unième cadavre, il gisait dans le fossé. Probablement, avait-il réussi à sauter de son véhicule, mais une rafale l'avait achevé. Près de lui, se trouvait cette carte, qu'il devait tenir à la main, lorsque le convoi était tombé dans l'embuscade. Je l'ai ramassée et me suis sauvé. Un autre convoi allemand pouvait déboucher et me fusiller à titre de représailles. »

— « Vous êtes certain qu'il s'agissait de S.S. ? »

— « Oui, car il y avait sur la carte le cachet que vous avez dû déchiffrer. »

Veber le reconnut.

— « Ils étaient en civils. Je ne comprends pas, du reste, pourquoi les F.F.I. ont tiré sur le convoi car il n'y avait aucun soldat à bord des camions. C'est sans doute la marque des camions qui leur a fait découvrir le stratagème. Il s'agissait très certainement d'un groupe de S.S. qui s'enfuyait. A la moindre alerte ils se seraient éparpillés dans la nature. En civil, il aurait été difficile de les repérer. »

Veber regarda la carte. Le trait rouge partait de Vire et suivait la nationale 24 bis jusqu'à Villedieu. Après, le S.S. avait souligné la route descendant sur Avranches. Veber était abasourdi. Trente ans après retrouver trace de ce fameux convoi d'armes !

— « Les camions étaient vides ? »

— « Oui », affirma Carlos.

— « Se dirigeaient-ils vers Villedieu ou en sortaient-ils ? »

— « Non, ils en sortaient. L'incident a eu lieu sur la route de Vire. »

Donc le convoi avait déjà livré les armes un peu plus au sud du Cotentin.

— « Et le cadavre allemand qu'est-il devenu ? »

Carlos fit la grimace.

— « Dame, je n'en sais rien. Je ne me suis pas attardé. D'ailleurs, la tribu a quitté rapidement les lieux, nous avions peur que l'on nous colle l'embuscade sur le dos. Vous n'auriez pas fait comme nous ? » s'enquit Carlos.

— « Il n'y avait pas d'autre solution et c'était la sagesse même », appuya Veber.

Cette fois-ci, la chance tournait. Veber jubilait. Le Patron allait être content. Il avait retrouvé la trace du fameux convoi fantôme. Pour plus de précautions, il irait le lendemain à Villedieu vérifier les dires de Carlos. Mais il n'y avait aucun doute, l'homme disait vrai. Veber en aurait mis sa main au feu.

Il remercia le romanichel, serra la main de la Paella, prit son tabouret et rentra à l'hôtel. Lorsqu'il pénétra dans la salle à manger, Léontine lui fit un clin d'œil.

— « Après la Louise c'est la Paella. Méfiez-vous, jamais deux sans trois », et elle darda sur Veber un regard qui ne trompa pas ce dernier.

— « Toi, bout de femme, ta prophétie se réalisera, foi de Veber ! »

Et tout heureux, il décida de payer l'apéritif à ses nouveaux amis.

— « La tournée générale de pastis Duval », lança-t-il à l'adresse de la patronne qui s'affairait derrière le bar.

— « Vous prendrez bien une petite goutte avec nous, Madame Grégoire. Que puis-je vous offrir ? »

— « Avec mes rhumatismes, je ne supporte que le Martini. »

— « Bon, allons-y pour le Martini ! »

Un joyeux brouhaha régna bientôt dans le petit groupe. Et c'est de fort bonne humeur que le douanier avala sa soupe de cresson.

7ᵉ CHAPITRE

Le lendemain matin, Veber se leva tôt. Il avala rapidement le petit déjeuner que lui servit Léontine. La femme de chambre ne cessa de le taquiner. Il essuya camouflets sur camouflets.

— « On ne peut pas dire que vous soyez un pêcheur enragé, lui lança-t-elle au cours de la discussion. Par contre si vous n'avez pas la quantité vous avez la qualité. »

Veber bougonna et examina la jeune fille à la dérobée. Léontine dressait le couvert pour le petit déjeuner des autres pensionnaires. Il ne discerna rien de suspect dans son attitude. Elle avait raison. Il ne s'était rendu à la pêche, en tout et pour tout, qu'une seule fois. S'il ne se décidait pas à taquiner le goujon plus souvent cela finirait par paraître bizarre. Il se jura d'y aller l'après-midi même à son retour de Villedieu. Il appela Léontine. La jeune fille s'approcha.

— « Vous pouvez me rendre un service ? »

— « Pourquoi pas ! »

— « Demandez à petit Dédé de se trouver là, vers deux heures, pour venir me montrer les bons coins à truite. »

La jeune fille siffla, moqueuse.

— « Alors, on se décide ? »

Veber, furieux, ne répondit pas et se leva. Trois minutes plus tard, il était au volant de sa voiture et fonçait vers Villedieu. « 22 kilomètres » lut-il sur un panneau. — Bon ! ça va. C'est moins loin que je ne le pensais, et il ralentit.

Le récit de Carlos lui revint en mémoire. Le romanichel lui avait parlé d'un passage à niveau à la sortie de Villedieu, sur la route de Vire. Veber espérait qu'il n'y aurait pas d'autres passages à niveau, sinon cela compliquerait tout. Il y avait de fortes chances, du reste, pour que le garde-barrière ne soit plus le même. Trente ans, c'était bien loin, et Veber croyait se souvenir qu'à la S.N.C.F. on prenait sa retraite à cinquante-cinq ans, ce qui n'arrangeait pas les choses.
Il traversa rapidement Villedieu, aperçut le Docteur de Saint-Denis dans son jardin, le sécateur à la main. Il lui fit un petit signe de la main. Le vieillard ne lui répondit pas. Il ne devait pas y voir à plus de quelques mètres. Veber se souvint qu'il avait aperçu une paire de lunettes traînant sur la table, lors de sa visite.

Au détour de chaque rue, Veber entendait le martèlement harmonieux des artisans sur les plaques de cuivre. Villedieu devait sa renommée à son industrie chaudronnière. Autour de l'église, les trottoirs étaient entièrement recouverts de casseroles, chaudrons, menus objets de cuivre destinés à tenter le touriste de passage.

Veber fut bientôt sorti de la ville. Une pancarte « Vire, 28 kilomètres » le rassura.

Deux kilomètres plus loin, il découvrit, enfin, la maisonnette aux volets verts du garde-barrière. La voie de chemin de fer traversait effectivement la route. A droite, un bois attira son attention. Carlos n'avait pas menti, du moins sur la topographie des lieux. Restait à interroger le garde-barrière, mais Veber ne se faisait pas trop d'illusions.

Il ralentit, rangea la voiture le long de la route et frappa à la porte vitrée. Une femme d'une trentaine d'années, un nourrisson sur le bras, vint lui ouvrir. Veber ne s'attendait pas à ce tableau. Il hésita, puis se décida enfin.

— « Madame, je m'excuse de vous déranger, mais je suis à la recherche de la personne qui gardait la barrière en 1944. Il y a eu un accident, tout près, à cette époque, et elle en a probablement été témoin, d'après les renseignements que j'ai eus. »

Veber se rendait compte de la naïveté de son histoire, mais la femme ne parut point y prendre garde.

— « A la libération, vous savez, j'étais gamine. Mais grand-mère s'en souviendra peut-être. C'est elle qui, justement, assurait la barrière, cette année-là. Mon mari n'a pris la suite qu'il y a une dizaine d'années, c'est donc pas lui qui peut vous renseigner. D'ailleurs, il n'est pas là. Il est parti vendre les canards au marché de Villedieu. Mais « mémère » est ici, si vous voulez entrer, je vais l'appeler. »

La chance souriait à Veber. « Pourvu que cela dure », se répétait-il.

— « Mémère, mémère, hurlait la jeune femme par la fenêtre, une visite pour toi, dépêche-toi, c'est du beau monde. »

Veber sourit. La jeune femme referma la fenêtre.

— « Vous excuserez, c'est rapport au petit. Il y a des courants d'air et je tiens pas à ce qu'il attrape les oreillons. »

Veber se pencha sur le petit et lui fit quelques risettes. La femme se redressa, fière de son rejeton.

— « C'est un petit gars. Il sera fort comme son père », ajouta-t-elle.

Veber la complimenta. Elle rougit de plaisir.

Un pas traînard se fit entendre à l'extérieur et la porte s'ouvrit. Une vieille femme entra, marchant avec des béquilles, un châle noir sur la tête, de gros sabots aux pieds. Veber se leva et salua.

— « Bonjour, Madame. »

— « Qu'est-ce que vous voulez mon fisset », murmura la mémère.

— « Je voudrais savoir, et c'est très important pour moi, si vous vous souvenez de ce convoi qui a brûlé à cent mètres de chez vous, le matin du 30 juillet 1944. »

Le visage de la vieille s'illumina.

— « Bien sûr, que je m'en rappelle. C'est des choses qui vous marquent pour le restant de votre vie. C'est les cheminots qui ont attaqué le convoi. Ils ont même mangé ici, avant. Mon mari en était puisqu'il dirigeait le groupe. Je m'en souviens comme si j'y étais. »

— « Il s'agissait de camions civils ou militaires ? » voulut savoir Veber.

—« Civils, mon bon Monsieur. Mais Achille, mon mari, ne s'y est pas laissé prendre, lui. C'était bel et bien des Boches déguisés en Français. La preuve, c'est que tous les cadavres avaient un revolver sur eux et puis les camions étaient de marque allemande. »

— « Combien y en avait-il ? »

La vieille femme fit un effort pour se souvenir :

— « Neuf ou dix, je ne sais plus, au juste. »

— « Tout le monde a été tué ? »

— « Oui, on a retrouvé deux cadavres dans chaque cabine. »

— « Vous êtes certaine ? »

— « Dame, puisque je vous le dis. »

Veber ne voulait pas indisposer la grand-mère, il n'insista pas.

— « Et les camions étaient vides ? »

— « Oui, totalement, à l'exception d'une caisse d'outils que mon homme a pu récupérer à l'arrière du dernier camion qui n'avait pas complètement brûlé. »

Veber se pencha, intéressé.

— « Des outils ? »

— « Oui, pics, pioches et un sac de ciment qui nous a bien dépanné. Achille a pu faire ainsi le petit mur qui longe la route. Nous voulions le construire depuis longtemps, mais, avec le rationnement, personne ne pouvait se procurer de ciment et celui-là, je vous le jure, a été le bienvenu. »

Ainsi il n'y avait pas à s'y tromper, Carlos avait dit la vérité sur toute la ligne. Il avait donc la preuve qu'il s'agissait bien du convoi d'armes revenant à vide. Veber posa une dernière question.

— « Et les camions, que sont-ils devenus ? »

— « Achille les a vendus au ferrailleur de Villedieu. Il a versé l'argent à la femme du gros « Orvain » qui avait été tué quelques jours plus tard en attaquant la laiterie de Vire. »

— « Il y avait un camp de Romanichels dans le bois qui surplombe la route, m'a-t-on rapporté », insista encore Veber.

— « Mon homme me l'a dit en rentrant, mais je ne l'ai pas vu, personnellement. »

Donc, tout se tenait à merveille. Il était rassuré. Carlos était donc au-dessus de tout soupçon. Il n'y avait aucune possibilité pour que ce dernier ait su ce que transportaient les camions. La carte qu'il avait ramassée au pied du premier camion ne portait qu'un liseré rouge le long d'un itinéraire, rien d'autre. Sa présence à Avranches n'était, au fond, que le fruit du hasard. Cette localité était située près de Villedieu et la tribu devait traîner ses roulottes dans la région. Il n'était donc pas étonnant qu'elle ait traversé la ville. L'existence du marais et de matériaux, donc, pour l'exercice de son métier avait dû le décider à y établir un domicile fixe.

— « Mais pourquoi donc vous intéressez-vous à ces vieilleries ? », ironisa la mémé.

Veber sursauta. Evidemment, il fallait bien donner une explication à ces braves gens.

— « C'est une histoire bien pénible, mentit Veber. Mon père avait été emmené par les Allemands. Ils l'avaient ramassé à Hambye où il faisait de la résistance. Lui aussi, on ne devait jamais le revoir. Comme j'ai entendu raconter, récemment, l'histoire de l'attaque des camions, je me suis dit que peut-être était-il mort, ici. »

— « Mon pauvre fisset, j'aurais bien voulu vous donner de bonnes nouvelles mais, je vous l'ai dit, le convoi était vide. »

Veber remercia, embrassa la mémé et se sauva, tout honteux de son mensonge. Il reprit le volant. Un poids de moins ! Carlos était rayé de la liste des suspects.

*
**

Après le repas, Veber monta dans sa chambre et se changea. Il était décidé à ramener des truites. Lorsqu'il redescendit, Dédé l'attendait près de l'auto. Veber salua son petit ami.

— « Alors fiston, cela ne te dérange pas trop de m'accompagner, cet après-midi ? »

— « Non, non, affirma le gamin, au contraire, comme cela, j'évite la corvée de fagots. Tous les jeudis, la mère veut que j'aille ramasser du bois le long des haies. Je lui ai dit que je vous avais promis de vous accompagner ; elle n'a trop rien dit, mais il faudra sûrement que j'y aille demain à la place. »

— « C'est reculer pour mieux sauter », plaisanta Veber.

Il prit ses lignes et les deux amis s'engagèrent dans le sentier qui menait à la rivière. Dédé conduisit Veber un peu à l'écart de l'hostellerie et ils se mirent à pêcher. A trois heures, ils avaient déjà capturé six truites.

— « Une « hécatacombe » braillait le gamin, fier de s'être rendu utile.

— « Une hécatombe », rectifia Veber en riant.

Comme ils passaient devant le petit bois où Veber, la veille, avait découvert la cabane à outils, ce dernier ne put s'empêcher d'en parler à Dédé.

— « Dis, tu savais qu'il y avait une cabane dans le bois ? »

Dédé ouvrit de grands yeux.

— « Non, je l'ignorais. »

— « Pose les lignes, ordonna soudain Veber, et suis-moi. Je te ferai visiter cette cabane, mais tu me jures de garder ta langue ? »

— « Si c'est pour venger votre copain le noyé, je suis d'accord. »

— « Tu peux même ajouter « et venger le fiancé de la Louise », car j'ai bien l'impression que c'est la même aventure qui leur est arrivée à tous les deux. »

— « C'est ce que m'a dit, un jour, le Paumé. »

— « Ah, le Paumé t'a dit cela ? »

— « Oui, il a même ajouté qu'il avait son idée là-dessus. »

— « Ce sont ses propres mots ? »

— « Bien sûr, je vous le jure. »

Veber regarda sa montre. Trois heures vingt. Il réfléchit un instant et se décida.

— « Tu vas aller chercher le Paumé. Soyez là dans une demi-heure. J'aurai besoin de votre aide à tous les deux. Tu peux faire cela pour moi ? »

— « Si cela a un rapport avec la mort de M. Auzoux et avec celle de Plantegenet, je vous l'ai déjà dit, je suis content de vous aider. »

Veber fit oui de la tête.

— « Bien, alors, je vais chercher le Paumé ». Le gamin se sauva à travers champs.

Veber s'allonga dans l'herbe. Il ferait à nouveau avec les gosses un petit tour dans le bois. Peut-être un détail lui avait-il échappé au cours des recherches précédentes. Les deux enfants, qui devaient avoir l'habitude de fouiner un peu partout, découvriraient, peut-être, des indices nouveaux. Veber sifflota. Le temps était encore beau. Quelques nuages couraient dans le ciel. Septembre n'était pas loin. Un bruissement d'herbe lui fit lever la tête. Dédé descendait la prairie, un jeune garçon à ses trousses, le Paumé, vraisemblablement.

— « Je l'ai trouvé », beugla Dédé lorsqu'il découvrit Veber allongé dans l'herbe.

Il serra la main du « Paumé » qui le détailla sans sourciller.

— « Alors c'est vous qui avez attrapé le brochet ? » interrogea le garçonnet, sans autre préambule.

Veber sourit.

— « Oui, mais tu sais, je vais te faire une confidence. C'est un peu de la chance, car j'avais laissé la ligne à la dérive et j'étais parti faire un tour. »

— « C'est toujours comme cela qu'on fait les plus belles prises. Le brochet, il est méfiant, vous savez, vous ne l'auriez sûrement jamais attrapé s'il vous avait vu. »

Veber se décida à poser des questions au Paumé.

— « Dédé m'a dit que tu avais aperçu deux hommes parler à M. Auzoux quelques heures avant sa mort ? »

Le Paumé fit signe que c'était exact.

— « Tu penses qu'ils ne sont pas du pays ? »

— « Ça, pour sûr que non », affirma le Paumé, catégorique.

— « C'était la première fois que tu les apercevais ? »

— « Ça... je n'en suis pas certain. Mais je pense que le plus grand des deux était déjà venu pêcher dans la rivière. Une fois même, il a acheté du chènevis à l'épicerie, chez Mme Krieg. Je l'ai vu sortir, un sachet de graines à la main. Pour appâter, le chènevis, c'est bon et comme il n'y a que Mme Krieg qui en vend, je n'ai rien trouvé de drôle à la présence de ce type chez elle. »

— « Réfléchis bien, c'est intéressant ce que tu me racontes-là. Tu es bien sûr de ta mémoire ? »

Le Paumé hésita et finalement lâcha :

— « Je crois bien ne pas me tromper. »

— « Le jour de la mort d'Auzoux, les deux hommes pêchaient-ils ? »

— Non, absolument pas. Ils avaient un imperméable gris tous les deux et un chapeau sur les yeux. Ils descendaient du petit bois qui est là-haut. Ce qui me fait dire que je ne me trompe certainement pas, c'est que le plus grand des deux hommes boitait un peu et le type que j'avais vu sortir de chez Mme Krieg, il boitait aussi. »

— « Tu ne l'as jamais revu depuis la mort d'Auzoux ? »

— « Non jamais. Par contre je jurerais bien que ce sont les traces de ses pneus que j'ai découvertes quelque temps auparavant le long de la berme du champ où l'on a trouvé Plantegenet pendu. »

— « Quand as-tu découvert ces traces ? »

— « Le matin même où l'on trouvait le fiancé de la Louise pendu au pommier. »

— « Tu n'as rien dit à la gendarmerie ? »

— « Non, non, je peux pas piffrer les flics : ils sont méchants et bêtes. »

Veber rit de bon cœur.

— « Pourquoi donc, grands dieux ? »

— « Chaque fois que Gégène roule sans son permis de conduire sur lui, ils lui foutent une amende. Ça vous arrive pas, vous, d'oublier votre portemonnaie ? »

Veber lui révéla que cette aventure lui était arrivée la semaine dernière.

— « Gégène, c'est un cousin », expliqua Dédé.

Veber poussa une exclamation. Mais, il s'en souvenait maintenant ! Il avait, lui aussi, remarqué des traces de pneus dans le chemin qui menait à la cabane.

— « Dis le Paumé, tu saurais reconnaître les traces des roues de la voiture du boiteux ? »

— « Evidemment, cette question ! »

— « Bon, alors en route, les enfants. Longez la haie et suivez-moi, nous allons faire un petit tour dans le petit bois. O. K. ? »

— « O. K. », répondirent les deux gosses à l'unisson. En quelques minutes, ils furent à la cabane. Veber ouvrit la porte et appela ses deux petits protégés.

— « Cela ne vous dit rien du tout, cet attirail ? »

Quatre yeux se braquèrent sur les pics, pelles et pioches toujours rangés par terre.

— « Tiens, c'est la marque de ciment que vend le mari à Mme Krieg. »

— « Quoi, aboya Veber, qu'est-ce que tu racontes ! »

Le Paumé, sans se démonter, expliqua à Veber que le mari de l'épicière vendait des matériaux de construction, en plus de leur épicerie : ciment, plâtre, chaux...

— « Même qu'ils doivent bien gagner leur vie, ajouta le Paumé envieux ; lui il a une Porsche et elle une petite Austin. Comme si une seule voiture ne leur suffisait pas. »

— « Vous n'avez jamais vu quelqu'un rôder dans le bois à l'exception des deux inconnus aperçus le jour de la mort d'Auzoux ? »

Les deux enfants réflèchirent en silence.

— « ... Non... Jamais. »

— « Réfléchissez bien », répéta Veber.

— « Puisqu'on vous le dit, lança le Paumé, vous pouvez nous croire, on est pas des menteurs. »

— « Je n'ai pas dit cela », corrigea Veber, conciliant.

Il referma la porte et emmena les enfants dans le sentier. Arrivé près de l'ornière, il montra au Paumé les traces de pneus. Ce dernier se pencha et poussa un cri de triomphe.

— « Je ne me trompe pas, c'est exactement les empreintes que j'ai découvertes le long du champ où est mort le fiancé de Louisette. »

Veber ne dit rien et laissa faire le Paumé.

— « Vous pouvez être tranquille, cette fois-ci pas d'erreur possible. Je suis affirmatif. Ce sont bien les mêmes traces, elles sont différentes de toutes celles de la région. Je le sais bien, car le jour de la fête patronale de Saint-Jean-de-la-Haize, c'est moi qui vends les billets d'entrée au parking, dans le champ derrière l'église. Alors je connais toutes les voitures du canton. Ces dessins-là, y sont pas semblables à ceux que je vois d'habitude. Vous pouvez me croire M'sieur Veber. »

— « Quand a-t-il plu pour la dernière fois ?

Les petits fronts se plissèrent et cherchèrent.

— « Cela doit être pour l'orage du quinze août. »

Veber calcula mentalement. Cela correspondait à peu près à l'époque où l'on avait découvert le corps d'Auzoux flottant sur l'eau. Tout se tenait. Il y avait à l'évidence un lien entre la voiture, la cabane et les deux hommes entrevus par le Paumé. Veber se félicita d'avoir emmené ses deux amis. Enfin il avançait. Il reconstituait petit à petit la journée du drame. Il ne lui restait plus qu'à mettre la main sur les assassins, mais Veber ne doutait plus de sa bonne étoile. Il tenait une piste cette fois-ci : l'inconnu boiteux. Il était impossible que Mme Krieg ne se souvint pas d'un tel client. S'il avait acheté du chènevis et ensuite un sac de ciment, elle n'avait certainement pas manqué de trouver cela étrange. Un pêcheur acheter du ciment était pour le moins curieux ! C'était le genre de détail dont on se souvenait aisément.

— « Mme Krieg est-elle à son domicile en ce moment ? »

Ce fut le Paumé qui répondit.

— « Non. Elle et son mari sont partis hier matin à Vire. Elle a son frère qui a eu un accident de voiture. Paraît qu'il est mourant. Mme Monrot m'a dit, ce matin, qu'ils rentreraient demain soir. »

— « Mme Monrot, c'est la femme du bedeau », précisa Dédé.

La chance le servait. Cette nuit, il ferait un petit tour du côté de l'épicerie ; il serait tranquille et aurait tout son temps pour fureter.

— « Où se trouve l'épicerie ? »

— « Derrière l'église Saint-Saturnin. Il n'y a que celle-là dans le quartier, vous ne pouvez vous tromper », précisa le Paumé, sûr de lui.

Le trio fit demi-tour et regagna l'endroit où ils avaient laissé les gaules. Cette fois-ci Veber n'avait pas de veine. Aucun poisson n'avait mordu. Penaud, il démonta son attirail.

— « Voulez-vous chacun une truite », demanda Veber aux deux garnements.

— « Pouah ! on en mange assez à la maison, fut la seule réponse du Paumé. Si je la ramène, ma mère n'achètera pas de bifteck demain midi. Alors, vous pouvez vous la garder, je préfère la viande. »

Veber s'amusa de la réplique.

Dédé et son copain le quittèrent et il rentra à l'hostellerie.

— « Alors cette pêche, fameuse ? »

Léontine le taquina malicieusement.

— « Peut-être bien que oui, peut-être bien que non. C'est selon », lui jeta Veber qui s'amusait comme un fou à voir la jeune fille essayer de plonger la main dans son sac en cuir.

— « Eh bien, six truites, s'exclama-t-elle, vous êtes un petit vernis. M. Flageule, qui vient pourtant ici depuis de nombreuses années et qui connaît tous les recoins, n'en a pris que trois dans son après-midi. »

Déjà on l'entourait. Veber ne savait plus où se mettre.

— « Décidément, reconnut la mère Grégoire, vous êtes un as. Je le disais encore tantôt à Léontine.

Veber regarda la jeune fille. Celle-ci lui sourit et profitant d'un moment d'inattention du groupe, elle lui envoya un baiser avant de se sauver aux cuisines. « Nos affaires avancent, ne put s'empêcher de constater Veber. Ce soir, ma petite, tu ne regretteras pas ton baiser. »

Le repas fut très animé. Les truites de Veber revinrent fréquemment dans la conversation. Chacun des pensionnaires de la Mère Grégoire voulait faire, le lendemain, une partie de pêche avec le héros de la soirée. Veber protestait mollement de son incompétence et promettait tout ce qu'on voulait.

A la fin, la Mère Grégoire dut s'en mêler.

— « Laissez-le, ce pauvre homme, vous voyez bien que vous l'agacez. »

Veber, pour leur échapper, se leva et, prétextant la fatigue, regagna sa chambre. Dans le couloir, qui n'était pas éclairé, il se heurta à une présence qu'il reconnut bien vite : Léontine. Il eut le sentiment que la jeune fille le guettait. Il n'en laissa rien paraître mais, l'attrapant par la taille, il pressa sa bouche contre la sienne. Elle ne se déroba point et lui rendit, au contraire, son baiser avec fougue.

— « Viens me retrouver à 23 heures dans ma chambre, lui souffla Veber entre deux baisers. Je t'attendrai, mais surtout ne fais pas de bruit. »

Sans attendre la réponse de la jeune fille, il s'éclipsa et enfila l'escalier. Il se retrouva bientôt dans sa chambre, se doucha puis se coucha. Il essaya de reprendre à zéro l'affaire qui le préoccupait, mais plus fatigué qu'il ne le pensait, il s'endormit. Un grattement contre la porte le réveilla, en sursaut. Il glissa le bras sous le traversin et attrapa son Smith et Wesson. La porte pivota lentement sur ses gonds et le visage de Léontine se dessina dans l'encadrement du chambranle.

— « Ah ! ce n'est que toi, gémit Veber encore mal réveillé, tu m'as fait peur. »

Il remit subrepticement son revolver en place sous l'oreiller et fit signe à Léontine de refermer la porte.

— « A clef », lui ordonna-t-il.

— « Bah, qu'est-ce que vous craignez ? Que l'on ne vous chipe, à nouveau, votre paire de jumelles ? Toute la maisonnée dort et votre voleur en ce moment doit ronfler comme les autres. »

— « Tais-toi, vilaine, lui confia-t-il câlin, au lieu de dire des bêtises, viens donc me border. »

La jeune fille ne se le fit pas dire deux fois. Elle n'avait pas fait deux pas que Veber l'attrapait par la taille et l'attirait sur le lit. Léontine s'y laissa tomber en gémissant. Le sommier crissa affreusement. Les ressorts étaient de mauvaise qualité.

— « Voulez-vous bien me lâcher, coquin, qu'est-ce que vous craignez, que je ne vous échappe ? Il n'y a pas de danger », lui glissa-t-elle à l'oreille, tout en se lovant amoureusement contre lui.

Veber la prit dans ses bras. Habilement, il fit glisser le peignoir de la jeune fille et quelques instants plus tard, elle était nue comme un ver, se tordant déjà de plaisir sur le lit.

— « Chéri, mumura-t-elle, je savais que cela devait arriver. »

Veber ne perdit pas de temps en badinage. Il s'allongea, ému, malgré tout, aux côtés de la jeune fille. Lentement sa main partit à la découverte du corps qu'il sentait palpiter contre lui. Léontine avait une belle poitrine. Avec fureur, elle prit les mains de son compagnon et les plaqua, elle-même, contre ses seins. Veber, d'une main experte, caressa le ventre de la jeune fille. Celle-ci râlait maintenant et prenait déjà son plaisir. Veber ne put attendre plus longtemps. Il se colla étroitement contre la jeune femme qui, dans un dernier sursaut, se cambra et l'attira à elle lui enserrant la taille de ses cuisses nerveuses. Veber râla un instant pour la forme puis se saisit de sa compagne et, dans un gémissement rauque, la posséda.

Longtemps la chambre retentit de leurs soupirs. Ils basculèrent sur le côté du lit puis les spasmes s'espacèrent. Epuisés et heureux, ils s'endormirent, serrés l'un contre l'autre.

« Tu as oublié quelque chose », murmura une petite voix à l'oreille de Veber. Il regarda l'heure : deux heures vingt-cinq du matin. Il se redressa soudain, son subconscient avait fonctionné. « Bien sûr, l'épicerie Krieg ». Il bénit le ciel de s'être réveillé à temps.

Il se pencha sur sa compagne. Elle dormait, allongée sur le ventre. Veber entendait son souffle régulier. Il attendit un moment. Puis, certain qu'il ne risquait pas de réveiller Léontine, il se leva, s'habilla, attrapa lampe et revolver et à pas de loup quitta la chambre.

Dehors le vent commençait à souffler. Un orage se préparait. Le ciel était masqué de lourds nuages sombres qui traversaient à vive allure l'horizon. « Tant mieux grinça Veber, au moins la lune me fichera la paix, ce soir. » Il prit le chemin de la petite ville et parvint bientôt sur la place Patton. Une petite lumière brûlait sur sa droite. « Tiens, Louise n'est pas couchée ! »

Il tapota doucement aux volets. Le pas de la petite couturière retentit dans le corridor et la porte s'ouvrit.

— « Vous, à cette heure ! »

— « Chut, fit Veber en entrant. Et vous que faites-vous, si tard ? »

— « Je termine une robe de mariée. Je dois la livrer demain matin, sans faute, la messe est à 11 heures. J'étais un peu en retard et j'ai préféré veiller. Mon travail est presque terminé, il ne me reste que l'ourlet à piquer. »

Veber s'assit. Sa petite gymnastique avec Léontine lui avait coupé les jambes, mais il ne souffla mot à Louise de son aventure. La jeune fille, prude comme elle l'était, n'aurait guère apprécié.

— « Qu'est-ce que vous fichez dehors à cette heure, gronda-t-elle ? Au lieu d'être au lit, vous courez le guilledou ? »

— « Je suis venu perquisitionner la maison des Krieg. Ils sont absents, je crois, jusqu'à demain soir ? Est-ce bien exact ? »

— « Oui, murmura Louise qui semblait ne pas comprendre. Ils rentreront demain pour la soupe. Mme Krieg l'a téléphoné à Mme Monrot qui s'occupe de nourrir les trois chats en leur absence. Mais pourquoi spécialement les Krieg, gémit Louise. Vous croyez qu'ils ont quelque chose à voir avec la mort de Pierrot ? »

— « Je n'en sais encore rien, mais il se pourrait qu'ils ne soient pas tout à fait étrangers à l'affaire. »

— « Ce n'est pas possible, soupira Louise, Mme Krieg est si gentille. Non je ne peux y croire. »

— « Calmez-vous Louise, je vous dis qu'il n'y a rien de certain. Je préfère vérifier certaines choses qui ne me semblent pas claires, sans plus. Y a-t-il longtemps que les Krieg habitent Avranches ? »

— « Ils s'y sont installés après la libération. Je crois que lui est Alsacien, quant à sa femme elle est de Vire. »

— « Intéressant. Et vous n'avez jamais remarqué des allées et venues suspectes dans la boutique ? »

— « Non, jamais. C'est un ménage uni et sans histoire. La seule chose qui assombrisse leur bonheur c'est que Françoise, la femme de Krieg, ne peut avoir d'enfant, elle le répète tous les jours à la boutique. »

— « Sont-ils riches ? »

— « Oui, à ce qu'il paraît. Les gens ont jasé. A un moment donné, personne ne comprenait qu'ils aient pu acheter leurs deux voitures. On a parlé d'héritage, je crois. L'épicerie marche bien et le commerce des matériaux de construction également, mais de là à s'acheter une grosse voiture de luxe, il y a de quoi inquiéter tous les jaloux de la terre. »

— « Krieg sort-il tard le soir ? »

— « Oui, il pose des pièges à lapin, à ce que l'on raconte. Vous savez, cela n'a jamais été prouvé. En tout cas, ce qui est vrai, parce que j'ai pu le voir de mes propres yeux, c'est qu'il y a beaucoup de peaux de lapin à sécher sous le hangar qui est derrière leur maison. »

Veber décida de laisser la jeune fille terminer son ourlet et il l'abandonna à sa couture.

Il n'eut pas de peine à trouver l'épicerie. Comme l'avait affirmé le Paumé, c'était la seule, derrière l'église Saint-Saturnin. Il ne serait pas dérangé dans son travail, car le quartier était calme. Sans sourciller, il s'approcha de la serrure et la crocheta avec son passe-partout. La porte crissa un peu. Mais deux minutes plus tard, il était maître de la situation. Le départ des propriétaires avait dû être imprévu, car la table de la salle à manger n'était même pas desservie. Des relents de camembert traînaient dans la pièce.

Méthodiquement, il passa chaque pièce au crible. Il ne découvrit rien de particulier, sinon, dans un tiroir de commode, le livret de famille des Krieg. Charles Krieg était né à Mauheim, en Alsace. Il avait cinquante-cinq ans. Sa femme, originaire d'un petit hameau, sis près de Vire, en avait dix de moins.

Veber tiqua, désappointé. Vendre du chènevis ou un sac de ciment à un boiteux suspect ne voulait évidemment pas dire que celui qui le lui avait vendu était complice. Veber en voulait au Paumé de l'avoir embarqué dans cette galère. Il referma le tiroir de la commode et grimpa au grenier, c'était la dernière pièce à vérifier. Il n'y avait d'ailleurs pas grand chose. De vieilles poteries en terre cuite, plus ou moins ébréchées, une horloge cassée, enfin tout le bric-à-brac que l'on découvre habituellement dans un grenier.

Veber allait redescendre lorsqu'il buta sur une petite valise à plat sur le plancher, valise qu'il n'avait tout d'abord pas aperçue. Il eut un haut-le-corps. Malgré l'épaisse couche de poussière, il se décida à l'ouvrir. Elle contenait un lot de vieilles factures, concernant la construction de la maison. Tous les fournisseurs s'y trouvaient rassemblés. Krieg avait dû garder cela comme preuve pour les assurances. En cas de sinistre il est toujours plus facile d'être remboursé au vu des factures. Il s'apprêtait à rabattre le couvercle lorsqu'une vieille photo jaunie qui se trouvait dans une enveloppe attira son attention. Cette fois-ci, il n'y avait pas à s'y tromper, c'était, à s'y méprendre, le visage de Krieg. Ce que Veber venait de découvrir était une très vieille photo d'un militaire allemand en uniforme de la guerre 39-45 au bras d'une jeune fille assise sur la margelle d'un puits.

Veber ne douta pas un instant de l'importance de sa découverte. Il regarda plus attentivement : c'était bien Krieg posant près de Françoise, sa femme. Leur portrait de mariage traînait sur le buffet de la salle à manger en bas. Il était impossible qu'il se trompe : le soldat allemand et la jeune fille assise sur la margelle du puits étaient Krieg et son épouse. Ainsi donc Krieg était de la Wehrmacht et se faisait passer dans le pays pour alsacien. Louise ne lui avait-elle pas révélé que l'épicier et sa compagne s'étaient installés à Avranches après la libération. Tout cadrait à merveille.

Veber, machinalement, tourna la photo, une phrase presque illisible se détachait sur le velin : « Château de la Bloutière (environs de Vire), mai 1944 ».

Veber en savait suffisamment long à présent. Il referma la valise, la rangea soigneusement à l'endroit où il l'avait trouvée et redescendit nanti de la précieuse photo. Il s'arrêta, un instant, dans la salle à manger et fouilla une dernière fois dans l'un des tiroirs du bahut. Il y trouva ce qu'il cherchait : une seconde photo, identique à celle qui était en évidence sur le buffet, photo représentant le mariage de Krieg. Il enfouit sa trouvaille dans la poche intérieure de sa veste et sortit rapidement. La place était déserte. Louise devait être couchée, car aucune lumière ne filtrait sous la porte. Il s'éloigna rapidement en direction de l'hostellerie.

Il marchait au milieu de l'allée menant à la cour principale, lorsqu'une ombre se détacha d'un massif de fusains.

— « Michel, Michel. »

C'était Léontine. La jeune fille se jeta dans ses bras.

— « J'ai eu si peur. Ne me laisse pas », murmura-t-elle.

Les paroles incompréhensibles de la jeune fille intriguèrent Veber.

— « Qu'est-ce qu'il y a mon poussin ? »

Il lui prit affectueusement les épaules et la caressa doucement.

— « Ils ont voulu te tuer, Michel chéri », continua la jeune fille.

Cette fois-ci Veber lâcha Léontine et la secoua.

— « Qu'est-ce que tu racontes ? Qui a voulu me tuer ? »

— « Je n'en sais rien. Je n'ai rien vu, car il faisait totalement noir. »

Veber prit la nièce de la Mère Grégoire dans ses bras et, lui attrapant le menton, lui déposa un tendre baiser sur les lèvres.

— « Ecoute, poucette, calme-toi. Tu ne risques strictement rien avec moi, alors raconte ton histoire depuis le commencement. »

— « Je me suis réveillée en sursaut, dans ton lit, dit-elle en rougissant. Je croyais rêver, puis j'ai dû en convenir c'était bien ta chambre et notre soirée m'est revenue en mémoire. J'ai passé mon bras autour de moi, il n'y avait plus personne : l'oiseau s'était envolé. Je me suis levée, car j'avais soif et me suis rendue dans la salle de bain qui jouxte ta chambre. J'étais en train de boire, lorsque j'ai entendu tourner la clenche. Des idées défilaient rapidement dans ma petite tête. C'était donc ce bruit qui m'avait réveillée en sursaut. Quelqu'un avait dû marcher dans le couloir, juste derrière la porte. C'est cela que mon subconscient avait enregistré. Je remplissais le verre d'eau une deuxième fois, car je croyais que c'était toi et voulais te l'envoyer en pleine figure pour te taquiner. La porte s'est ouverte. Malheureusement je n'ai pu rien voir, car les volets étaient fermés et il faisait aussi sombre que dans un four. J'ai entendu cinq détonations puis une cavalcade dans le couloir. Je ne savais plus quoi faire. Personne ne semblait bouger dans la maison. Quelques instants plus tard, je perçus une galopade dans le verger derrière l'hôtel ; alors je me suis décidée et suis sortie toute tremblante du cabinet de toilette. J'ai allumé la lumière : le lit était traversé de balles juste à l'endroit où j'étais allongée précédemment. Si je ne m'étais pas levée pour boire, je serais morte à cette heure. » La jeune fille frissonna et se serra contre Veber.

— « Tu ne rêves pas un petit peu, Léontine », poursuivit Veber qui ne savait pas au juste si la jeune fille disait vrai ou divaguait.

— « Chéri, monte avec moi et tu verras par toi-même. »

C'est ce que Veber décida de faire. Il dut se rendre à l'évidence, le lit était criblé de petits trous.

— « Et personne n'a bougé ? »

— « Non, personne ne s'est levé. »

— « Alors, conclut Veber, le revolver était muni d'un silencieux. »

Le coup était bien monté.

— « Tu sais que tu m'as sauvé la vie, Léontine ? »

La jeune fille subissait le contrecoup de la tension de la soirée. Elle piqua une crise de nerfs et se mit à pleurer. Veber l'allongea sur le lit et lui tapota les tempes.

Son adversaire avait un rude aplomb. Monter en pleine nuit, ouvrir la porte et cribler de balles un corps allongé, cela demandait tout de même du sang froid. Veber était désorienté. Si Krieg était à Vire, il devait admettre qu'il avait un complice dans les parages et un complice qui ne reculait devant aucun danger.

— « Attends-moi, cinq minutes, souffla-t-il à Léontine qui maintenant commençait à se calmer, je vais à la cuisine et je remonte. »

— « Reviens vite, chéri ! »

— « Oui », jura Veber, et il s'esquiva.

La fenêtre de la cuisine était ouverte. On avait découpé l'un des carreaux avec une roulette et l'espagnolette avait été tournée sans difficulté. La suite n'avait été qu'un jeu d'enfant. Il quitta la cuisine.

— « Chérie, il est l'heure d'aller au dodo. Remonte dans ta chambre, tu ne risques plus rien puisque c'est moi qui étais visé. »

Pour seule réponse, la jeune fille l'attira à lui et pour la seconde fois de la soirée, Veber dut subir les assauts fougueux de Léontine. Au petit matin, il s'endormit. Lorsqu'il se réveilla, vers 8 heures, il était seul. Le désordre du lit lui prouvait pourtant qu'il n'avait pas rêvé. Un petit trou dans le drap lui rappela qu'il avait bien failli ne jamais se réveiller. Bah ! maugréa-t-il philosophiquement, peut-être n'était-ce pas moi qui étais visé mais Léontine. Mais en son for intérieur, il savait qu'il n'en était rien.

C'est en se rasant qu'il découvrit le sens du mot « levure » écrit par Auzoux sur la feuille de journal. Il venait justement d'entendre la Mère Grégoire demander à Léontine de lui atteindre la levure alsacienne qui se trouvait dans un bocal haut perché sur la cheminée, lorsque la lumière se fit soudain dans son esprit. Il avait désormais la signification exacte du message de son collègue : « La levure alsacienne ! » Mais oui, Auzoux avait voulu désigner l'alsacien !

C'était trop long et trop compliqué de tracer cette phrase avec les dents. Il avait préféré écrire le mot « levure », pensant que l'on ferait le rapprochement. Krieg n'était-il pas Alsacien ? Le douanier avait probablement dû surprendre l'un de ses meurtriers chez l'Alsacien. Peut-être même Krieg était-il lui-même dans le petit bois avec ses deux complices lorsqu'Auzoux les avait aperçus. Mais oui, ce n'était pas plus compliqué que cela ! Et dire qu'il n'y avait pas songé un seul instant.

Pour affirmer qu'il ne se trompait pas, il ne lui restait qu'une démarche à accomplir : il irait au château de la Bloutière, muni des deux photos trouvées, cette nuit, chez Krieg. Quelqu'un se souviendrait bien de l'Allemand. A ce moment-là, les jours de liberté du meurtrier seraient comptés.

8e CHAPITRE

Veber, son petit déjeuner avalé, s'engouffra dans la « Toyota » et disparut rapidement sur la route. Il couvrit les 50 kilomètres qui le séparaient du château en moins d'une demi-heure. Un paysan qui marchait le long de la route, une faux sur l'épaule, lui indiqua le château.

Veber se souvenait de ce que le patron lui avait appris : le château de La Bloutière, pendant la guerre, abritait le quartier général de la division allemande du Bocage. Il était probable que Krieg devait faire partie de l'état-major. Il aurait sûrement du mal à trouver quelqu'un se souvenant du pseudo Alsacien. Le château avait dû, à cette époque, être réquisitionné et les châtelains obligés de quitter leurs terres.

Le château lui apparut, bientôt, au détour d'un chemin. Il rangea la voiture le long de la grille et sauta à terre. Veber appuya sa tête contre les barreaux. La bâtisse semblait inoccupée. Tous les volets étaient fermés. Il ne décela aucune trace de vie humaine. Il allait faire demi-tour quand il aperçut une fumée au travers les arbres, à la droite du château. Tiens, tiens, il y a du monde. Avisant une cloche, il tira sur le cordonnet. Une note grêle s'envola. Veber attendit.

Une frêle silhouette parut dans l'allée centrale, la gardienne sans doute. La femme, soixante-cinq ans environ, se hâtait.

— « Prenez votre temps, Madame, je ne suis pas pressé », lui cria Veber.

La femme ralentit et reprit son souffle.

— « J'arrive, j'arrive », cria-t-elle.

— « Je désirerais parler au châtelain. »

— « ... Le châtelain, il y a belle lurette qu'il est mort, le pauvre ! Son domaine appartient, maintenant, à la ville de Flers qui l'utilise pour ses colonies de vacances. »

— « Ah bon ! » fit Veber dépité.

— « C'est pourquoi, exactement ? »

— « Etiez-vous là, en 1944 », poursuivit Veber sans répondre à la question.

— « Où vouliez-vous que je sois, répondit la vieille femme en riant. Je suis née au château et j'y ai toujours vécu. Même les Allemands, quand ils ont réquisitionné le château pour leur Général, ne m'en ont pas chassée. Je suis toujours restée dans le pavillon de chasse. Bien qu'ils y aient mangé midi et soir, ils n'ont pas osé m'en déloger. D'ailleurs, j'aurais bien voulu voir cela. Mais entrez donc au lieu de rester derrière la grille, venez jusqu'à la maison. J'ai justement fait de la bouillie de sarrazin, vous en mangerez une petite tranche. Cela ne peut vous faire du mal. A votre âge, on a bon appétit. »

La gardienne tira le loquet de la grille et Veber la suivit dans l'allée centrale. Il était bientôt attablé devant une potée de bouillie. La vieille femme lui en fit frire quelques tranches et les lui sucra, d'office.

— « Allez, allez grogna-t-elle, mangez et ne regrettez rien. Si vous aviez connu la privation pendant l'occupation, comme je l'ai connue, vous ne feriez pas le difficile. »

Veber s'exécuta et fit honneur au plat. Il se décida à montrer la vieille photo jaunie à son hôtesse.

— « Avez-vous connu cet Allemand ? », interrogea Veber en lui tendant la photo qu'il venait d'extraire de son portefeuille.

— « Mais... c'est celui qu'ils appelaient « Gluck », le fameux lieutenant des commandos, celui qui fricotait avec la petite Françoise, de la ferme du château. C'est-y pas dommage, mon pauvre Monsieur, continua la vieille femme, une petite si jolie et d'une famille si bien, et qui s'amourachait à 16 ans d'un boche. On ne pouvait pas faire un pas dans les champs sans les trouver vautrés l'un sur l'autre. Cela a failli mal tourner, remarquez bien. Quand la libération est arrivée, au village, ils ont voulu la tondre sur la place de la Poterne. Elle n'a dû son salut, la Françoise, qu'à son frère qui s'était réfugié à Vire. Paraît qu'il était dans la résistance, j'ai jamais su au juste. Toujours est-il qu'il a barboté la moto du fridolin, de ce Gluck que vous me montriez, et ils ont réussi à partir tous les deux, la petite garce et lui, sans être inquiétés. Je ne l'ai jamais revue. J'aime mieux cela, notez, parce que c'était une pas grand chose de bon. Vous vous rendez compte, s'amouracher d'un boche et à 16 ans encore, c'est honteux ! »

Veber fit signe qu'il partageait entièrement son avis.

— « Et Gluck, qu'est-il devenu ? »

— « Je n'en sais rien. Le fils Ruffié, mon plus proche voisin, m'a dit qu'il avait réussi à s'échapper. En tout cas, on ne l'a jamais revu, à Vire tout au moins. »

— « Pourquoi « tout au moins » ?

— « Le fils Ruffié est certain de l'avoir aperçu, deux ou trois ans après la fin de la guerre, à la foire de Flers. Il est sûr de ne pas se tromper. Il achetait même, à ce qu'il m'a dit, des poteaux de fer au stand du matériel de construction. »

Veber sourit, cela cadrait bien avec ce qu'il voulait vérifier.

— « Le fils Ruffié n'en a jamais parlé à la Police ? »

— « Non, le pauvre, il avait d'autres chats à fouetter. Il a été atteint à quelque temps de là de la poliomyélite et il est en traitement à Berck, pour le moment. »

— « Vous m'avez dit, tout-à-l'heure, que Gluck s'occupait des commandos, qu'est-ce qu'il faisait au juste ? »

— « Je ne peux vous dire très exactement, mais c'était sûrement quelqu'un de bien car le général Sthil, qui commandait ici, le chargeait de toutes les missions délicates. J'en ai-t-y vu défiler des commandos ! Ils partaient en civil des jours et des jours et on ne les revoyait que deux ou trois semaines après, harassés les pauvres, maigres comme des clous. Si vous aviez été là, vous les auriez plaints, tout boches qu'ils étaient. C'est le lieutenant Gluck qui les entraînait. C'était vraiment quelqu'un de bien. Dommage qu'il n'ait pas été Français. Tenez, quelques jours avant que le château ne soit occupé par les Américains, c'est lui qui avait été chargé de conduire le convoi des camions S.S. »

— « Quel convoi ? »

— « Le convoi de munitions du lieutenant Muller. Un S.S. que c'était, il a eu beau se déguiser, je ne m'y suis pas trompée, allez ! Le drôle de l'histoire, c'est que lorsqu'ils sont repartis le soir, ils ont emmené Gluck avec eux. Le bruit des moteurs m'avait réveillée et je suis allée les regarder par la fenêtre. Il faisait beau cette nuit-là et je suis certaine d'avoir aperçu Gluck sur sa moto, en civil également. »

— « Gluck faisait partie du convoi ? »

— « Pardi. Il est resté près de deux ans ici. S'il y en a bien un que je suis sûre d'avoir reconnu, c'est bien lui. »

Cette nouvelle laissa Veber tout pantois. Ainsi Gluck avait participé à l'odyssée du convoi et selon les dires de la vieille femme, il roulait devant. Il y avait là un mystère. La garde-barrière de Villedieu n'avait jamais parlé de cette moto. Carlos, non plus. Il ne pouvait y avoir qu'une explication : Gluck, qui connaissait bien la région, avait dû distancer le convoi après Villedieu et il avait échappé à l'embuscade puisqu'il n'était pas à bord d'un camion. C'était lui qui, probablement, avait déniché la cachette pour les armes. Lorsqu'il était tombé sur le camion laitier de Charles Mahé en panne, il avait dû s'arrêter et abattre froidement le chauffeur penché sur le moteur. Ce dernier apercevant un civil en moto n'avait pas dû se méfier. Lorsqu'il avait voulu également descendre Plantegenet, celui-ci avait eu le temps de détaler.

Les années avaient passé. Gluck avait réussi à ne pas être fait prisonnier. Il s'était installé dans la région avec Françoise qu'il avait épousée, avec de faux papiers, et il avait élu domicile à Avranches. Il pouvait ainsi surveiller le dépôt d'armes et en vendre quand il avait besoin d'argent. L'achat de la Porsche et de l'Austin ne s'expliquait pas autrement. Il n'y avait pas d'héritage, contrairement à ce que supposait Louisette. Veber siffla, admiratif. Eh bien, je lui tire mon chapeau, il a bien manœuvré l'animal !

Pour plus de sécurité, Veber tira la seconde photo de sa poche intérieure, celle du mariage des Krieg.

— « Mais c'est lui et sa garce de femme, s'écria la vieille, il l'a donc épousée ! Elle ne manque pas de toupet, sapristi ! Epouser un boche, j'aimerais mieux entrer au couvent, je vous le jure mon bon Monsieur ! »

Veber éclata de rire.

— « Oh ! je sais que ça ne vous fait rien à vous avec le coup du Marché Commun et toutes les idioties qu'ils racontent à la télévision. Ce n'est peut-être plus comme autrefois, mais vous savez, c'est plus fort que moi, mon mari est mort en 1914, mon fils en 1940, alors je peux pas avaler que les boches redeviennent nos amis. A quoi servent, alors, trois guerres d'affilée ? Hein, je vous le demande ? »

Veber se tut. Il approuvait, au fond, ce que disait cette malheureuse. Trois guerres pour rien, que l'on aurait pu facilement éviter !

— « Reprenez une petite tranche de bouillie. Gluck, tenez ! Il aimait ça. Souvent, il me demandait de lui en faire et comme, dame, il me coupait mon bois, il m'arrivait quelquefois de me laisser apitoyer et je lui en cuisais. Mais au gros Sthil, son général, jamais ! Chaque fois que je le croisais, je tournais la tête, ça je vous le jure. »

Veber était ailleurs. Le filet se resserrait. Aucun doute, même le plus léger, ne pouvait être permis : Gluck, alias Krieg, était le trafiquant d'armes et donc l'assassin d'Auzoux et de Plantegenet. Le boiteux et son complice étaient de mèche avec l'Alsacien. Le sac de ciment trouvé dans la hutte le prouvait clairement. Ce soir, il se rendrait à l'épicerie, vers 20 heures, au moment du souper. Krieg et sa femme seraient seuls. Photo à l'appui, il les confondrait. Le Smith et Wesson à la main, il ne devrait pas y avoir de complications. Il menacerait, s'il le fallait, Krieg de descendre sa femme à la moindre tentative de fuite, puis il téléphonerait à la gendarmerie de venir embarquer le couple. Veber avait remarqué qu'il y avait le téléphone dans la salle à manger.

Il prit congé de la vieille femme, la remercia et disparut sans autre explication. Il traversait Avranches lorsqu'il aperçut Dédé qui faisait des tours de vélo autour du monument aux morts. Il arrêta la voiture et lui fit signe de venir.

— « Alors, Monsieur Veber, questionna le garçonnet, ça va-t-y comme vous voulez ? » Et, en riant, il lui fit un clin d'œil.

— « Comme sur des roulettes, mon garçon, mais j'ai encore besoin de tes services. »

— « Bien sûr. Le Paumé et moi on est toujours d'accord pour vous donner le coup de main. »

— « Tu es bien brave. Mais tu sais, ce n'est pas compliqué. Je te demande seulement de faire un saut à l'hôtel et de m'avertir lorsque Madame Krieg et son mari seront de retour. »

— « C'est tout ? », dit le gosse déçu.

— « Pour le moment, oui. Si j'ai besoin d'autre chose, je te ferai signe », lui lâcha Veber en signe de consolation. Il fit un geste d'amitié au gamin et remit le moteur en route.

La cloche annonçait le repas, au moment où il rangeait la voiture dans la remise. Il sauta prestement à terre. Une bonne odeur de civet lui chatouilla les narines et c'est affamé qu'il franchit le seuil de la salle à manger.

***

Il était près de 18 heures, quand il s'éveilla. Il avait fait la sieste tout l'après-midi et avait demandé à prendre son souper avant les autres. Léontine, intriguée, avait cherché à connaître la cause de cette sieste insolite.

— « Tu m'as tellement éreinté, la nuit dernière, lui répondit-il, que je me sens tout coton. »

— « Il est vrai, lui glissa-t-elle langoureusement, que tu as mis le paquet. Je n'ai jamais été aussi heureuse. »

— « Merci », avait-il rétorqué du tac au tac, et il s'était sauvé dans sa chambre.

Tout l'après-midi, il avait somnolé et avant de descendre souper pour 18 heures, il avait graissé le canon de son arme et remis un chargeur neuf, six balles dont une dans le canon. Il n'aurait peut-être pas à les utiliser. Krieg serait démasqué si soudainement qu'il ne pourrait bouger, le Smith et Wesson planté sous le nez l'en dissuaderait.

A dix-neuf heures, Dédé passa à l'hôtel et sans même lui adresser la parole lui fit comprendre d'un signe que les Krieg étaient rentrés.

Veber à 20 h. 15 sonnait chez l'Alsacien. Une femme de quarante-cinq ans, belle encore, lui ouvrit.

— « Madame Krieg, sans doute ? »

— « Elle-même. »

— « Madame, pourrais-je voir votre mari, c'est au sujet de matériaux de construction. »

La jeune femme le regarda perplexe.

— « A cette heure-là, mon mari n'est jamais rentré. »

— « C'est ce que nous verrons », jeta Veber, en brandissant son arme.

La femme affolée, le laissa passer. Veber, comme un fou, parcourut toute la maison. Il dut se rendre à l'évidence : Krieg n'était pas présent. La femme bondit au téléphone. Peut-être prenait-elle Veber pour un cambrioleur ou pour un flic. Il la stoppa à temps et d'une bourrade l'envoya rouler sur le divan qui était sous la fenêtre.

— « Où est ton mari ? », aboya durement Veber.

— « Il ne rentrera pas ce soir. »

— « Pourtant, il était là, il y a une heure ? »

Françoise Krieg fit signe que oui.

— « Où est-il parti ? »

La jeune femme commençait à ne plus se sentir en sécurité. Ses yeux, alternativement, couraient de Veber à la porte. Pour plus de sécurité, Veber tourna la clef dans la serrure.

— « Fini de plaisanter, Madame Gluck, martela Veber. Où est votre mari ? »

Lorsqu'elle entendit le nom, l'épicière poussa un hurlement et s'écroula à genoux.

— « Non, non, je vous en supplie, ne brisez pas notre bonheur, cela fait presque 30 ans que tout cela s'est passé. »

— « Votre mari est un déserteur, Madame. »

— « Non... ce n'est pas vrai. Il a l'accord des autorités allemandes. »

La femme se mordit les lèvres. Mais, trop tard, Veber avait entendu.

— « Quoi ! Qu'est-ce que c'est que cette histoire, hurla-t-il ? »

— « Mon mari n'est pas un déserteur, gémissait la femme, c'est un patriote. »

Veber lui saisit les cheveux et commença méthodiquement à les lui tordre. Françoise hurla à nouveau. Il lui fourra un mouchoir dans la bouche et la gifla. La malheureuse chancela et tomba à terre. Veber, pensant à Auzoux, ne se contint plus. Il martela le flanc de la femme avec ses pieds.

— « Pourquoi ton mari n'est-il pas un déserteur ? »

— « Il a... il a l'accord du consul allemand de Caen. »

— « Quoi ! tonna Veber. Explique vite, sinon je double la dose », et il recommença de plus belle à gifler la femme de Gluck.

— « Je vais vous expliquer, lâcha-t-elle, arrêtez, je vous en supplie. D'ailleurs, je suis enceinte. »

— « Menteuse, gronda Veber, tu ne peux avoir de gosse. Tu l'as assez bramé dans le pays », et il continua à marteler Françoise. Celle-ci finit par hoqueter.

— « ... Arrêtez, arrêtez... je vous dirai tout. »

Veber ralentit.

— « J'aimais mon mari, sanglota Françoise Krieg. Je l'ai caché après la libération lorsque presque tous ses hommes furent capturés. Ils avaient de faux papiers alsaciens. C'est ce qui les a perdus. Tous les suspects au nom alsacien furent arrêtés. J'ai réussi à cacher mon mari pendant deux ans à Caen et puis un jour je suis allée voir le consul allemand. Il m'a reçue avec courtoisie et m'a demandé de revenir. Il voulait en référer à son ministère à Bonn. A quelque temps de là, j'ai reçu une lettre du consulat demandant que mon mari se présente le surlendemain à la chancellerie car une situation lui serait offerte. Il y est allé, naturellement. »

— « Et après ? », glapit Veber.

— « Après... après... je ne sais plus. »

Les coups plurent, de plus belle. La femme perdit connaissance. Veber se souvint avoir aperçu, lors de sa précédente visite, une bouteille de Calvados traînant dans un placard. Il la dénicha et en fit ingurgiter une gorgée à Françoise. Elle remua faiblement et rouvrit les yeux. Veber la laissa récupérer puis, quand il fut certain qu'elle avait tous ses sens, il lui murmura à l'oreille :

— « Si vous ne parlez pas, je vous jure d'abattre votre mari, froidement, devant vous, lorsqu'il rentrera, dussai-je l'attendre 48 heures. »

La jeune femme lui lança un regard apeuré et désespéré, puis finit par continuer son récit.

— « ... On lui a demandé de rester en France et de s'établir à Avranches, mais en aucun cas il ne devait dévoiler son identité réelle. »

— « Pourquoi à Avranches, très précisément ? », rugit Veber.

— « Je ne sais pas, Carl ne me l'a pas dit. »

— « Tu mens », invectiva Veber et il recommença à frapper.

— « ... Je vais vous le dire, haleta Françoise Krieg... il devait surveiller un dépôt d'armes constitué pour son unité de commandos. Malheureusement ce dépôt n'avait pu servir, presque tous les hommes de Carl avaient été arrêtés, en moins de deux mois, par les alliés. »

— « Et où se trouve le dépôt ? »

— « Je ne le sais pas, je vous le jure », scanda la malheureuse.

Veber comprit à son accent qu'elle disait vrai. Pour la forme, il continua à taper hurlant : « tu mens, tu mens... »

— « Si, si... je vous le promets sur ce que j'ai de plus cher au monde. »

Veber se laissa attendrir et arrêta de cogner.

— « Qui a tué Plantegenet, qui a tué Auzoux, le touriste de l'hostellerie ? »

La femme le regarda avec des yeux épouvantés.

— « Vous n'allez tout de même pas accuser Carl ! Non, non, Carl n'est pas un assassin. »

— « Qui a tué Plantegenet puis Auzoux ? », répétait inlassablement Veber.

— « Ce n'est pas lui, je vous le jure. Il ne m'a pas quittée un seul instant, la nuit où Plantegenet s'est suicidé. »

Après tout, son mari ne devait pas lui confier toutes ses escapades. S'il travaillait pour les services de renseignements de l'Allemagne de l'Ouest, il devait être plus ou moins discret avec sa femme. C'était l'une des règles fondamentales de tous les services secrets du monde : « se méfier des femmes, à commencer par la sienne ». C'était du reste pour cela que Veber n'avait jamais désiré se mettre la corde au cou.

— « Ce n'est pas la peine d'attendre mon mari, il ne rentrera pas ce soir. »

— « Qu'en sais-tu ? »

— « Le télégramme est sur la table, vous pouvez le vérifier. »

Veber sans quitter des yeux la femme de Gluck attrapa le papier bleu qui traînait sur le tapis. Il lut : « Prendrai livraison de la marchandise comme convenu. » C'était signé Louis Vincent.

— « Mon mari est parti livrer des sacs de ciment », précisa hâtivement la femme de Krieg.

Elle mentait à l'évidence. Veber allait se faire berner. Il n'était pas question dans le texte d'aller livrer de la marchandise mais, bien au contraire, d'en prendre livraison. Ce n'était pas du tout la même chose ! Il se rua sur Françoise et entreprit de la gifler systématiquement.

— « Où est ton mari ? »

La phrase revenait comme un leitmotiv.

— « Il est parti livrer des armes, n'est-ce pas ? »

Il lut dans les yeux de la malheureuse que c'était effectivement cela. Il continua à frapper.

— « Oui... entendit-il, entre deux sanglots. C'est le signal convenu. Chaque fois qu'une partie des armes quitte le dépôt, il y a un télégramme et Carl ne rentre pas avant l'aube. »

— « Combien vend-il les armes ? », lâcha Veber.

La femme le regarda, stupéfaite.

— « Mais il ne les vend pas. C'est le réseau qui lui ordonne de les livrer. Il touche simplement 1.000 marks par mois comme solde, c'est tout. »

La jeune femme ne mentait pas, il le sentait.

Donc l'Allemagne vendait, elle-même, les armes suivant ses alliances du moment ou plus probablement suivant les contrats et les marchés commerciaux décrochés. Veber admirait l'ingéniosité des gens d'Outre-Rhin : utiliser des stocks d'armes encore existants en France ou en Europe pour alimenter les rebellions qu'ils voulaient soutenir en secret. C'était, pour le moins, diabolique.

— « Ton mari est seul à connaître le dépôt d'armes ? »

— « Oui, jura Françoise. Il était le seul rescapé du convoi puisqu'il était devant, en moto. En arrivant à Vire, il a attendu en vain l'Oberlieutenant Muller, le chef S.S. du convoi, mais jamais plus on ne devait retrouver trace de l'expédition. »

Veber était soucieux. Si Gluck était au dépôt d'armes pour une livraison, il lui échapperait très certainement. Il devait avoir convenu d'un signal de reconnaissance avec sa femme. Un volet ouvert ou fermé, du linge à sécher sur le balcon, lui indiquait que le chemin était libre.

Il aurait beau tabasser la femme, cette dernière, pour sauver son mari, n'avouerait jamais. Et pourtant tenir la femme n'était pas le but de sa mission. Le but : c'était les armes d'abord et Gluck ensuite. Pour l'instant, il n'avait ni l'un ni l'autre. Il lui fallait jouer serré car, seul, il aurait du mal à s'en tirer. Seul… mais non, il n'était pas seul ! Il se souvenait de la boutade de Giffard à Pacy-sur-Eure : « Je vous ai mis un ange gardien ». Jusqu'ici Veber ne s'en était guère préoccupé. C'était vraisemblablement l'un des pensionnaires de l'hostellerie. Veber avait du reste remarqué que l'un d'eux, un grand maigre, rouquin par-dessus le marché, le dévisageait souvent et plus que de raison.

Le regard de Veber accrocha le téléphone. L'idée lui vint d'appeler le Patron à Pacy. S'il quittait un seul instant la femme de Krieg, celle-ci sauterait dans sa voiture et courrait avertir son mari. Ils avaient dû convenir d'un code. Peut-être devait-elle allumer une lampe dans la tour de l'église. Veber enrageait. Il imaginait des tas d'hypothèses. Il ne lui fallait donc pas lâcher la femme une seconde. Sa couverture, en ce moment, lui serait utile. Il se dirigea vers le buffet et se décida à décrocher le téléphone. Il avait de la chance : Avranches avait enfin l'automatique depuis quelques mois. Il n'eut donc pas à attendre qu'une standardiste lui demandât comme autrefois, parfois après plus de 10 minutes d'attente, ce qu'il désirait. En quelques instants, il avait Giffard, le Patron, au bout de la ligne.

Il lui exposa la situation et lui réclama le nom et l'adresse de son ange gardien.

— « Je ne peux m'en sortir sans lui. »

Le Patron le fit bisquer un peu.

— « Vous n'avez pas trouvé qui c'était ? Vous n'êtes guère futé, mon vieux. »

— « Non ! râla Veber, je n'ai pas cherché. J'avais d'autres chats à fouetter : par exemple, recevoir une giclée de balles dans mon lit. »

— « Vous vous en êtes tiré ? Mes félicitations vieux garçon, nous arroserons cela à votre retour... si vous revenez », ricana le Patron.

Veber aurait voulu être sur place pour l'étrangler. Il se contint. Giffard, après tout, était tout de même son chef.

— « Alors quel est le nom de la couverture ? » aboya-t-il rageur.

Veber se pencha, prit un papier et un crayon qui traînaient à proximité et nota ce que lui disait Giffard.

C'est un rugissement qui accompagna la révélation du nom tant attendu. Furieux, il raccrocha sèchement. Léontine : voilà ce que venait de lui balancer le Patron. Il s'était bien fait avoir par cette petite garce. Il le lui ferait payer cher !

Il s'empara à nouveau du téléphone et demanda l'hostellerie. Ce fut Léontine, elle-même, qu'il eut au bout du fil. Veber était en service, il se contint.

— « Ici, Veber, venez me rejoindre à l'épicerie qui est derrière l'église Saint-Saturnin. Entrez sans frapper. C'est une question de service », lui martela-t-il.

La jeune fille comprit.

— « J'arrive. Dans cinq minutes, je serai là-bas. » Elle raccrocha, sans commentaire.

Veber lui ferait garder l'épicière. Pendant ce temps, il irait fureter à l'Abbaye. Il risquait fort de prendre sur le fait Gluck et sa bande.

La clochette qui était derrière la porte d'entrée tinta.

— « Je lui avais dit d'être discrète », soupira Veber !

Léontine fit son apparition vêtue d'un petit ensemble de chez « Cacharel ». Elle était adorable, mais Veber n'avait nulle envie de le lui montrer.

— « Giffard m'a mis au courant, jeta-t-il négligemment. Vous êtes sous mes ordres à compter de cette minute. »

La jeune fille acquiesça de la tête.

— « Que dois-je faire ? »

— « Surveiller cette femme qui restera allongée sur le divan jusqu'à mon retour. Vous avez une arme ? »

— « Oui. » Léontine sortit un petit Herstal de son sac. Elle s'assit sur une chaise face à l'épouse de Gluck et pointa le canon de son revolver vers l'épicière.

— « Je vous signale que les femmes ont la réputation de tirer plus vite que les hommes, car nous nous affolons plus facilement », ajouta-t-elle, moqueuse.

Françoise Krieg la regarda et ne broncha point.

— « Méfiez-vous, Léontine, il se pourrait... »

— « Je ne m'appelle pas Léontine, avoua la jeune fille, mais Dany Duchiron. La nièce de la mère Grégoire n'a pu venir, comme prévu, pour l'aider durant la saison estivale. Le Patron, qui se rend souvent ici pour pêcher, incognito, l'a su et comme la nièce n'avait jamais mis les pieds à Avranches, il s'est entendu avec la mère Grégoire et c'est Léontine qui a débarqué à Granville au train de Paris, un soir de juin », ajouta-t-elle moqueuse.

Veber ne sourit pas. Il était furieux de s'être laissé berner par cette gamine.

— « Vous n'avez pas été foutue de me protéger », lui reprocha-t-il.

— « Vous trouvez ? Sans oublier que si je ne m'étais pas glissée dans votre divin lit, il y aurait, à l'heure présente, un corps criblé de balles dans un cimetière normand. »

Veber fut obligé d'en convenir.

Vingt-deux heures sonnèrent au clocher.

— « Bon, je vous laisse, soyez vigilante. Méfiez-vous ! Il se pourrait que le mari revienne à l'improviste. Vous le laissez rentrer et le bouclez, également, dans la salle à manger. Je pense être là à l'aube, vers six ou sept heures, suivant les dires de Madame », précisa Veber en se tournant vers Françoise Krieg.

Il alluma une bougie qu'il posa sur la table et sortit. Le démarreur de la « Toyota » répondit à son appel. Il quitta Avranches les phares éteints, puis, lorsqu'il fut sorti de la ville, sûr de n'avoir pas été repéré, il les alluma et fonça vers le Mont. Peu avant la digue, il rangea la voiture dans un sentier parallèle au Couesnon. Il gagnerait l'abbaye à pied et surprendrait ainsi son adversaire, bénéficiant de la surprise.

Au fond, Veber n'avait pas la certitude que Krieg n'eut pas de complices dans la région même. Le Paumé semblait ne pas mentir lorsqu'il affirmait avoir aperçu deux inconnus sortir du petit bois et discuter avec Auzoux.

Il devinait maintenant l'abbaye qui se découpait sur l'horizon.

Il parcourut la digue d'un pas rapide et arriva vite à son extrémité. Il pénétra dans l'enceinte du Mont et se dirigea vers le haut des remparts. En cette nuit de fin de vacances, quelques touristes noctambules parcouraient encore la ruelle principale et les remparts. « Il faut être gonflé pour sortir des caisses de ce lieu en une époque animée ! » soliloqua Veber.

Poursuivant son chemin, ils atteignit la poterne... elle était fermée et, de ce côté, l'accès aux jardins interdit de nuit. Il inspecta les alentours et monta sur le chemin de ronde. Un prompt rétablissement et il était au sommet du rempart : le jardin se laissait deviner en contrebas à 7 ou 8 mètres. Il sortit de sa poche la mince cordelette de nylon qu'il avait eu la bonne idée d'apporter pour parer à toute éventualité. Il la fixa solidement et, silencieusement, se laissa glisser jusqu'au sol. Après s'être assuré que nul ne montait la garde, il escalada les rocs. La porte n'était pas ouverte.

Retenant son souffle, il écouta. Pas un bruit ! Veber eut un doute qu'il chassa aussitôt : et si la cachette n'était pas dans l'abbaye !... Pourtant, il ne pouvait en être autrement. Le sac de jute découvert enterré dans le bois le prouvait amplement : la cachette était là !

Quelques minutes plus tard, il pénétrait dans la crypte. Il en fit lentement le tour, se déplaçant en rampant de pilier en pilier. Parvenu à l'extrémité, il s'arrêta et écouta. C'était toujours le même silence pesant et hostile.

Veber alluma sa lampe et balaya le sanctuaire. Personne. Il fit rapidement le tour des tombeaux mais ne discerna rien d'anormal... Cette fois-ci, il ne pouvait y avoir de doute, un caillou venait de rouler quelque part sur sa droite.

Veber éteignit sa lampe torche et se plaqua à terre entre deux tombes. Il se fit le plus petit possible et attendit. En vain, car plus rien ne bougea. Peut-être s'était-il trompé ? Un hibou ou un rat, sans doute.

Il resta allongé près d'une demi-heure. Comme aucune menace ne se précisait, il alluma à nouveau sa lampe. Il s'apprêtait à se relever lorsque, le long d'un tombeau, un morceau de ciment séché attira son attention. Etonné, il le ramassa et constata qu'il était en tout point semblable, de par sa forme, aux gravats trouvés dans le sac de jute.

Veber, mû par un pressentiment, promena sa lampe sur le caveau le plus proche : il poussa un cri de surprise.

— « Par exemple », parvint-il à articuler !

Il braqua sa lampe sous la dalle de la tombe, dalle qui était à environ 10 centimètres du sol. En se baissant, il fit une découverte qui l'intrigua. La dalle posée sur des supports de granit avait été fraîchement cimentée. C'était l'un de ces joints de ciment qui s'était détaché et était tombé à terre. Veber se leva d'un bond et vérifia tous les sépulcres, les uns après les autres. Le même ciment scellait les dalles le long de leur support. Ainsi Veber venait de trouver la mystérieuse cachette des armes allemandes ! Pour en être tout à fait certain, il lui restait à soulever l'une des plaques de granit.

— « Mazette, siffla-t-il, quelle cachette ingénieuse ! »

Il fallait s'allonger à terre pour découvrir que les dalles qui reposaient sur quatre petites murettes de 10 centimètres de hauteur étaient cimentées.

Veber fit un rapide calcul.

Il y avait 32 tombeaux, de quoi entreposer plus de mille tonnes d'armes si ces tombeaux étaient profonds.

Gluck pouvait dormir tranquille. Qui diable aurait pu découvrir la cachette ? Il lui suffisait d'aller se promener de temps à autre à l'Abbaye, sous de futiles prétextes : partie de pêche dans la baie, pique-nique avec sa femme... pour assurer une surveillance de presque tous les instants. Le Mont, avec le va-et-vient continuel des touristes, était la meilleure des protections.

Le plus dangereux pour Gluck était de livrer les armes lorsque Bonn et le service de contre-espionnage allemand les lui commandaient. Veber éteignit sa lampe. Il était inutile de se faire repérer.

Françoise Krieg avait été affirmative, il y avait une livraison de prévue, pour ce soir. La présence du télégramme sur la table, le confirmait. Veber avait repéré la date du cachet de la poste. Le facteur avait dû le glisser le matin même sous la porte de l'épicerie. Nul n'ignorait dans le quartier que Krieg et sa femme rentreraient dans la soirée. Veber était inquiet, pourtant l'Abbatiale paraissait déserte et il n'y avait trace ni de camions ni de Krieg.

Ce dernier devait être parti au-devant des convoyeurs. Le patron ne lui avait-il pas révélé que, lors de l'interception du tube Citroën à Saint-Sever, on avait trouvé un morceau de papier avec le lieu du rendez-vous, au carrefour de la Nationale 24 bis et de la Départementale n° 7. Gluck devait prendre le maximum de précautions. Sans doute guidait-il les camions, lui-même, jusqu'à l'Abbatiale. Laisser venir seuls des inconnus, n'ayant qu'une idée approximative de l'endroit, était trop dangereux. Il suffisait de manquer une petite route pour tourner en rond des heures entières et éveiller, ainsi, l'attention des patrouilles de gendarmerie. C'était certainement cela. Krieg fixait rendez-vous à ses complices sur la route nationale et il revenait avec eux. Il ne courait aucun risque à procéder de la sorte. C'est ce qui expliquait que l'Abbaye fut déserte à cette heure.

Veber réfléchit à la situation. Parviendrait-il, seul, à coffrer toute la bande dans l'obscurité de l'Abbatiale. Non ! à l'évidence !

Mais dans la cabane du petit bois, auprès d'Avranches, ce serait plus commode. En passant devant le bois, Krieg et ses complices devaient s'arrêter pour venir récupérer outils et sacs de ciment. C'était de cette façon que procédait Krieg, Veber n'en doutait pas un seul instant.

Entreposer les outils dans l'Abbatiale était dangereux. Ils pouvaient être découverts par n'importe quel noctambule amateur de vieilles pierres. Gluck connaissait suffisamment les us et coutumes de chacun dans le village pour ne pas commettre d'impair. Les outils, il les récupérait donc à l'arrivée du convoi. Il n'y avait pas d'autre hypothèse logique.

Le mieux était donc pour Veber d'aller tendre son embuscade près de la cabane. Lorsque Krieg et ses compagnons pénétreraient dans le cabanon, il les enfermerait de l'extérieur. Il avait remarqué précédemment qu'il y avait une clef sur la serrure. Le tour joué, il attendrait l'aube, quitte à attirer l'attention du voisinage avec le klaxon de la camionnette abandonnée par Krieg dans le sentier. Son Smith et Wesson serait suffisant pour empêcher toute tentative de fuite.

Le plan lui parut bien combiné. Pourvu que Léontine ne laisse pas échapper Françoise Krieg ! Avec les femmes, on n'était jamais sûr de quoi que ce soit ! Serait-elle de taille à désarmer Gluck s'il lui prenait envie de passer chez lui avant d'aller à la cabane ? « Inch'Allah » soupira Veber. Il sortit, referma l'entrée, récupéra sa cordelette et regagna la voiture, au bout de la digue.

Il roulait rapidement et bientôt le petit bois lui apparut à l'un des coudes de la route. Avisant une carrière désaffectée, sur sa gauche, Veber y cacha le coupé. C'était plus prudent. Une voiture rangée le long du bas-côté intriguerait Krieg et il risquait d'être démasqué.

Veber jurait. A chaque pas, il heurtait un caillou. Il lui semblait qu'il faisait un bruit d'enfer. Il quitta le sentier et marcha dans l'herbe. Il avait pris soin de mettre ses espadrilles de corde, ce qui lui permit de parvenir près de la cabane avec la certitude que nul n'avait pu le repérer. Aucune auto ou camionnette en vue. Il s'étendit à terre, le long d'un vieux tronc pourri et attendit patiemment.

Seuls les arbres qui se balançaient sous l'action de la brise émettaient çà et là des craquements qui faisaient sursauter Veber à chaque instant. N'y tenant plus, au bout de 10 minutes, il se leva en souplesse et fonça vers la cabane.

Arrivé à quelques mètres, un détail l'intrigua : la porte était ouverte. Il était pourtant certain de l'avoir refermée lors de sa dernière visite. Peut-être le vent avait-il forcé le loquet. Il avança précautionneusement, son Smith et Wesson dans la main droite, la lampe torche dans la main gauche. Parvenu à l'entrée, il alluma sa lampe et éclaira l'intérieur. Les outils étaient là, rien n'avait bougé. Veber rit de sa couardise. Il jeta un rapide coup coup d'œil circulaire mais ne nota rien d'inquiétant. Il referma la porte, soulagé.

« Ils ne sont pas encore arrivés », murmura-t-il. Il s'apprêtait à quitter la hutte lorsqu'une lueur attira son attention. La lumière provenait de la carrière. « Quel idiot je suis ! J'ai dû oublier d'éteindre mes veilleuses. Je n'ai que le temps de redescendre et de revenir me cacher à proximité. »

Il prit la direction de la carrière et constata, en débouchant dans les broussailles qui en obstruaient l'accès, qu'effectivement ses veilleuses étaient restées allumées. « C'est malin, gronda-t-il, pour une connerie pareille, je risquais d'être fait comme un rat. » Un détail, pourtant, le surprit. « Tiens, tiens, j'aurais oublié de fermer la portière avant. Je me vois pourtant, en train de la pousser. »

Veber se dirigea vers la voiture, fit pivoter la portière et se pencha sur le tableau de bord. Il chercha un bout de temps, à cause de l'obscurité, le levier code-phare, puis, l'ayant trouvé, éteignit sa lanterne.

C'est en sortant de la Toyota qu'il devina, derrière lui, une présence. Il ne se trompait pas. Une pierre venait de rouler, tout près. Il n'eut même pas le temps de se retourner. Un coup, asséné avec une rare violence, s'abattit sur son crâne. Il vacilla et tomba dans les genêts. Il sentit les ronces lui égratigner le visage. Une lumière braquée sur lui l'aveugla et il perdit connaissance.

9e CHAPITRE

Krieg remonta rapidement le sentier. En arrivant à la cabane, il jeta un regard circulaire. Rien d'anormal, lui semblait-il. Il sortit les outils et le sac de ciment, puis alluma sa lampe torche. Il émit la lettre A, en morse, à trois reprises. Une fourgonnette Citroën se glissa lentement entre les arbres et vint se ranger près de Krieg.

— « Vous n'avez rien oublié mon Commandant ? la truelle est là ? »

Krieg fit un signe affirmatif.

Son compagnon, un grand blond à la figure rougeâtre, descendit et vint l'aider à charger.

— « Où vont les armes, cette fois-ci ? »

— « Deux caisses pour les Palestiniens et trois pour les partisans anti-russes de Tchécoslovaquie. »

— « Je croyais que c'était pour les autonomistes suisses du Jura francophone ? »

— « Non, répliqua Krieg. Vous les convoyez, effectivement, jusqu'à Dôle, mais là elles sont prises en charge par une autre filière et acheminées vers leur destination finale par des voies diverses. »

Henrich se tut. Le chef n'aimait pas beaucoup qu'on le questionne. Pourtant depuis vingt ans qu'Henrich, chauffeur du consul allemand à Caen, venait chercher des armes à Avranches, il pensait pouvoir être considéré comme un aide de confiance. Mais Krieg, au contraire, semblait se méfier de lui. Après tout ce dernier devait avoir ses raisons. La sécurité, avant tout !

Von Schibler, lui-même, le consul, ne lui recommandait-il pas, avant chaque départ, de ne pas adresser la parole à Krieg.

— « Avec votre accent déplorable, lui répétait-il, le plus imbécile des Français comprendrait que vous êtes Allemand. »

Henrich n'aimait pas ce genre de réflexion mais en subordonné obéissant, il encaissait les remarques de son patron.

— « Terminé », lança Krieg qui referma soigneusement la porte latérale.

— « Kurt et Hans sont-ils arrivés ? », ne put s'empêcher de demander Henrich.

— « Je le suppose, rétorqua sèchement Krieg. Ils sont certainement en place, comme d'habitude. » Krieg faisait toujours protéger l'opération.

Il avait réussi à tomber, par hasard, sur deux des hommes qui, en 1944, avaient formé le commando de sabotage. Lorsqu'il y pensait, Krieg éclatait dans une rage froide. Sur la centaine d'hommes qu'il avait lâchés dans la nature, en août 1944, seuls, lui-même et deux de ses francs-tireurs avaient échappé au filet patiemment tendu par les alliés et par la sécurité militaire française. Trois hommes sur cent à ne pas s'être fait prendre ! Sthil, s'il était encore là, en rougirait de honte.

Lorsqu'un matin, par le plus grand des hasards, il avait aperçu les deux commandos en train de traire dans un champ près de Montebourg, il en avait eu un sursaut. Il était en voiture et avait failli se jeter contre un pylône à haute tension. Il avait stoppé sa vieille traction avant et s'était fait reconnaître des deux hommes. Comme lui, Kurt et Hans avaient réussi à se faire embaucher par une fermière dont le mari, prisonnier, n'était jamais revenu d'Allemagne.

Malgré leurs faux papiers alsaciens, ils n'avaient jamais été inquiétés. La ferme était isolée sur une petite route, ils n'avaient pour ainsi dire jamais vu d'Américains. Pour plus de sécurité, ils refusaient d'aller, chaque samedi, conduire la fermière au marché de Montebourg.

— « C'est pas bon pour la ferme, avait plaidé Hans auprès de sa patronne, pendant ce temps-là le travail ne se fait pas. »

La fermière avait été surprise, mais devant l'insistance de ses deux commis, elle en avait rapidement pris son parti.

Krieg leur avait demandé de ne pas commettre d'imprudence et leur avait promis de voir le consul de la République Fédérale Allemande, à Caen, pour obtenir leur rapatriement Outre-Rhin.

Un mois après, il était revenu les voir et leur avait proposé de rester à la ferme.

— « En mission, leur avait-il ajouté. Vous serez payés régulièrement, et n'aurez simplement qu'à assumer ma protection lors des convoyages d'armes. »

Krieg les avait alors renseignés sur l'existence du dépôt. Les deux hommes avaient accepté. Il les avait envoyés aussitôt en Allemagne suivre, durant un mois, un entraînement spécial. La fermière avait dû les laisser partir à tour de rôle.

— « Nous avons encore de la famille à Strasbourg », avaient expliqué les Alsaciens.

Elle avait cédé et les deux Allemands avaient pris la direction de Brème où ils avaient été initiés et entraînés à la technique du sabotage et du renseignement. Lorsqu'ils eurent terminé leur stage, le Commandant du camp leur avait proposé de rentrer dans le service de contre-espionnage allemand. Ils avaient donné leur accord. Leur mission était des plus simples : rester à la ferme — où, du reste, ils se plaisaient — et assurer de temps à autre quelques missions pour leur ancien lieutenant.

Avec l'argent que leur versait la fermière, ils avaient acheté une 4 CV Renault, ce qui évitait les allées et venues de Krieg qui auraient pu alerter leur patronne. Krieg avait inventé un stratagème habile. Lorsqu'il avait besoin des deux hommes, il passait de nuit près de la ferme et glissait dans la boîte à gants de la voiture des deux commis une boule de houx. La Renault était remisée dans une vieille grange à foin, en bordure de la Nationale 13. Ce n'était qu'un jeu pour Krieg de procéder ainsi.

Il était bien content, au fond, d'avoir Kurt et Hans à proximité. Sans eux, il ne s'en serait pas sorti lorsque Plantegenet et Auzoux avaient réussi à trouver le dépôt d'armes. Pour Plantegenet, il n'avait pas encore compris comment ce dernier avait réussi à le démasquer. Un jour qu'il était dans un café-tabac d'Avranches, Plantegenet lui avait lancé :

— « Je suis persuadé de vous avoir vu quelque part, avant votre arrivée dans le pays. Votre tête me dit quelque chose. »

Krieg n'avait pas protesté. Il avait simplement répondu :

— « Oh ! vous savez, nous, les Alsaciens, nous avons tous la même forme de visage. Mais cela m'étonnerait, car je n'ai jamais quitté l'Alsace avant de m'installer ici. »

Plantegenet avait parlé d'autre chose.

Mais quelques jours plus tard, Françoise lui avait raconté que l'ouvrier agricole était venu à l'épicerie et l'avait interrogé sur lui : où l'avait-elle connu, de quel coin d'Alsace était-il originaire, etc...

Krieg avait décidé de se méfier, mais il ne voyait vraiment pas où Plantegenet avait pu le rencontrer. Il n'était passé qu'une seule fois à Avranches, pendant la guerre, et c'était au retour de la mission du Mont Saint-Michel. Il n'avait parlé à personne, à l'exception de ce camionneur de laiterie en panne à l'entrée du bourg. Il s'était arrêté, pour lui demander s'il avait quelque chance de trouver un poste d'essence à proximité, car dans sa précipitation il avait oublié de faire le plein, en partant. L'autre lui avait répondu par la négative. A cette époque presque tous les véhicules marchaient au gazogène. seuls les « prioritaires » avaient droit à l'essence.

Gluck avait remercié et s'était éloigné. Il avait encore assez d'essence dans le réservoir de la moto pour atteindre Villedieu. Il ne s'était donc pas fait de souci. Krieg avait souvent repensé à cet incident. Le chauffeur du camion était seul, Krieg en était presque certain. Il était penché sur le moteur, le capot levé. Krieg n'avait aperçu aucune autre présence. Bien sûr, il faisait sombre, et quelqu'un aurait bien pu être assis dans la cabine du camion. Mais c'était improbable. Les camions de laiterie, à cette époque, à cause de la pénurie d'hommes, étaient toujours conduits par un seul chauffeur.

Quelques mois plus tard, alors qu'il était venu à l'Abbatiale pour vérifier que le ciment n'avait pas bougé autour des dalles funéraires, Plantegenet lui était tombé dessus.

Krieg était ressorti de la crypte et se reposait sur un banc, à ce moment précis. L'ouvrier n'avait rien pu observer de suspect.

— « Que faites-vous là ? », lui avait-il demandé durement.

Krieg s'était contenu et avait répondu de sa voix la plus neutre :

— « J'aime cette Abbaye et je viens souvent m'y promener. »

L'autre n'avait pas insisté et s'était éloigné en grommelant.

Mais à quelque temps de là, Krieg était revenu à l'Abbatiale pour enfouir un sac de gravats, car il y avait eu une livraison d'armes, deux jours auparavant. Il s'était caché par prudence et avait attendu derrière un pilier, pour être certain qu'il était bien seul. Or, quelle ne fut pas sa stupéfaction de surprendre Plantegenet entrant dans la crypte et venir étudier chacune des pierres tombales. Cette fois-ci il n'y avait plus de temps à perdre, il fallait éliminer le curieux.

Il s'était rendu à Montebourg pour avertir ses deux acolytes et à son retour, avait attendu dans la cabane du petit bois l'arrivée de Kurt et de Hans. Lorsqu'ils furent réunis, les trois hommes tombèrent d'accord pour supprimer Plantegenet. Par mesure de prudence, Krieg ne s'en mêlerait pas. Seuls, Kurt et Hans agiraient. Il fut décidé que l'on attendrait que l'ouvrier agricole prenne son vélomoteur dans la bergerie où il avait l'habitude de le ranger. Il partait généralement au travail vers 4 h. 30, car il trayait les vaches de quelques fermes. A cette heure, tout le monde dormait encore dans ce coin peu habité de la campagne avranchinaise. Ils s'empareraient de Plantegenet et le pendraient à un pommier. On croirait à un suicide et le tour sera joué.

Seulement lorsque les deux hommes s'étaient glissés, vers 3 heures du matin, dans la bergerie, elle était vide. Point de vélomoteur. Les deux Allemands, surpris, avaient tout de même décidé d'attendre. Bien leur en avait pris, car Plantegenet avait fini par rentrer au bercail.

Mais Krieg avait compris que Plantegenet venait de trouver les armes car, dans le sac de l'ouvrier, Kurt et Hans avaient trouvé des outils et du ciment. Krieg ne se faisait pas de souci. Le mort était parti dans la tombe en emportant son secret. Plantegenet avait effectué ses recherches de nuit. Et il était rentré directement chez lui, avant le jour, pour ne pas être surpris. Vingt-quatre heures plus tard et cela aurait été le désastre. Le Français aurait sans doute averti la police.

La seconde alerte avait été plus chaude encore. Krieg s'était aperçu, un après-midi, qu'un pêcheur de l'hostellerie avait pénétré dans la cabane. Il n'y aurait pas prêté attention si le lendemain, allant y déposer un sac de ciment, il ne s'était rendu compte que le pêcheur, au lieu de s'adonner aux joies de la pêche au brochet, l'observait, de la fenêtre de sa chambre, avec une paire de jumelles.

Krieg avait flairé le danger et décidé de supprimer immédiatement le bonhomme. Kurt et Hans alertés, une fois de plus, avaient rappliqué en vitesse. Sous prétexte de se faire donner un coup de main pour pousser leur voiture coincée dans une ornière du sentier, ils étaient venus demander l'aide d'Auzoux qui taquinait le goujon, le long de la rivière. Ce dernier les avait suivis sans difficulté. Parvenus dans le petit bois, ils s'étaient jetés sur lui, l'avaient ficelé et enfermé dans la cabane.

Après avoir attendu que les pêcheurs, égaillés le long de la rivière, regagnent l'hostellerie, ils étaient revenus chercher leur victime et l'avaient noyée en lui plongeant la tête sous l'eau. Leur mission terminée, ils délièrent Auzoux et le poussèrent dans la rivière. « Bien malin, avait dit Krieg, qui découvrirait que cette mort n'était pas accidentelle. »

***

Krieg houspilla Henrich : « Dépêche-toi, il est déjà minuit passé. Nous arriverons pour le début du retrait de la mer. Le temps de charger, de remettre tout en place, et nous serons tout juste à l'heure pour la livraison au point de rencontre prévu.

Henrich écrasa l'accélérateur. Arrivé à l'extrémité de la digue, il éteignit ses phares, se rangea sur l'accotement, coupa le contact et attendit.

Krieg sauta dans l'herbe et disparut dans la nuit. Il prenait toujours cette précaution. Le consul l'avait exigé. Avant que la camionnette ne pénètre dans l'enceinte, le faux Alsacien faisait un tour pour avoir la certitude qu'il n'y avait aucun danger. Henrich vit la fenêtre d'une maison située à flanc de rocher, juste au-dessous des bâtiments conventuels, s'éclairer à deux reprises : c'était le signal convenu. Il démarra et gagna la grève. Son patron le rejoignit.

— « Cette fois-ci, nous ne passerons pas par le bois ; depuis l'alerte Plantegenet, j'ai peur qu'il ne soit surveillé. Il n'a peut-être pas raconté sa visite ni fait part de ses soupçons, mais on ne sait jamais... Va à l'autre accès. Je vais à pied par le bois et verrai ainsi si nous n'avons pas de surprise à craindre de ce côté. »

Henrich connaissait les lieux. Il embraya doucement et vint ranger sa camionnette à l'endroit indiqué par Krieg. Il fit glisser la porte latérale et sortit les outils. Son chef vint le rejoindre et tous deux portèrent les sacs de ciment près des tombes, à l'intérieur de la crypte.

— « Va chercher de l'eau, commanda Krieg au chauffeur. Le seau est toujours au même endroit. »

Krieg se frotta les mains, satisfait. Cette fois-ci, encore, tout se déroulerait normalement. Kurt et Hans étaient à leur poste. Kurt à l'entrée de la digue, Hans au pied du rempart pour surveiller le bois. Krieg pouvait opérer en toute tranquillité. Nul ne les dérangerait, et du reste, cela n'était jamais arrivé.

Krieg se mit rapidement au travail. Il choisit les deux tombes les plus proches de l'entrée de la crypte et, avec un petit piolet, il fit rapidement sauter la ceinture de ciment. Krieg en eut bientôt terminé. Il s'essuya le front où perlait la sueur et s'assit sur le bord d'une tombe. Il toussa légèrement, Henrich vint le rejoindre.

— « Au boulot », dit-il simplement.

Henrich se plaça d'un côté de la dalle et Krieg de l'autre. En s'arc-boutant, les deux hommes parvinrent à faire glisser la pierre tombale. Centimètre par centimètre, la lourde plaque pivota. En un quart d'heure, Krieg avait dégagé toute la tombe.

En se penchant, Henrich découvrit une profonde cavité.

— « Tu as les cordes ? », questionna Krieg.

— « Oui. »

— « Bon, va les chercher. »

Henrich disparut vers la camionnette.

L'épicier se laissa tomber dans la tombe. Il alluma sa lampe et découvrit sous ses pieds des caisses empilées les unes sur les autres. Le bois était vermoulu. On distinguait encore quelques mots peints : (Stirch - Ruhr). Il connaissait ce petit village de la Ruhr où l'on avait fabriqué ces fusils. Il y était passé en 1942, en revenant du front russe.

— « Heureusement que les armes sont graissées, lança-t-il à l'adresse de Henrich qui venait de lui jeter un corde, sinon elles seraient inutilisables, c'est salement humide, dans le coin. »

Krieg souleva l'une des caisses et déroula la corde.

— « Vas-y ! » cria-t-il à Henrich.

Ce dernier prit appui et tira. La caisse était lourde. Millimètre par millimètre, elle monta. Krieg poussa par en-dessous, cela facilita la tâche de son compagnon. Lorsqu'ils eurent enlevé leur compte d'armes, les deux hommes remirent la dalle en place et transportèrent les caisses dans la voiture. Puis ils s'attaquèrent à la deuxième tombe. En une heure, la fourgonnette fut chargée.

— « Au dernier acte », plaisanta Henrich, et il s'empara du seau de ciment et de la truelle.

Les deux hommes se mirent au travail et lentement, avec soin, rescellèrent les deux dalles. C'était la tâche la plus délicate. Il ne fallait en aucun cas laisser des traces de ciment par terre. Ce n'était guère facile, car ils étaicnt obligés de jouer les maçons allongés sur le sol. Leur tâche terminée, ils firent disparaître les empreintes de pas et les détritus furent enfouis dans un sac de jute.

Ils s'apprêtaient à remonter dans la camionnette, lorsqu'un coup de sifflet retentit du côté de la digue.

— « Kurt a vu quelqu'un, haleta Krieg. Ne bouge pas, tiens-toi au volant, prêt à démarrer à mon signal. Une chance que j'aie choisi ce coin-là, ce soir, car de la digue, on ne voit pas notre véhicule. »

Krieg abandonna Henrich et se faufila vers la route. Lorsqu'il l'atteignit, il ne put s'empêcher de pâlir.

Une Austin roulait sur la digue, faisant des appels de phare. Krieg reconnut la silhouette de Françoise, sa femme. Il bondit sur la chaussée et lui fit signe. La jeune femme se rangea à sa hauteur.

— « Chéri, hurla-t-elle, sauve-toi. Tu es pris ! Un policier français est venu, il m'a rouée de coups et m'a obligée à parler. Mais j'ai tenu bon, je ne lui ai révélé que ce que j'ai jugé peu important. »

— « L'abbatiale... ? tu as lâché le morceau ? »

— « Non, répondit Françoise. Je n'ai rien avoué. Il m'a fait surveiller par une pucelle. Pendant qu'il était parti à ta recherche, j'ai réussi à jouer la gamine. Il faisait chaud dans la salle à manger. Je lui ai demandé d'entrouvrir les volets : elle a marché. Au moment où elle se penchait sur le crochet je l'ai assommée et ai bondi dans la voiture, en priant le bon Dieu qu'il ne soit pas trop tard. Tu n'as aperçu personne ? », questionna Françoise.

— « Non, dit Krieg, inquiet. La camionnette est chargée, je vais la faire partir en vitesse. File devant jusqu'à Villedieu. Si tu aperçois quelque chose de suspect, fais demi-tour en vitesse et avertis Henrich, Camoufle-le dans un bois et fonce me prévenir. Je reste dans l'abbatiale où je vais me cacher. Si je tombe sur ton agresseur, sois tranquille, il passera un bien vilain quart d'heure. De toute façon rejoins-moi à l'abbatiale, dans le jardin ; je t'y attendrai. »

Françoise appuya sur l'accélérateur.

— « Depêche-toi, lui souffla-t-elle, va chercher Henrich, il n'y a pas un instant à perdre. »

Krieg se sauva. Françoise ! quelle femme épatante. Il n'avait jamais regretté de l'avoir épousée, en 1946, lorsque les sequelles de la guerre s'étaient estompées. La frêle jeune fille qu'il avait rencontrée un jour qu'il allait chercher du lait à la ferme de La Bloutière, derrière le château, était devenue la plus exquise des compagnes. Lorsqu'il avait reçu ordre du consul allemand de Caen de s'établir coûte que coûte à Avranches, Françoise avait simplement répondu « oui ». Sans se plaindre, elle était venue dans cette ville inconnue et avait tenu vaillamment l'épicerie qu'ils avaient achetée.

Ce qu'elle avait dû endurer était la meilleure des garanties de son immense amour. La honte de 1944, lorsque les F.F.I., à Vire, avaient voulu la tondre nue sur la place, leur vie cachée à Argentan, pendant deux ans, Françoise travaillant comme femme de ménage et lui comme apprenti cordonnier, puis leur arrivée à Avranches, tout cela la jeune femme l'avait supporté par amour pour son mari. Et voilà que, cette nuit, elle le sauvait en faussant compagnie à son geôlier. Krieg n'avait jamais voulu lui révéler qu'il était à l'origine dc la mort de Plantegenet et du touriste de l'hostellerie. Quel que soit le dégoût qu'il avait ressenti à supprimer deux innocents, il avait accompli le geste sans rechigner, pour sa Patrie. Mais peut-être que, là, Françoise n'aurait pas accepté d'aller jusqu'à pardonner un double meurtre, s'il l'avait mise au courant. Il avait donc préféré se taire. Il ne le regrettait pas car la vie avec sa compagne n'aurait plus été la même. L'ombre des deux morts l'aurait à jamais séparé de ce bonheur, sans histoire, qu'il avait connu jusqu'ici.

La camionnette était toujours là. Henrich l'aperçut.

— « En route, vite, lui jeta Krieg. Françoise t'accompagnera avec l'Austin, jusqu'à Villedieu. Laisse-lui conserver cinq cents mètres d'avance, à tout hasard, de façon que si tu aperçois quelque chose d'anormal, tu puisses faire rapidement demi-tour. Pour le reste, prends tes instructions auprès d'elle. Je lui ai laissé les directives. De toute façon, en cas de pépin, abandonne le chargement et file à travers champs. Ne te fais pas pincer, c'est tout ce que je te demande. Ils seraient capables de te faire avouer où sont les armes. »

— « Soyez tranquille, marmonna Henrich, les Russes n'ont jamais pu me faire parler, ce ne sont pas les Français qui y arriveront. »

Krieg était rassuré. Il admirait au fond la solidité de son compagnon.

Henrich tira le démarreur, la camionnette tourna sur place et disparut dans la nuit, tous feux éteints.

Krieg s'était toujours demandé comment son camarade pouvait conduire sans allumer ses phares. « J'y vois la nuit comme les chats », lui avait rétorqué Henrich, un soir que Krieg lui en avait fait la remarque. Il entendit Françoise passer sa vitesse, puis le bruit des deux moteurs s'estompa dans la nuit. Il resta bientôt seul dans l'abbatiale, à l'affût du moindre bruit, son Mauser, fidèle compagnon de jours plus sombres, posé à côté de lui.

***

Veber ouvrit un œil, étonné d'être toujours en vie. Il essaya de se soulever, mais il retomba lourdement sur le plancher de la voiture. Il dut se rendre à l'évidence : il était ligoté et baillonné comme un vulgaire saucisson, sous le volant de la Toyota. Qu'est-ce qui a bien pu m'arriver, se demanda-t-il ? Bribes par bribes, les souvenirs affluèrent. Il avait été assommé au moment où il éteignait ses lanternes.

Oui, c'était bien cela ! Il s'était fait avoir comme un petit garçon. Il aurait dû se méfier puisqu'il s'était souvenu avoir éteint ses lumières avant de se rendre à la hutte. Elles n'avaient donc pu s'allumer toutes seules. Il était tombé tout droit dans le panneau. Il essaya de gesticuler, mais en pure perte. La corde, fortement serrée, comprimait étroitement bras et jambes. Il réussit toutefois à faire sauter son bâillon en le coinçant contre la poignée de la vitre. Il tira par petites secousses. Le morceau de chiffon, qui l'empêchait de respirer normalement, glissa sur le menton. Il attrapa une goulée d'air et respira profondément. « Bon ! Au moins, je ne mourrai pas d'asphyxie ! »

Restait le plus dur : quitter la voiture et défaire ses liens. Veber eut un moment d'affolement. Jamais il n'arriverait à se délier. Il lui fallait absolument attirer l'attention du voisinage. Une idée l'effleura : le klaxon ! En procédant par petits bonds, il essaya d'y appuyer sa tête, mais, à chaque fois, il se cognait durement et retombait à moitié groggy. Au cours de l'un de ses essais malheureux, il s'aperçut que les fils de contact avaient été coupés à la sortie du tableau de bord. Ce n'était plus la peine d'essayer le coup du klaxon. A supposer qu'il puisse appuyer dessus, il resterait muet comme une carpe.

De plus, la portière était fermée de l'extérieur. Avec ses dents, il réussit à faire coulisser la poignée de la vitre et au prix d'un effort surhumain cette dernière s'abaissa. Bien calé contre la tige du levier de frein, il s'appuya contre la portière et, en se déhanchant, de droite et de gauche, réussit à surélever son buste de 20 centimètres et à passer la tête au dehors.

— « Sauvé ! »

D'un dernier coup de rein, il se laissa choir dans l'herbe. Sa tête heurta lourdement l'enjoliveur de la roue avant et il perdit connaissance, pour la seconde fois. Combien de temps resta-t-il étendu dans la rosée, il n'en eut aucune idée. Le froid qui lui tenaillait le ventre le tira de son engourdissement. Lorsqu'il reprit connaissance, il faisait toujours aussi noir.

Veber essaya de ramper, mais il avait les membres si endoloris que cela lui fut un véritable supplice. Jamais je n'y arriverai, râla-t-il.

Une idée jaillit dans son esprit. Il se souvenait avoir aperçu, alors qu'il était allongé dans la voiture, une boîte d'allumettes coincée sous le siège. Elle avait dû glisser là et tomber de la boîte à gants, dans un virage, sans doute. S'il pouvait s'en emparer et réussir à incendier la voiture, il pourrait ainsi donner l'alerte et obtenir du secours. Il y avait toujours, dans les campagnes, des individus qui circulaient de nuit, ne serait-ce que pour tendre des collets à lapin. Et Carlos ? La Paella ne lui avait-elle pas raconté que c'était la nuit que le gitan ramassait ses ajoncs et son osier ?

Veber serra les dents, à l'idée de la manœuvre qu'il lui fallait exécuter. Il lui était nécessaire de remonter dans la voiture, de se saisir de la boîte d'allumettes, avec les dents, puis de se laisser glisser à nouveau à l'extérieur et tout cela bâillonné !

Veber resta allongé quelques instants pour récupérer et reprendre son souffle. Puis, à force de se cambrer, il parvint d'un coup d'épaule à basculer dans le coupé. Par chance, sa tête heurta la moleskine du siège. Il ne se fit aucun mal ; il attrapa sans trop de difficulté la boîte. Mais en sortir une allumette fut une autre histoire. Il coinça la boîte entre les deux sièges avant et avec le nez l'ouvrit. D'une secousse, il happa une suédoise qu'il enflamma sans trop de difficulté. Il y avait des chiffons sous le siège, plus ou moins imbibés d'essence. Il y mit le feu. Bientôt le siège flambait.

Il est temps de prendre la poudre d'escampette, décida-t-il ! Il refit une dernière fois son exercice de gymnastique et bascula peu après sur l'herbe sèche. Le feu gagnant progressivement l'arrière de la Toyota, il se hâta de ramper vers l'entrée de la carrière, qu'il atteignit en sang, genêts et ronces lui ayant labouré le visage. Il reprenait à peine son souffle que le réservoir d'essence explosait, provoquant dans le ciel une lueur de plusieurs dizaines de mètres. Il avait fait chaud ces derniers jours. La végétation extrêmement sèche de la carrière s'embrasa et Veber assista à un formidable incendie que l'on devait découvrir à plusieurs kilomètres à la ronde.

Le feu le talonnant, il recommença à ramper. Epuisé, il se coucha sur le bas-côté de la route. Au moins là, il ne risquait plus rien. La berme était verte et parsemée d'une herbe humide. L'incendie ne l'atteindrait pas et s'arrêterait faute de combustible. Il ne rêvait pas ! Un vélo descendait la côte. En quelques minutes, le cycliste fut près de lui.

— « Qu'est-ce qui vous arrive, Monsieur Veber ? », s'inquiéta Dédé.

Car c'était bien le garçonnet qui, effectivement, se penchait sur son visage.

— « Libère-moi vite. Je te raconterai plus tard. »

Dédé, comme tous les gamins de son âge, avait un canif sur lui. Il coupa rapidement les liens qui enserraient Veber.

— « Eh bien, mon colon, on peut dire que vous êtes bien arrangé ! »

Veber lui narra son aventure.

— « On m'a assommé alors que je revenais du petit bois. J'ai réussi à me sortir de la voiture et à l'incendier pour attirer l'attention. »

— « Ça ! pour ça, vous avez réussi car on voit les lueurs du pays. Heureusement que j'ai eu envie de pisser, raconta le gamin. Je me suis levé et, en passant devant la fenêtre, j'ai aperçu l'incendie. J'ai cru tout d'abord que c'était l'hostellerie qui flambait, alors je me suis dit : « Dédé, prends ta bécane et cours voir, peut-être que personne ne s'en est encore rendu compte. »

— « Tu es brave, remercia Veber, sans toi je ne serais jamais arrivé à me libérer. »

— « Et vous n'avez pas idée du saligaud qui vous a fait cela ? »

— « Non, hélas ! reconnut Veber, pas l'ombre d'un indice. »

Petit à petit, Veber, à force de frictionner ses muscles, reprenait de la vigueur. Bientôt il était totalement remis. En tâtant ses poches, il s'aperçut que son revolver ne lui avait même pas été volé.

— « Probablement est-ce Krieg », dit lentement Veber.

— « Il est dans le coup, lui aussi ? », voulut savoir Dédé.

— « Oui. Tu viens avec moi ? »

— « Je ne vous quitte plus », affirma le gamin.

Veber hésita, puis finalement se rendit aux supplications de son jeune ami.

Il regarda sa montre. Deux heures dix... Il lui fallait se rendre à l'abbatiale. Krieg et la camionnette étaient sans doute arrivés. Il aurait peut-être la chance de surprendre la bande encore en plein boulot.

Veber et le gamin rejoignirent l'hostellerie. Léontine lui avait dit que le Patron avait mis à sa disposition une petite fourgonnette 4 L. Veber allait la prendre et pouvoir ainsi continuer sa chasse. Quelle bonne idée le Patron avait eue pour une fois !

— « Embarque ton vélo. Cela pourra servir ; si j'étais en danger, tu pourrais te sauver et donner l'alerte. »

Le rocher de l'abbaye se dessina bientôt dans le ciel.

— « Laissez-moi aller voir, supplia Dédé. Un gamin qui se promène, ce n'est pas suspect. Dès que j'aurai repéré quelque chose, je vous préviendrai. »

Veber ne trouva pas l'idée mauvaise. Il expliqua à son petit ami par où il avait pénétré dans la crypte, lui interdit de s'y aventurer, et lui demanda de vérifier simplement qu'il n'y avait personne aux abords. Dédé disparut dans l'ombre. Un quart d'heure s'était à peine écoulé qu'il était de retour.

— « Je n'ai vu personne aux alentours, mais regardez, j'ai trouvé cela. »

Dédé tira de sa poche un crayon à bille.

— « Il ne doit pas être là depuis longtemps car il n'est même pas recouvert de rosée ! »

— « Et tu l'as déniché où ? »

— « Au pied de la porte de la crypte, et j'ai l'impression qu'il y a quelqu'un à l'intérieur, car j'ai aperçu un reflet de lumière, l'espace d'une seconde, par le soupirail. Je suis resté en observation, mais je n'ai plus rien vu. Pourtant je suis persuadé que je ne me suis pas trompé : il y avait bien une lumière à l'intérieur. »

— « Allons voir, décida Veber, mais tu n'y entreras pas. Reste caché à proximité. Si tu entends des coups de feu, saute sur ton vélo et rends-toi au café le plus proche ; réveille les occupants à tout prix et téléphone à Léontine. Voici le numéro ; elle est chez Madame Krieg. Tu lui dis ce qui est arrivé. Demande-lui de prévenir la brigade de gendarmerie. Tu te souviendras ? »

— « Bien sûr, j'avais le premier prix de récitation à l'école », plaisanta le gamin.

Ils sortirent le vélo de la voiture et le rangèrent au pied du rempart. Arrivés dans le jardin, Dédé se camoufla et Veber se retrouva seul. En souplesse il escalada les rocs et colla son oreille au porche.

Quelqu'un marchait à l'intérieur ! Le bonhomme semblait même nerveux. Il attendit, aux aguets, prêt à faire front. Veber entendait toujours le bruit des pas à l'intérieur de la pièce. Toutes les minutes environ, l'inconnu s'arrêtait. Lui aussi devait écouter s'il n'y avait pas de bruits suspects à l'extérieur. Veber retint son souffle et se fit tout petit dans l'encoignure du porche. « On dirait qu'il attend quelqu'un. Je ferais peut-être mieux d'y aller carrément car je risque d'être surpris par derrière, comme dans la voiture. A ce moment-là, je n'aurai guère le beau rôle. La seconde fois, on ne me fera pas de cadeau. Une balle dans la nuque, voilà ce qui m'attend. »

Veber sortit son Smith & Wesson et le chargea avec le plus de discrétion possible. Il poussa la porte.

— « Krieg, vous êtes fait. Rendez-vous, jetez votre arme à terre. L'abbaye est encerclée et l'autre sortie surveillée par la police. Je vous promets la vie sauve si vous sortez les mains sur la tête. »

Ce fut le silence total à l'intérieur. Veber s'approcha de l'orifice et écouta. Il n'entendait que le vent siffler.

— « Rendez-vous, répéta-t-il, je vous garantis la vie sauve. »

Veber se décida. La nuit était noire et il ne pouvait être vu. Il se glissa par l'ouverture. Au jugé, il tira une balle à l'intérieur. La réponse fut immédiate : deux balles vinrent se ficher à terre, à quelques centimètres de sa tête. « L'animal, il tire bien. Je ferais bien de me méfier. » D'un bond, Veber se releva et s'abrita derrière l'un des rebords intérieurs du porche. Une balle ricocha sur la pierre, près de son genou.

Il entendit du bruit à l'extérieur : quelqu'un détalait à toute vitesse. « Dédé qui va chercher du secours auprès de Léontine ! » Veber était tapi sur le côté gauche. Il décida de ruser. En rampant, il atteignit un des piliers sur la droite et, de là, envoya un petit gravier dans le coin qu'il venait de quitter. L'homme, trompé, visa le côté gauche. Veber entendit les balles s'écraser sur la muraille. Mais il avait eu le temps de repérer la flamme sortant du canon de l'arme de son adversaire. Veber tira d'instinct. L'autre sentit le coup venir, car, d'une détente formidable, il sauta de côté et gagna la cheminée en courant. Une nouvelle giclée de balles l'encadra.

La cheminée ! La cheminée ! Pardi ! Veber se souvenait de l'immense cheminée admirée quelques jours plus tôt. Mais oui, il y avait des crampons à l'intérieur, tout le long. « Il va m'échapper ! » Veber se précipita. Il ajusta son arme vers le haut du conduit et tira. L'homme disparut, puis ce fut le silence. « Le con, je me suis fait avoir en beauté ! »

Dépité, Veber quitta l'abbaye. Dehors l'aube commençait à pointer.

Quelque part dans une ferme voisine, un coq se mit à chanter.

⁂

Dédé sauta sur son vélo et pédala à toute vitesse en direction de Beauvoir. Son ami lui avait bien dit de téléphoner à Léontine, à l'épicerie et non pas à l'hostellerie.

— « Qu'est-ce que peut bien fabriquer la nièce de la mère Grégoire, à cette heure-ci, à l'épicerie Krieg ? »

La curiosité donnait des ailes à Dédé. Il approchait de Beauvoir lorsqu'une voiture surgit derrière lui. Il n'eut même pas le temps de se retourner, la voiture s'arrêta à ses côtés. Il en eut le souffle coupé. Françoise Krieg, au volant de son Austin, lui faisait signe d'approcher. Il mit pied à terre et se pencha à l'intérieur de la petite voiture. Que pouvait bien lui vouloir la femme de l'Alsacien ?

La suite se passa en un éclair. La femme lui asséna un coup de manivelle sur la nuque. Il perdit immédiatement conscience et s'affaissa au sol. Françoise descendit et d'un coup de pied rageur envoya promener la bicyclette sur le bas-côté de la route. Elle cala le gosse, encore tout étourdi, à l'arrière de l'Austin et reprit le volant.

Elle était retournée à la crypte, comme le lui avait demandé Krieg, mais elle s'était vite rendue compte qu'elle arrivait trop tard. Des douilles parsemaient le sol, mais l'abbaye était vide. Anxieuse, elle avait repris le volant. Peut-être Krieg était-il blessé ? Elle avait préféré rentrer à la maison pour l'attendre.

Lorsqu'elle avait vu, devant elle, Dédé pédaler de toutes ses forces, elle avait tout de suite deviné que le gamin avait été témoin de quelque chose d'important. Il devait foncer au bourg le plus proche pour donner l'alerte. Françoise était femme de tête. L'alerte donnée, cela signifiait la perte de Carl. Il valait mieux s'emparer du gosse et retarder le plus possible l'arrivée de la police. Cela permettrait à son mari et à elle-même de gagner Caen, en toute sécurité, et de se réfugier au consulat allemand.

La petite Austin pila devant l'épicerie. Françoise se précipita dans la salle à manger. Là, les bras lui en tombèrent. Veber se tenait debout, nonchalamment appuyé au buffet, son Smith & Wesson pointé vers elle.

— « Ne bougez pas, chère Madame, gouailla le douanier français. Je ne vous conseille même pas de reculer car Léontine, que vous connaissez, se trouve derrière vous. A la moindre tentative de votre part, elle vous brûlerait la cervelle, soyez-en bien persuadée. »

Elle sentit le canon de la jeune fille dans les reins.

— « Autant gagner du temps », pensa-t-elle.

— « D'où venez-vous ? »

— « D'accompagner un convoi d'armes », répondit simplement la jeune femme.

Si Krieg n'était pas là, c'est qu'il avait pu s'échapper.

Elle n'avait pas remarqué de traces de sang sur les dalles de la crypte, donc Carl s'en était tiré. Il fallait, absolument, lui donner le temps de prendre le large.

Veber, fou de rage, jura. Ce fut autant après Françoise qu'après Léontine qui s'était fait avoir stupidement.

— « Où est Dédé ? »

Il n'y avait aucun inconvénient désormais à libérer le garçonnet. Françoise avoua.

— « Dans la voiture, allongé sur la banquette arrière. J'ai dû l'assommer pour le faire taire. »

Veber fit un signe à Léontine. La jeune fille s'éclipsa et se hâta d'aller délivrer son petit ami. Lorsqu'elle revint, Veber comprit que quelque chose ne tournait pas rond.

— « Qu'est-ce qui se passe ? »

— « Il n'est plus dans la voiture ! »

— « Il a dû se réveiller, suggéra Françoise, et se sauver. »

Veber ne voyait pas, lui, non plus, d'autre hypothèse.

— « Où est allé le convoi d'armes ? », reprit Veber.

— « Cause toujours, mon garçon », murmura Françoise, en elle-même.

Veber faillit s'étrangler de rage. Non seulement Krieg lui avait échappé — et Dieu seul savait où il pouvait être niché, en ce moment — mais, de plus, les armes lui avaient filé sous le nez, sans qu'il puisse mettre la main dessus.

— « Si tu m'avoues la destination des armes prélevées, je laisserai la vie sauve à ton mari. »

— « Mon mari, vous ne le retrouverez jamais, dit fièrement la jeune femme. Il vous a tenu en échec pendant 30 ans, ce n'est pas aujourd'hui qu'il se fera prendre. »

Françoise, quand il s'agissait de défendre son mari, devenait une vraie tigresse. Veber le comprit. Il n'insista pas. Un bruit de pas dans l'escalier le fit sursauter. Il pointa son arme vers la porte, celle-ci s'ouvrit et Dédé parut dans l'encadrement, pâle et complètement essoufflé.

— « Il y a deux cadavres près de l'Abbaye », parvint-il à articuler.

— « Qui est-ce ? », aboya Veber, fébrile.

— « Les deux gars qui sont déjà venus à l'épicerie et qui parlaient avec Monsieur Auzoux, juste avant sa mort. »

— « Comment le sais-tu ? »

— « C'est le Paumé qui les a vus près du Mont ; il revenait de la pêche avec son père. Il a persuadé son père de ne pas prévenir les gendarmes et lui a expliqué pourquoi vous êtes ici : il lui a dit que vous étiez de la police. »

— « En route », commanda Veber.

Il attacha solidement Françoise avec le cordon des rideaux, la bâillonna de première et tous les trois sautèrent dans l'Austin, plus rapide que la camionnette 4 L.

— « C'est au pied du petit bois de l'Abbaye », indiqua Dédé.

Parvenu au bout de la digue, le garçon fit arrêter la voiture. Il sauta à terre, entraînant Léontine et Veber vers le côté droit de la grève. Au pied des remparts, un homme, d'environ 55 ans, gisait la tête dans une mare d'eau. Du sang s'échappait encore d'une large blessure située dans le dos. Veber se pencha et retourna le cadavre. L'homme était bien mort, d'un coup de poignard.

— « Où est l'autre ? »

— « Plus loin », jeta Dédé, et, de son doigt, il indiqua la direction du bois.

Veber se remit en route. Deux cents mètres plus loin, ils découvraient le second cadavre, mort, lui aussi, d'un coup de couteau au cœur.

— « Rentrons », dit simplement Veber.

Il eut pitié de Léontine. La jeune fille, en ce moment, vomissait tripes et boyaux, appuyée contre la voiture. Lorsqu'elle se sentit mieux, elle s'excusa. Veber lui sourit affectueusement.

— « Allez, ma vieille, c'est un mauvais moment à passer. Viens prendre un grand bol de café noir et un petit verre de calva et il n'y paraîtra plus. »

— « D'accord, mais nous ferions bien, tant que nous y sommes, d'aller voir si nous ne découvrons pas la trace de votre ramoneur. Qui sait ? En sautant, il a peut-être perdu quelque chose qui nous mettra sur la voie. »

— « Pas bête ! » Léontine avait cent fois raison. « Allons-y ! »

Ils repartirent une nouvelle fois et pénétrèrent dans le Mont Saint-Michel.

— « Oh ! » s'exclama Dédé qui venait d'entrer le premier dans la crypte.

— « Vite, venez voir, c'est à ne plus rien y comprendre ! »

Veber, mû par un pressentiment, accourut. Ce qu'il vit le laissa abasourdi : toutes les dalles des tombes gisaient pêle-mêle, renversées sur le côté, et, par les orifices béants, il pouvait distinguer de lourds cercueils de plomb, de couleur vert de gris. Mais de caisses d'armes, il n'y en avait plus l'ombre d'une seule. Envolés les fusils, envolées les munitions. Et pour achever le tableau Léontine appelait les deux hommes, en hurlant.

— « C'est affreux, balbutia-t-elle, avant de s'écrouler dans l'herbe... Allez dans l'allée plus loin et vous verrez... »

Dédé et Veber s'y précipitèrent : Krieg gisait, allongé sur le ventre, un poignard planté au travers des omoplates !

10e CHAPITRE

Veber passa la matinée à interroger Françoise. Par pitié, il lui cacha la mort de son mari. Il dut battre en retraite à midi : la jeune femme maintenait qu'elle n'avait convoyé qu'une tonne d'armes. Dédé qui, pendant ce temps, était retourné à l'abbaye, confirmait les dires de l'épicière. Il n'y avait effectivement qu'une empreinte de pneus : des Michelin. Une seule camionnette était donc venue à l'abbaye, cette nuit-là. Et pourtant les armes avaient disparu.

Veber avait réexaminé les traces laissées par Krieg dans sa fuite. Il n'avait pas parcouru plus de dix mètres, après avoir sauté par la cheminée. Veber tournait en rond, dans sa chambre, tel un fauve. Lorsque la brigade de gendarmerie lui téléphona, il dut s'avouer vaincu. Le matin, il l'avait mise en alerte. Des barrages avaient été établis dans tout le département et sur les routes convergeant vers Paris, mais en pure perte. Nulle part, il n'y avait trace de ce convoi d'armes.

Selon l'estimation de Veber, et les renseignements soutirés à Françoise le prouvaient, il devait rester environ dix tonnes d'armes. Quatre ou cinq camions étaient donc nécessaires pour transporter un pareil volume. Veber retournait l'énigme en tous sens. Une conclusion s'imposait : Krieg avait été trahi par ceux qui étaient venus chercher les fusils. Selon toute vraisemblance, il y avait eu un second convoi d'armes dont Françoise n'avait pas été mise au courant. Krieg, s'apercevant qu'il était démasqué, avait probablement demandé au chauffeur de la camionnette d'aller chercher d'autres véhicules pour déménager la fin du stock. Le drame avait dû éclater au moment du départ.

Et pourtant non ! Les traces de Krieg s'arrêtaient à quelques mètres du mur de l'abbaye et très exactement à la hauteur de la cheminée. Le meurtre avait donc eu lieu au moment précis où l'Alsacien échappait à Veber. Aucun doute possible, puisque, à cet instant, les tombeaux n'étaient pas éventrés.

— « Quelle énigme, ma pauvre Léontine », gémit Veber à l'adresse de la jeune fille qui lui lavait une chemise dans le lavabo de sa chambre.

— « Je ne veux pas te vexer, murmura-t-elle, mais tu ferais mieux de retourner à l'Abbaye. S'il te faut une piste, c'est là que tu la trouveras et non vautré sur le lit à soupirer comme une femme en train d'accoucher. »

Veber, piqué dans son orgueil, envoya Léontine sur les roses. La jeune fille ne se démonta pas pour autant.

— « A mon avis, mon humble avis, continua-t-elle imperturbable, tu peux faire ta valise. Le Patron ne comprendra jamais que tu te sois fait berner aussi stupidement. »

Veber râla, mais au fond elle avait raison.

— « Bon, bon, grommela-t-il, on y va. Dis à Dédé de rappliquer. Il est à la cuisine en train de changer la bouteille de butane à la mère Grégoire. »

Léontine descendit, suivie de Veber. Dédé abandonna avec un plaisir évident la cuisine de l'hostellerie et suivit ses amis.

En maugréant, Veber reprit la fourgonnette. Il aurait préféré conserver l'Austin, plus confortable et maniable, mais, décemment, il lui avait fallu la rendre à Françoise. Il avait téléphoné à Fauvoir de la Retoque de lui envoyer un second véhicule. Ce dernier avait protesté en disant que le règlement ne prévoyait pas deux voitures par inspecteur.

— « Je me moque du règlement, avait hurlé Veber. Si vous ne l'envoyez pas, je rentre immédiatement et vous vous expliquerez avec le patron. »

Fauvoir avait fini par céder. Cochart, le chauffeur, était en route pour Avranches avec la 403 de Moreau, l'un de ses collègues. Ce dernier avait dû rouspéter lorsque Fauvoir lui avait confisqué l'engin. Mais Veber n'en avait cure. Il n'appréciait pas beaucoup Moreau qu'il trouvait un peu trop Don Juan sur les bords. Chaque fois que Veber soulevait une fille, Moreau se trouvait toujours dans les parages pour la lui souffler.

— « Il ira un peu à pied, avait rigolé Veber. On verra bien s'il a autant de succès avec ses pieds plats ! »

L'abbaye offrait le même spectacle, la même désolation. Les dalles des tombes gisaient pêle-mêle. Léontine, Dédé et Veber entreprirent la visite systématique des caveaux. Ils essayèrent de découvrir un indice quelconque. Rien. Aucune des tombes ne donnait sur un passage secret. Il y avait bien des traces d'outils sur le sol de terre, comme si l'on s'était servi de pics pour éventrer plus rapidement les tombes. Mais des traces de pas, point ! Aucune trace non plus dans le jardin et le petit bois : traîner des caisses aussi lourdes ne pouvait se faire sans laisser des marques du passage.

Ils revinrent dans la crypte. Une caisse de balles était restée au fond d'une tombe. La corde avait dû casser. Elle était tombée de plusieurs mètres et s'était éventrée en s'écrasant sur le cercueil. Au moins cela prouvait que les armes avaient bien été cachées en cet endroit. Des centaines de cartouches gisaient çà et là sur le coffrage de plomb.

— « Ils devaient être pressés pour ne pas avoir même pris le temps d'embarquer cette caisse », remarqua Dédé.

Veber décida de pousser plus loin les investigations. Le souterrain ! Il l'avait oublié, ayant toujours pensé qu'il était impossible de sortir de l'abbaye par ce chemin. Ils y pénétrèrent et arrivèrent vite dans la cave de la maison. Ils en firent la visite complète. Toujours rien !

Veber essaya d'y voir un peu plus clair. Lorsque Krieg s'était échappé, il était aux alentours de 4 heures. La gendarmerie s'était baladée un peu partout dans la matinée. Personne n'avait remarqué quoi que ce soit d'anormal sur les routes de la région. Arsène Cousin, le chauffeur de la laiterie, qui faisait, chaque matin, la route d'Avranches à Villedieu pour ramasser devant chaque ferme les bidons contenant le lait trait la veille au soir, affirmait qu'aucun camion ou camionnette ne l'avait doublé. Alors, où pouvait être passé ce sacré convoi d'armes ? On ne déménage pas 10 tonnes d'armes comme un colis de 20 kilos, geignait Veber qui se torturait en vain les cellules grises.

Dédé avait interrogé le boulanger de la place Patton. Ce dernier avait également certifié que lui et ses commis n'avaient rien vu de suspect. Il pétrissait très tôt et il était certain de son fait puisque son pétrin était à hauteur du soupirail. Tout ce qui passait sur la place ne pouvait lui échapper. Léontine avait enquêté aussi dans le quartier de l'hostellerie. Aucun cultivateur allant traire ses vaches ou travailler à ses cultures n'avait aperçu de convoi.

— « C'est l'énigme du Sphinx », railla Léontine qui prenait un plaisir évident à faire bisquer Veber.

— « Si les armes n'ont pas quitté l'abbaye, c'est qu'elles ont été transférées dans une autre cachette et... pas loin », observa Dédé.

Dame ! Le gosse avait raison.

— « Dix tonnes d'armes ne disparaissent pas ainsi. Il doit bien y avoir des traces quelque part, ajouta-t-il. Le mieux serait de fouiller toute l'abbaye, le village et les environs. Il y a peut-être un habitant complice qui les a cachées chez lui. C'est bien le diable si on ne découvre pas quelque chose. »

C'était la solution la plus sage, Veber en convint. Tous trois reprirent courage et reprirent leurs investigations. Pas un coin de l'abbatiale, pas une maison du village n'échappèrent à leur fouille. Au bout de deux heures, ils durent s'avouer vaincus. Ils revinrent dans la maison au souterrain et réfléchirent.

Veber allait donner le signal de la retraite, lorsque Dédé, qui était sorti faire un tour, revint tout excité.

— « Regardez ce que j'ai trouvé dans la ruelle. »

C'était une balle. Pas de doute possible, elle était en tout point semblable à celles abandonnées dans la tombe de l'abbaye. Ils sortirent et le gamin montra l'endroit de sa découverte.

— « Où mène cette ruelle ? », s'enquit Veber.

— « Sur une route. »

— « Une route ? Pas possible, il n'y a que la rue qui mène à l'abbatiale. »

— « Si, je vous assure, venez ; il y a une autre route qui a l'air de descendre en lacets. »

Veber dut se rendre à l'évidence lorsqu'ils se trouvèrent tous trois sous le pan incliné desservant autrefois la Grande Roue.

Ils n'avaient pas fait cent mètres que Dédé faisait signe à Veber d'approcher : du crottin de cheval se trouvait sur le sol.

— « Vous vous rendez compte : du crottin, et il est frais encore, plaisanta le gamin. Il n'y a pourtant pas de ferme dans le Mont. »

Veber s'intéressa à la découverte.

— « Un cheval ! Y a-t-il beaucoup de voitures à cheval dans le pays ? »

— « Plus guère, affirma Dédé. Les fermiers préfèrent maintenant les voitures et les tracteurs. Pourtant quelques-uns en ont encore pour aller au marché d'Avranches ou de Pontorson. »

Veber se souvint des immenses carrioles bâchées de son enfance. En avait-il pris des coups de fouet lorsqu'il s'accrochait à l'arrière des charrettes qui se rendaient à la foire de Montebourg. Veber réfléchissait. Au fond, une ou plusieurs voitures à cheval pouvaient fort bien avoir transporté les armes. Dans ce cas, elles ne devaient pas être bien loin, car les meurtriers n'avaient disposé, en tout et pour tout, que de deux heures et demie à trois heures au maximum.

Ils sortirent de l'abbaye, puis s'engagèrent sur la digue.

— « On va fouiller tous les prés qui bordent la côte. On ne sait jamais : il y a peut-être une vieille grange ou un abreuvoir abandonné où nos voleurs ont pu se débarrasser provisoirement des caisses, pour attendre des jours meilleurs. Des camions viendraient plus tard les chercher en douce, et le tour serait joué », risqua Léontine.

— « Essayons », murmura Veber, peu convaincu.

Ils reprirent les recherches, arpentant les champs du pourtour de la Baie les uns après les autres. Aucun abreuvoir ne se révéla être une cachette assez profonde pour contenir autant d'armes. Toutes les granges étaient vides.

— « Cela peut durer longtemps. La Pampa, on ne sait jamais où elle s'arrête ! » ricana Léontine.

Veber lui jeta un regard noir. Ils ne stoppèrent pas leurs recherches pour autant.

— « Il n'y a pas un pigeonnier ou un vieux moulin dans le coin ? »

Dédé réfléchit.

— « Non. Le seul que je connaisse se trouve à Avranches à l'hostellerie, dans le verger voisin de la remise. »

Veber s'en souvenait.

— « On ne va pas marcher des heures d'affilée, se plaignit Léontine qui avait conservé ses chaussures à hauts talons et se tordait le pied à chaque pas. Je vais claquer mes bas. »

Veber en eut pitié et il s'assit dans l'herbe.

— « Reposons-nous ! »

Il était plus de midi. Au lieu de déjeuner au Mont encombré de touristes, ils décidèrent de rentrer. La Mère Grégoire accepterait bien de leur servir un repas vite fait dans la cuisine. Ils reprendraient leurs recherches dans l'après-midi. Le grand air leur avait ouvert l'appétit et ils se dirigèrent rapidement vers Avranches.

Tandis qu'il roulait, Veber essayait de démêler l'imbroglio. Les armes avaient traversé plusieurs champs. Les voitures avaient dû rouler lentement. Un cheval ne pouvait galoper avec un tel chargement. En calculant au plus juste, Veber arrivait à conclure qu'un trajet de deux kilomètres après la sortie de la digue était un maximum. C'était donc par là qu'il leur fallait reprendre les recherches cet après-midi. La logique le commandait, car ils avaient découvert d'autres tas de crottin dans les champs. Or, comme les cultivateurs du coin n'avaient pas de chevaux, cela confirmait ses soupçons. Le coup avait dû être préparé longtemps à l'avance par Krieg, en liaison avec d'autres complices.

L'un d'eux avait-il jugé Krieg peu sûr ou bien songeait-il à s'emparer des armes pour son propre compte, pour les revendre ensuite ? Veber ne savait que penser. Toutes les suppositions étaient permises... Il lui faudrait, demain, poser des questions à nouveau à Françoise. La mort de son mari lui délierait la langue. Elle seule était capable d'éclairer la lanterne de Veber. Si Krieg avait d'autres complices que les deux macchabées découverts au Mont, il saurait le lui faire avouer.

L'échec de sa mission n'était pas aussi irrémédiable que Léontine semblait le sous-entendre.

Ils arrivaient à l'hostellerie. Un bon fumet de saucisses aux choux leur chatouilla les narines. Dédé leur souhaita bon appétit et regagna son domicile. « Je serai là à deux heures et demie » promit-il.

Léontine gagna les cuisines en vitesse. Le repas était à peine commencé. Elle tenait à remplir son contrat et à servir les pensionnaires.

Veber, le repas terminé, monta se reposer dans sa chambre. Il avait convenu avec Léontine qu'il lui laisserait le temps de déjeuner. La jeune fille s'était suffisamment dépensée ces jours-ci pour qu'il ne soit pas trop exigeant à son égard.

Il somnolait sur son lit, lorsqu'on frappa.

— « Entrez ! » cria-t-il, à moitié réveillé.

Dédé pénétra dans la chambre.

— « Patron, je viens de voir Louise. Elle veut absolument vous voir. Elle dit que c'est important. »

— « Bon, bon. Je vais y passer tout à l'heure. »

Décidément, il vieillissait. S'il n'arrivait pas à récupérer après une nuit blanche, ce n'était pas normal.

— « Cette garce de Léontine doit bien y être pour quelque chose », soupira-t-il, en se souvenant de la soirée passée en compagnie de la jeune fille. Il se plongea la tête sous le robinet et, totalement réveillé, prit la direction de la ville.

— « Va aider Léontine à faire la vaisselle et attendez mon retour », avait-il lancé à Dédé, vexé de ne pas le suivre et surtout de n'être pas au courant de ce que Louise pouvait avoir à dire à son ami.

Lorsqu'il poussa la porte de la maisonnette de la petite couturière, une surprise l'attendait. Le Paumé était assis dans la cuisine et prenait le café avec la Louise. La jeune fille se leva, visiblement heureuse et soulagée de l'arrivée de Veber.

— « Louise ! Je sais qui a tué votre fiancé. »

La jeune fille se mit à sangloter. Veber lui conta les événements survenus depuis 48 heures.

— « Krieg ! Jamais je ne l'aurais soupçonné. Il était si gentil avec moi, et sa femme encore plus. »

— « Ce n'est pas Krieg, précisa Veber ; du moins Plantegenet n'a pas été tué de sa propre main, ce sont ses complices, les deux types poignardés près du Mont, qui ont fait le coup, avec l'accord de Krieg, assurément. »

Louise épongea ses larmes et se reprit.

— « Je vous ai fait venir pour vous informer de quelque chose d'étrange qui, je le pensais, allait peut-être vous aider. Mais si vous avez démasqué Krieg cela n'a plus d'importance. »

— « Dites toujours, Louise, tout a de l'importance dans cette affaire, et elle est loin d'être terminée. »

Mais Veber ne lui en dit pas plus. Personne n'avait à être informé du vol des armes, avant la fin de l'enquête. C'était déjà assez que Dédé soit dans le coup. Veber avait fait une exception pour le gamin, car il reconnaissait, au fond de lui-même, que, sans son petit ami, il pataugerait encore en plein mystère.

— « Que voulez-vous me dire Louise ? »

— « Bien... C'est pas exactement moi qui ai vu mais... le Paumé. »

Le copain de Dédé sirotait son café, indifférent en apparence.

— « Qu'as-tu vu le Paumé ? », s'inquiéta Veber, impatient.

— « C'est-à-dire que ce n'est pas tout à fait « vu », mais plutôt « entendu ». »

— « Vite, Louise, ou je me fâche. »

— « Eh bien voilà ! le Paumé, il se promenait ce matin dans le marais et comme il passait derrière la roulotte de Carlos, il a entendu des plaintes et des gémissements. Il s'est caché derrière un bouleau nain et il a aperçu Carlos qui sortait de la roulotte. Il avait l'air furieux. Il se dirigeait vers le hangar qu'il s'est construit. Il en est ressorti bientôt avec une corde, puis il est rentré précipitamment, sans se douter qu'on l'observait. Le Paumé, il dit qu'il est sûr qu'il est arrivé quelque chose à la Paella. »

— « Elle a dû encore se faire embrasser par un coq de village, plaisanta Veber, et Carlos l'aura surprise. La Paella aura eu droit à sa petite raclée, ce n'est guère méchant, non ? »

Louise s'entêta.

— « Non, je crois que ce n'est pas cela. Le Paumé, il a attendu que Carlos soit rentré dans la roulotte pour quitter le marais. Comme il passait à proximité de la fenêtre de la gitane, il a entendu son père qui la battait. M. Veber, soyez gentil, faites-le pour moi. Allez voir ce qui se passe à la roulotte. J'ai peur qu'il ne soit arrivé un malheur à la Paella. Je l'aime bien, vous savez. Quelquefois, lorsque je n'arrivais pas à terminer un travail urgent, elle venait me donner un coup de main. Souvent, elle me disait que son père ne la frappait jamais, même lorsqu'un garçon essayait de l'embrasser. C'est autre chose. Je vous en supplie, allez-y. »

— « D'accord, promit Veber, j'irai, sous prétexte de commander un deuxième tabouret. Il ne me taillera pas en pièces, votre rustre de Carlos. L'argent ouvre toutes les portes », ajouta Veber en prenant congé de Louise.

— « Salut le Paumé », cria-t-il au copain de Dédé en refermant la porte.

Il pressa le pas. Il était déjà trois heures de l'après-midi, ses deux acolytes devaient l'attendre à l'auberge avec impatience. Lorsqu'il y fut, il leur raconta la supplique de Louise.

— « Après tout c'est tout près et, en coupant à travers champs, nous y serons en une demi-heure. Il n'y a qu'à passer par le marais. »

Veber donna son accord. Ce serait plus simple, en effet.

Dédé avait raison une fois de plus. Quel brave gosse !

Ils longeaient le chemin du marais conduisant à la roulotte, lorsque Léontine annonça :

— « Carlos est là, je le vois. Il coupe de l'osier, assis sur les marches. »

— « Tu as de bons yeux, admira Dédé. Je vois bien la roulotte, mais pas Carlos. »

Pourtant Léontine avait raison. Carlos était bien là. Lorsqu'il entendit s'approcher le trio, il leva la tête. Il paraissait toujours aussi furieux. L'arrivée de Veber n'avait visiblement pas l'air de le réjouir, bien au contraire.

— « Qu'est-ce que vous voulez, jeta-t-il d'une voix méchante, j'ai du travail, ce n'est pas le moment de me déranger. »

— « Il me faudrait un deuxième tabouret », répondit calmement Veber, en le saluant.

— « Bon ! on vous le fera. L'aurez demain soir. J'irai vous le porter à l'hôtel moi-même. » Et le bonhomme piqua du nez vers son osier.

— « Pourquoi, demanda ingénument Veber, la Paella est-elle malade ? »

— « Si ça me plaît à moi d'aller vous le porter, gronda le romanichel, vous n'aurez rien à y redire, je suppose. »

Veber battit en retraite, prudemment. Il ne tirerait rien de Carlos. Le vieux ne semblait pas bon à prendre avec des pincettes.

— « Taillez en vitesse ou je lâche le chien ! »

Cette simple menace fit effet sur Léontine, qui, attrapant la manche de Veber, parvint à l'entraîner.

— « Viens, ne fais pas d'histoires, lui chuchota-t-elle, nous reviendrons dès que nous aurons la certitude qu'il ne sera plus dans les parages de la roulotte. »

C'était la voix même du bon sens.

Veber salua le Romanichel et s'éloigna. Comme ils longeaient le côté de la roulotte, Dédé aperçut une boulette de papier dissimulée dans une touffe d'herbe. Il la ramassa discrètement et, quand il fut suffisamment éloigné de Carlos, il la déplia. Une petite écriture hachée attira son attention.

« Au secours, Carlos me séquestre. » C'était signé : La Paella.

Dédé tendit le papier à Veber.

— « Louise à raison, il y a quelque chose de louche. Le mieux est d'y faire un tour. Si j'ai bonne mémoire, Carlos court la campagne, la nuit, à la recherche de son osier. Nous ferons donc un petit tour du côté de la roulotte, vers minuit. »

Veber était perplexe. On ne séquestrait pas une jeune fille parce qu'un garçon avait voulu l'embrasser. Il devait y avoir autre chose, son instinct le lui disait. La fin de l'après-midi se passa à déambuler dans les champs qui entouraient la baie du Mont Saint-Michel, mais en vain. Une ou deux fois, en retrouva des crottes de cheval et ce fut tout. Dédé, à un moment donné, remarqua que les crottes de cheval convergeaient toutes vers un marais.

Veber était sceptique. Les armes ne pouvaient être cachées dans ce coin. Ils l'avaient parcouru en tous sens sans rien trouver.

Léontine approuva. Mais le garçonnet s'entêta.

— « On ferait bien de demander à la Paella, ce soir, si elle sait quelque chose. On ne sait jamais. »

— « D'accord », dit simplement Léontine.

— « Allez ! on rentre, ordonna Veber. Il y en a marre de ce pays pourri. Je me suis trompé, les armes ne sont plus dans la région. »

Et c'est de fort mauvaise humeur qu'il regagna l'auberge.

Au moment de le quitter, Dédé insista à nouveau.

— « Oh ! patron, c'est bien promis ? On va voir, ce soir, ce qui est arrivé à la Paella ? »

— « Je verrai », rétorqua Veber, peu décidé, visiblement, à tenir sa promesse. Il en avait sa claque et avait décidé de rentrer à Paris. Le patron enverrait une équipe ratisser la région. Seul, il ne pouvait rien dénicher.

Léontine fit un signe à Dédé. Celui-ci, rassuré, détala sans demander son reste et enfourcha son vélo. Léontine, malgré les dénégations de Veber, avait décidé de délivrer la Paella, dût-elle le faire seule. La solidarité des femmes n'était pas un vain mot. Pendant tout le repas, elle houspilla Veber et au dessert, finalement, elle eut le dessus.

— « Si tu ne viens pas, lui glissa-t-elle à l'oreille, tandis qu'elle lui apportait un morceau de camembert, son fromage préféré, je révélerai au patron que tu as affranchi Dédé au sujet du dépôt d'armes. »

Cette simple menace suffit à faire frémir Veber et il jeta un « d'accord » bougon qui fit briller de joie les yeux de la jeune fille.

— « Je n'aimerais pas que l'on me sequestre sous prétexte que j'ai un amoureux », grogna-t-elle en se sauvant aux cuisines.

La menace avait porté. Le patron interdisait formellement à ses agents de révéler à qui que ce soit l'objet de leur mission et Veber passerait un sale quart d'heure si Léontine mettait sa menace à exécution. Giffard, l'an dernier, avait même muté, au service des archives, Boudet, un as pourtant, qui n'avait jamais raté une mission. Boudet avait juste un petit défaut :

il racontait ses exploits à sa femme, au mépris du règlement. Le patron s'en était rendu compte un jour qu'il avait été invité chez son subordonné à prendre le thé.

A son retour, il avait convoqué Boudet. Sidéré, ce dernier entendit la sentence :

« A partir de la minute présente, vous êtes affecté aux archives, présentez-vous à Mouneyres, le responsable de ce service. »

Tout le bureau avait trouvé le procédé odieux, mais le patron n'en avait pas démordu et mon Boudet moisissait toujours aux archives.

*
* *

A minuit, suivant les consignes de Léontine, Dédé passa à l'hôtel.

— « Carlos n'est pas au campement, gloussa-t-il en lorgnant vers Veber. Dame que croyez-vous que j'aie fabriqué pendant que vous faisiez la sieste ? Je suis allé au marais et j'ai attendu le départ de Carlos. Il a pris sa faucille, c'est bon signe. Il la prend toujours quand il part couper des ajoncs. Il y a pourtant une chose qui me chagrine : la chambre de la Paella n'est pas éclairée. »

— « Pourquoi veux-tu que Carlos la laisse allumée. Lorsqu'on sequestre quelqu'un, ce n'est pas pour lui faire des douceurs » répondit Veber, grincheux.

Dédé se tint coi. Il s'apercevait de la mauvaise humeur de son ami. Il n'insista pas. A cent mètres de la roulotte, ils se tapirent dans l'ombre et épièrent les alentours.

— « Tiens ! Il a emmené le chien, remarqua Dédé à voix basse. C'est curieux, jamais il ne le prend avec lui. »

— « Il aime peut-être son chien », hasarda Veber toujours aussi aimable.

— « Laissez-moi aller voir tout seul. Je ferai moins de bruit que si nous y allions tous les trois. »

— « D'accord, laissa tomber Veber, mais ne rentre pas dans la roulotte ! On ne sait jamais, le chien y est peut-être. »

Le gosse rampa dans l'herbe et se dirigea vers la roulotte. Parvenu à quelques mètres, il entendit très nettement un gémissement. En approchant de plus près, il comprit que cela venait de la pièce située sur l'arrière. Il fit encore un mètre ou deux et tapota à plusieurs reprises contre le bois. Son cœur battait la chamade. Et s'il s'était trompé ? A présent, c'était le silence total. Il heurta à nouveau, et à intervalles réguliers, la cloison. Cette fois-ci, on lui répondit. Un bruit sourd puis un autre se firent entendre. On cherchait à attirer son attention, nul doute là-dessus. Il écouta, anxieux, mais n'entendit plus rien. Il n'osa pas continuer son manège. Peut-être la Paella n'était-elle pas seule à l'intérieur. Il valait mieux être prudent.

Veber avait raison. Le chien pouvait être là également et, en aboyant, il donnerait l'éveil à Carlos. Ce dernier avait un revolver, ça il en était sûr. Un jour qu'il était venu porter à la Paella des jupes à raccourcir pour rendre service à Louise, il l'avait aperçu au fond d'un tiroir resté ouvert. Il fit demi-tour, toujours en rampant, et rejoignit ses amis.

— « Il y a du monde à l'intérieur. J'ai tapé et l'on m'a répondu. »

— « Bon, allons-y, décida Veber. Léontine, tu as ton arme ? »

La jeune fille esquissa un sourire.

— « Place-toi devant la porte. Que ce soit Carlos ou un autre, personne ne doit sortir, compris ? »

— « Oui », murmura la jeune fille qui, flegmatiquement, glissa une balle dans le canon de son arme et vint prendre position à l'endroit désigné par l'Inspecteur des Douanes.

— « Dédé ? »

— « Oui. »

— « Je vais te faire la courte échelle. Tu vas essayer de forcer le volet. »

En silence, les deux hommes gagnèrent la roulotte. Parvenus à l'arrière, Dédé monta sur les épaules de son ami et sans succès essaya d'ouvrir les deux battants.

— « Impossible », lâcha-t-il à Veber.

Celui-ci le fit redescendre et, d'un commun accord, ils se rendirent dans le hangar contruit par Carlos, à quelques mètres de là. Le romanichel y entreposait des stocks d'osier. Des dizaines de bottes séchaient pêle-mêle sur le sol. Auprès de la porte, ils découvrirent un vieux ciseau à froid. Dédé s'en empara. Deux minutes plus tard, en faisant levier, il réussissait à ouvrir les volets.

— « Ta lampe », quémanda-t-il.

Veber la lui passa. Le faisceau balaya la pièce. La Paella était allongée sur le plancher, étroitement garrottée et bâillonnée. Elle le fixait avec des yeux épouvantés. Dédé éclaira son propre visage. La jeune fille le reconnut et se tint tranquille. Veber lui donna un coup de main. Avec son coude, il cassa le carreau et fit tourner l'espagnolette. Quelques secondes plus tard, ils libéraient la gitane. Veber coupa les liens et la Paella reprit peu à peu ses esprits.

— « J'ai chaud », murmura-t-elle. Effectivement, il faisait lourd dans la roulotte. Veber poussa la porte donnant sur la chambre de Carlos et d'un petit geste de la main fit signe à Léontine de se tenir tranquille, puis il appela Dédé et la Paella.

— « Venez, rien en vue. »

Dédé parut d'abord, puis ce fut le tour de la fille de Carlos. Elle semblait groggy et avait du mal à marcher. Mais quelle ne fut pas la stupeur de Veber de constater que la Paella, sitôt parvenue au bas des marches de la roulotte, détalait comme un lièvre vers le fond du marais.

— « Sauvez-vous ! Carlos va vous tuer », leur cria-t-elle. Puis elle s'enfuit avant que Veber n'ait pu esquisser le moindre geste.

— « Eh bien mon colon ! jura Dédé, on ne nous y reprendra plus. Aucune reconnaissance la jeunesse actuelle ! »

Léontine, qui s'était avancée, riait de bon cœur du tour que la Paella venait de leur jouer.

— « Pourquoi faites-vous cette mine renfrognée ? Elle a raison, la Paella, une fille n'aime pas faire du mal à son père, même si c'est le plus grand bandit de la terre. »

— « Peut-être, répliqua Veber vexé, mais pourquoi se sauver ? Nous n'aurions pas insisté si elle n'avait pas voulu répondre à nos questions ? »

— « Tata, tata, je n'en suis pas si sûre, mon petit Michel, les hommes, il vous faut toujours tout savoir. Je trouve qu'elle a bien fait, un point c'est tout. »

— « Elle ne doit pas être bien loin, dit Dédé. Au bout du marais, il y a une masure abandonnée. Je suis bien persuadé que c'est là qu'elle s'est réfugiée. »

— « Allons voir, dit Léontine, mais je vous accompagne. Je ne veux pas d'histoires. Je lui donnerai ma chambre pour cette nuit, elle y sera mieux que dehors. Nous voilà fin août et, à 4 heures du matin, il ne fait guère chaud. »

Le petit groupe se mit en marche, mais ils trouvèrent la masure vide. Pas de trace de la Paella.

— « Elle a dû rejoindre son père. Elle seule peut savoir en quel coin du marais il est parti couper son osier. Inutile de lui courir après. Nous pourrions battre le marécage pendant des heures sans la trouver. Nous reprendrons les recherches dès le lever du jour. »

Ils revinrent à l'hostellerie et, pour ne pas risquer de s'endormir en attendant les premières lueurs de l'aube, passèrent le temps en jouant aux cartes et en « cafetonnant » dans la cuisine.

Dès 4 heures, ils repartirent pour la roulotte. La Paella était revenue et dormait. Ils ne la réveillèrent pas. Toujours pas de Carlos. Il devait battre encore la campagne à la recherche de la matière première nécessaire à son travail.

— « On repart au Mont. Il est trop tard pour se coucher et nous serons plus tranquilles pour continuer nos recherches. »

Une heure plus tard, ils avaient rejoint le coin marécageux vers lequel ils avaient remarqué que les traces convergeaient. Le petit groupe se mit en marche. Quelques centaines de mètres plus loin, un cours d'eau leur barra le passage.

— « C'est le « canal » qui draîne les eaux en excédent après les grandes marées. La mer, à chaque forte marée, inonde tous les herbus du secteur et, autrefois, comme elle s'écoulait très lentement, cela empêchait de mettre les bêtes à paître pendant plusieurs semaines. Les habitants du coin l'ont obtenu il y a déjà pas mal d'années, grâce au député de l'époque, annonça prétentieusement Dédé. Comme cela, dès la marée terminée, les bêtes peuvent revenir paître. Tiens ! remarqua-t-il, il est bien gonflé le « canal » pour un mois d'été. D'habitude, il n'y a de la flotte que jusqu'à mi-hauteur, or, là, il déborde presque. Il n'a pourtant pas plu ces jours-ci ! »

— « Comment procède-t-on pour traverser ton « canal » ? » voulut savoir Veber.

— « Il faut faire le tour par la vanne. C'est tout près, à une cinquantaine de mètres. Il n'y a qu'à le suivre. »

La traversée fut un véritable tour de force. Les panneaux qui formaient le barrage n'avaient pas 10 centimètres de large et 3 à 4 mètres séparaient les deux rives. Il fallait donc jouer les funambules. Dédé franchit sans difficulté l'écluse, mais Veber faillit, à plusieurs reprises, piquer du nez dans l'eau.

Lorsque ce fut le tour de Léontine, la jeune fille refusa l'aide des deux garçons et, pas à pas, franchit sans encombre la première moitié du chemin. Mais, quand elle aborda la seconde, elle glissa et tomba à l'eau en poussant un hurlement. Veber réussit à l'agripper et à la hisser sur la rive. La jeune fille se tenait les hanches.

— « Boudu, que c'est dur ! On dirait que je suis tombée sur un plancher. »

— « Un plancher ! dit Dédé. Impossible. Le canal a été curé au début de juillet. On profite qu'il soit à sec. Il ne peut y avoir que de la vase au fond, et pas autre chose. »

— « Possible, s'entêta Léontine, mais c'est de la vase qui est dure comme du bois. »

— « On verra bien, décida Dédé. Comme, de toute façon, il y a trop d'eau, je vais ouvrir la vanne. »

Et avant que Veber n'ait pu ajouter quoi que ce soit, le garçonnet s'était emparé du volant qui commandait la crémaillère actionnant les deux vannes et le tournait jusqu'à ce que l'eau s'échappât bientôt en grondant. Au fur et à mesure que le niveau baissait, des taches claires rectangulaires apparaissaient à fleur d'eau, sur plus de 100 mètres de longueur.

— « Qu'est-ce que c'est que cela ? » murmura Veber intrigué.

— « Je le savais, rugit Léontine, c'est du bois. Ce sont ces satanées planches qui m'ont fait mal tout à l'heure. »

Mais Veber ne riait pas. Ses yeux s'agrandissaient de surprise, il ne put que bégayer :

— « ... les caisses... les caisses d'armes, si je m'attendais à celle-là ! »

Lorsqu'il descendit dans le lit du cours d'eau, il n'eut plus aucun doute : la grosse écriture gothique de la marque de fabrique de l'usine de la Ruhr se dessinait très nettement. Ce n'était pas plus compliqué que cela. Il suffisait de jeter les caisses d'armes dans le canal d'évacuation des eaux pour en gonfler le volume et les caisses étaient ainsi dissimulées aux curieux, sous plus de 40 centimètres d'eau. Celui qui avait trouvé cette ingénieuse cachette devait bien connaître le coin.

Mais Veber n'eut pas le loisir de méditer plus avant, une ombre surgit derrière lui.

— « Haut les mains et pas un geste. »

Il se tourna légèrement pour découvrir l'intrus. Il ne put réprimer un frisson. L'individu qui le tenait en joue était Carlos.

Tout devint clair dans la tête de Veber. Le crottin ? C'était celui du cheval de Carlos. Bieu sûr ! C'était avec la roulotte qu'il avait dû transporter les caisses et quelle meilleure cachette que le canal. Les armes étaient graissées et à l'abri dans une caisse doublée de zinc, donc elles ne risquaient pratiquement rien. Ainsi Carlos, dans ses pérégrinations nocturnes, avait trouvé le secret des tombes ! Cette nuit, il avait dû être attiré par les coups de feu. Il avait sans doute aperçu Krieg s'enfuyant, l'avait poignardé ainsi que ses deux veilleurs qu'il avait surpris à leur poste d'observation.

Carlos les tenait toujours en joue.

— « M. Veber, hacha-t-il, vous êtes un peu trop indiscret. Que vous vous occupiez, en galant homme, de délivrer ma trop curieuse fille, passe encore, mais que vous vous intéressiez à mes armes, pas question. »

— « Qui êtes-vous ? » articula péniblement Veber qui commençait à récupérer et qui attendait l'occasion de bondir sur le gitan.

— « Oberlieutenant SS Muller, présentement au service de la République Démocratique Allemande. Hein, ça vous surprend, un ancien SS au service des communistes. Que voulez-vous, mon cher, la vie a du bon et quelquefois pour sauver sa peau, il faut bien passer sous les fourches caudines. J'ai troqué mon secret contre ma peau. Les cosaques ont accepté, je n'en demandais pas tant. »

— « Quel secret ? »

— « Celui des armes. C'est moi qui ai convoyé ces fusils ici, en juillet 1944. Mes camions sont tombés en embuscade, j'ai pu m'en sortir par miracle. Des gitans qui campaient à proximité m'ont recueilli à moitié mort. Ils m'ont soigné et guéri. Je me suis fait passer pour Alsacien et suis resté avec eux. Un jour que la caravane passait à Avranches, j'y suis resté et ai pris contact avec les communistes de l'Allemagne de l'Est. Vous connaissez la suite. »

— « Vous surveilliez Krieg l'épicier qui habitait derrière l'église ? »

Carlos sourit.

— « J'ai vite compris qu'il travaillait pour Bonn. Je crois que j'ai bien fait de les supprimer lui et ses deux acolytes, car j'ai l'impression qu'ils avaient trouvé la cachette. Je l'ai surpris, cette nuit, déménageant quelques caisses d'armes. »

Veber ne put retenir un bruyant éclat de rire.

— « Mon pauvre Muller, vous vous êtes fait avoir comme un bleu. Il y au moins 30 ans que Krieg connaissait ce secret. Il avait déjà prélevé une bonne partie des armes et vous ne vous êtes aperçu de rien. »

— « Ce n'est pas vrai, siffla Muller, furieux. Ce n'est pas vrai ! »

— « Vous voulez savoir le véritable nom de Krieg, cher ami ? Von Gluck, tout simplement ! »

— « Von Gluck, Von Gluck, répétait Muller d'un air hébété, Von Gluck ! Ce n'est pas possible ! »

Une ombre surgit et bondit sur Muller. Dédé, profitant de la surprise de Carlos, s'était rapproché imperceptiblement du gitan et jeté sur lui.

Veber, à son tour, plongea en direction du romanichel. Une balle lui effeura l'épaule. Il sauta à pieds joints sur le dos de Muller qui, jouant son va-tout, venait de terrasser le petit Dédé. Un craquement d'os se fit entendre. Muller sa cabra et s'écroula sur le côté, vomissant du sang à profusion.

— « Gluck, Gluck hoquetait-il, le salaud, il m'a doublé. »

Veber lâcha le moribond. Le sang coulait toujours. Il se tourna vers Léontine.

— « Poucette, va vite au village téléphoner à un toubib de venir le plus rapidement possible. »

Mais il venait de commettre la sottise de perdre Carlos de vue.

Ce dernier, dans un ultime effort, s'emparait du revolver qui était tombé à terre dans sa lutte avec Dédé et, sous le regard pétrifié de la jeune fille, se tirait une balle dans la tempe.

Son corps eut un dernier spasme et retomba inerte dans l'herbe humide.

11e CHAPITRE

Le patron qui décachetait son courrier eut un haut-le-corps. Ce qu'il venait de lire le laissait aphone.

« M. Michel Veber, Inspecteur des Douanes à la D. N. E. D., a la joie de vous annoncer son mariage avec Mlle Carlota Gimenez, dite La Paella.

La cérémonie s'est déroulée, le 29 septembre dernier, à Avranches, dans la plus stricte intimité. »

***

Sacré Veber !

Au fond, il ne lui en voulait pas de trop. Mais il le surveillerait de près, quand même. Si jamais il avait la même manie que Boudet : raconter ses exploits à sa femme ! ! !

— « Il faudrait tout de même que je prenne le temps, un de ces jours, d'aller prendre une tasse de thé, chez lui, et faire la connaissance de sa jeune épouse. Boudet a été assez puni ! ! ! Il lui faut un remplaçant. »

Le téléphone sonna, Giffard décrocha : la vie, en douane, continuait.

Du même auteur
aux Editions Charles Corlet

– *La Manche en 1900*
– *Le Calvados en 1900,* par M. Hébert et R. Lelandais
– *La Seine Inférieure en 1900*
– *L'Orne en 1900,* par M. Hébert et R. Lelandais
– *L'Eure en 1900*
– *La Pêche à la Morue, à Terre-Neuve et en Islande*
– *Le Mont-Saint-Michel en 1900,* par M. Ernouf et M. Hébert
– *L'assassin habite Granville* (roman policier)
– *La belle histoire du Cidre et du Calvados,* par M. Hébert et Ph. Coligneaux
– *La belle histoire des moulins à vent et à aubes*
– *La Bretagne en 1900,* par M. Hébert et le Musée Trinité
– *L'épopée napolénonienne,* par M. Hébert et M. Guillot
– *Hold-up terrestre à Granville*
– *Espions chinois à Granville,* par M. Hébert (roman d'espionnage)
– *La Belle histoire de la pêche en Normandie,* par M. Hébert et M. Delauney
– *Le canton de Montebourg*
– *Le canton de Sainte-Mère-Eglise,* par M. Hébert et M. Lecœur

– *Les Stations balnéaires de Granville au Mont-Saint-Michel*
– *Donville-les-Bains*
– *Stations balnéaires, villages côtiers de Granville à Carteret,* par M. Hébert et C. Hermenier
– *La belle histoire des moulins de la Manche,* par Michel Hébert et Jean-Pierre Lehoussu

UN NORMAND DANS LA CHNOUF
Pierre Devingt

La vie quotidienne de quelques trafiquants de drogue, avec ses dangers, ses amours. Un polar original et attachant, où se mêlent psychologie et action.

HOLD-UP TERRESTRE A GRANVILLE
Michel Hébert

Ce polar sort de l'ordinaire, car il conte une enquête qui débute pendant la Seconde Guerre mondiale, et trouve sa conclusion à l'époque contemporaine. Un suspense bien mené, plein de surprises.

ESPIONS CHINOIS A GRANVILLE
Michel Hébert

A la gare routière internationale de Gennevilliers TIR, dans une caisse, récemment arrivée de Chine, Weber, inspecteur des douanes, flanqué de son adjoint Auzoux, fait une découverte qui l'intrigue : au milieu des coupons de tissus, il y a un tube de plomb.
Un léger clapotis révèle que le cylindre contient un liquide. Et c'est, pour les deux douaniers, le début d'une fantastique aventure.
Les gabelous vont être le grain de sable dans l'engrenage pourtant bien huilé par les services secrets chinois. Quelque part dans Granville, Lin Piao attend son heure...

L'ASSASSIN HABITE GRANVILLE

Michel Hébert

Pourquoi ces morts mystérieuses au 1er RIMA ? de Granville ? Ont-elles un rapport avec l'imminence de « la quille » des jeunes gens ? Ou plutôt, ces assassinats ne seraient-ils pas liés à la découverte d'un trésor dans une bergerie abandonnée ? Voyant tomber ses camarades un à un, un soldat appelle un de ses amis à la rescousse. L'inspecteur Weber et Yvette – sa nouvelle conquête – commencent alors une terrible course contre la montre. Car les victimes continuent de tomber...

MEURTRE DANS LA BAIE DES VEYS

Maurice Lecœur

Lorsque, dans les premières années des *sixties,* Benoit Dubrisay quitte Cherbourg pour effectuer son service militaire, il est loin de se douter qu'il n'arrivera jamais à destination.

Kidnappé par une fille d'une étrange et insolite beauté, celle-ci n'acceptera de lui céder qu'à condition qu'il la batte aux échecs, jeu qu'elle maîtrise d'une façon diabolique. Et c'est en désespoir de cause qu'il se laissera glisser dans une douce amnésie, sous la perpétuelle et changeante lumière de la baie des Veys.

Le meurtre de la châtelaine du cru le verra mêlé à une enquête de police aux noeuds inextricables. Les remous de l'affaire et la traque de l'assassin l'empêcheront de sombrer dans un rêve éveillé.

UNE BALLE POUR RIEN
A CHERBOURG
Robert Sinsoilliez

Cherbourg et un cadre grandiose, les falaises de la Hague. Des cris, une chute.
Une affaire simple, facile à élucider. Non ! L'intrigue se noue, rebondit sans cesse.
Les témoins deviennent de possibles coupables. Rien ne peut les confondre. Soudain, le dénouement...
Non, coup de théâtre !
Quel drame s'est déroulé dans la lande près du sémaphore des hautes falaises ?

LE DIAOUL DES ÎLES CHAUSEY
Robert Sinsoilliez

Poursuites infernales dans les îles Chausey, situations insaisissables, corps-à-corps sous-marins, explosions, enlèvements, étranges appels de feux dans la nuit, mystifications, ramifications tentaculaires de trafiquants, souterrains secrets... Une action sur un rythme d'enfer ! Jusqu'au cataclysme final dans un cadre grandiose.

Achevé d'imprimer par Corlet, Imprimeur, S.A.
14110 Condé-sur-Noireau (France)
N° d'Imprimeur : 56813 - Dépôt légal : mars 2002
Imprimé en U.E.